MAURO CORONA

I MISTERI DELLA MONTAGNA

I edizione Scrittori italiani e stranieri aprile 2015
I edizione Oscar Absolute giugno 2016
I edizione Oscar Bestsellers giugno 2019

ISBN 978-88-04-71816-1

Questo volume è stato stampato
presso ELCOGRAF S.p.A.
Stabilimento - Cles (TN)
Stampato in Italia. Printed in Italy

Anno 2022 - Ristampa 4 5 6 7

mondadori.it

I misteri della montagna

A ricordo di Valerio Quinz, guida alpina,
che conosceva i segreti delle montagne

Valerio Quinz è stato uno dei pochi uomini con cui mi sono trovato in armonia. È difficile imbattersi in persone così belle. A me è successo di rado, forse perché ho un caratteraccio, ma quando capita ti affezioni, gli vuoi bene. E il giorno che finiscono il sentiero, senti che hai perso qualcosa di prezioso, insostituibile. Ti manca un riferimento, un aiuto, un appiglio di speranza e buonumore. Suo padre Giuseppe, guida personale di Buzzati, aveva origini sappadine. Valerio era nato nel '28. È morto il 15 maggio 2008. Viveva sotto i picchi dolomitici, nel suo albergo al lago di Misurina, con la moglie e i figli: Andreas, Ugo e Lorenzo. Valerio era guida alpina, come il padre. Grande rocciatore, non di rado alpinista solitario dallo stile impeccabile. Eleganza e silenzio furono le sue muse. Aveva aperto molte vie nuove ad alta difficoltà, effettuato ripetizioni di grido, accompagnando clienti famosi come Segni e Cossiga. E non si vantava di nulla. Uomo dolce, buono, intelligente al punto da sfoderare un'autoironia scarnificante, Valerio Quinz non si prendeva sul serio. Né si lamentava. La montagna era stata passione, medicina, garza per fasciare le ferite dell'esistenza. Era stata compagna di vita, non trampolino verso la gloria, come per tanti suoi colleghi. Forse per questo era restio a parlarne. Sulle sue imprese non rivelava niente. Gli cavavi qualche parola con le pinze. Soltanto se ti reputava amico si metteva a raccontare. Il padre, e lui stesso, accompagnarono Dino Buzzati per i monti, le amate Dolomiti. Altre guide godettero la stessa opportunità: avere per cliente il grande scrittore bellunese. Su tale privilegio fondarono la loro gloria più che sulle scalate. Valerio raramente lo ha detto, infatti pochi lo sanno. Eppure è così. A suo tempo mi fece vedere materiale che in mano ad altri avrebbe suscitato clamore. Lettere, disegni, schizzi dei percorsi, biglietti di ringraziamento originali, redatti e firmati da Buzzati. E poi libretti, fotografie, oggetti, cimeli, chiodi da roccia. Tutta roba appartenuta all'autore del *Deserto dei Tartari*.

Ebbi la fortuna, alcuni anni fa, di trascorrere un po' di tempo a Misurina. Davo una mano a Luca Visentini a fare un libro-guida sul gruppo del Cristallo. Ogni giorno una cima, ogni sera una sbronza. All'imbrunire calavamo dai monti sfiniti e assetati. Tappa d'obbligo, l'albergo-ristorante di Valerio Quinz, che vigila come un roccione solitario al bordo del lago. Fu lì che conobbi l'uomo, l'alpinista, l'amico. Mi affezionai, con lui stavo bene. Ascoltavo storie di rocce, caccia e boschi che avrei voluto udire, raccontate in una lingua personalissima che affascinava. Poche parole alla volta, messe lì, precise come colpi d'ascia nel tronco. Frullavano schegge di racconti, mai completi. Valerio lasciava spazio alla fantasia di ognuno a tirare le somme. O forse voleva riprendere quei racconti alla prossima puntata. Sul tavolo, una bottiglia di rosso. Finita quella, un'altra. Ho ricordi indimenticabili di quei giorni a Misurina. Delle sere allungate dal vino fino a tardi. In compagnia di Quinz che vigilava. Della sua bontà, della sua tranquilla parlata, dei suoi consigli precisi, delle sue storie. Oggi che son passati gli anni e la vita mi scorre davanti come un film, pellicola che non riavvolgi, ho nostalgia di tante cose. Anche del tempo a Misurina, del volto amico di quel rude montanaro, del tempo bello che non tornerà più. Non fatico a dire che quando morì Valerio ne soffrii più di quando mancò mio padre. Con lui non ho mai avuto un buon rapporto. Con Valerio sì. Di quell'uomo coraggioso, simpatico, leale e buono, che non si prendeva sul serio, ho nel cuore un magnifico ricordo. E sul tavolo il suo martello da roccia, che tengo a mo' di reliquia, dono del figlio Andreas. Lassù, sul mite laghetto di Misurina, circondato da vette e boschi, la figura della guida alpina Valerio Quinz aleggia là intorno. Par di vederlo uscire sulla porta del maniero e guardare verso i Cadini, la mano sugli occhi colpiti dal sole. Cerca i camosci, s'imbatte nelle crode sulle quali ha aperto le vie. Andreas, Ugo e Lorenzo mandano avanti l'attività dell'albergo, opera anch'esso dell'infaticabile genitore. Al piano di sopra, una donna minuta, leggera, fugace come un'ombra, silenziosa e schiva, attende. Nel ricordo del suo uomo. Aspetta che passino i giorni.

Mauro Corona
4 marzo 2015, Erto

10 novembre 2013

Inizio questo quaderno il 10 novembre 2013, qualche giorno dopo aver consegnato a Mondadori *La voce degli uomini freddi*, romanzo di 240 pagine. Dopo alcuni giorni di fermo, senza entusiasmo né idee, ho messo mano a questi *segreti*... che avevo portato alla Milanesiana nel malloppo di otto pagine. Stento a trovare il passo giusto per queste lontane riflessioni che provengono da quel mondo irripetibile che è l'infanzia. È difficile evocare l'infanzia senza che un nodo serri la gola. Almeno per me è così. Troppi ricordi tornano, molti belli e malinconici, altri che sarebbe meglio non s'affacciassero. E sono il numero maggiore.

I segreti delle montagne

La montagna è piena di segreti. Stanno nascosti per bene. Anche quando non c'è neve, restano al riparo. I boschi sono un mistero di parole: cantano ninne nanne, disegnano il vento, occultano le cose. Il vento fa cadere le foglie ma non svela i misteri. L'autunno è un vino che finisce, l'origine del vuoto. Vuoto a perdere per lunghi mesi. Vento e pioggia danno una mano, fanno pulizia, creano trasparenze.

Se non c'è l'autunno le foglie non si staccano. L'amore sta sul ramo e non si vede. Quando cade, si vede che è finito. Vento e pioggia non mettono d'accordo le foglie, eppure spesso danzano insieme per strapparle, fare il vuoto, svelare segreti. Le foglie stanno appese, fino all'autunno, vibrano, cantando ognuna la propria canzone. Sotto la sferza di vento e pioggia le foglie cantano e ballano. Nel frattempo nascondono spazi, creano orizzonti. Quando si posano coprono il sottobosco, occultando quella vita minima che striscia invisibile al terreno dove riposa il cielo estenuato delle stagioni.

È tutto un mistero, la montagna. Nei boschi, tra le rocce, nell'erba, dentro l'alba e i tramonti. Nelle notti senza sonno e sotto le foglie, dormono i segreti. Stanno negli occhi di uno scricciolo, nei deserti, in fondo al mare e nelle sconfinate pianure del mondo.

Dappertutto abitano i segreti perché nascono e vivono dentro di noi. L'uomo stesso è un mistero. Con un po' di pazienza si possono scoprire e toccare i segreti delle montagne, mai quelli degli uomini. Gli uomini se li tengono ben stretti. Li proteggono con recite e bugie e atteggiamenti atti a depistare. Forse è paura. Chissà.

Occorre essere bambini e pensare ai segreti come qualcosa di necessario. Allora si andrà a cercarli. Da grandi, si frugherà nel luogo d'infanzia per trovarli. Il luogo d'infanzia può essere dovunque. Ci segue, si sposta con noi anche se andiamo in capo al mondo. Anche se finiamo alle Colonne d'Ercole, dove tutto sprofonda nel nulla. Il luogo dell'infanzia brilla nel ricordo, finché la sentinella della memoria non abbandona la postazione.

L'esistenza altro non è se non continua ricerca di segreti nel mondo. Essi riposano nella natura, dormono con un occhio aperto, vigilano, tendono l'orecchio. Appena sentono pericolo si celano più a fondo. Giocano a nascondino, e si fanno desiderare. Ognuno percepisce segreti nel posto dove vive, ma la voglia di cercarli ha origine nell'infanzia.

Erano in tre, tre bambini dei monti, e andavano a caccia di segreti lassù. Nati sul ripido di luoghi ostili, cresciuti tra le costole magre della miseria, avevano poche gioie da spartire. E nessun giocattolo. Per la verità uno esisteva. Un giocattolone immenso appeso sulle teste come i santi sopra le madie: la montagna. Giocavano razzolandovi come pulcini sulla chioccia. D'estate scalzi, d'inverno con galosce di legno. Calde ma dure, per niente comode. Però calde. A primavera, con gli scarpetti di tela confezionati dalle vecchie. D'autunno, scambiavano scarpetti e galosce coi piedi scalzi. Piedi nudi su tappeti di foglie appena cadute.

Veniva avanti il tempo a farli crescere. Piano, senza fretta. Senza nessuna fretta. O per lo meno così pareva. Gli anni invece passavano veloci. Furono anni duri, cattivi. Anni in cui molti segreti rimasero tali, sepolti nell'eterno abbraccio dei monti. E della morte. Tanti invece si svelarono. E ogni volta i fratelli rimanevano stupiti. Le scoperte cavate come tuberi dalla terra li esaltavano.

Molti uomini cercano di conoscere i segreti della montagna. Vogliono stanarli, renderli visibili. Vi riescono con maggior o minor successo in base ad alcuni fattori. Per esempio è importante dove uno è nato, come è cresciuto, quanto ha sofferto, chi gli è stato vicino. Chi ha avuto per maestri. Soprattutto quanto è sensibile la sua anima. Non a tutti interessano i segreti della natura. Forse non li sentono, o non hanno tempo di cercarli. Vedono le montagne come blocchi turriti, pilastri di roccia scabri e senza valore. Ammassi di pietre inutili, sorti qua e là per capriccio del tempo. Altri vedono il mare come una superficie piatta e monotona, utile a scivolarvi con le barche o le navi da crociera. O pigliare il sole sulla riva. Ma se alziamo lo sguardo, all'orizzonte del mare, si vede accennarsi la curva della terra. Proprio lì s'affacciano i misteri. Se frughiamo nel fondo, non bastano mille vite a contenere lo stupore. I pescatori lo sanno. I pescatori di un tempo, quelli che il mare amano e rispettano.

Il mare è una montagna che dorme, la montagna un oceano verticale. Non vi è differenza se non che uno è liquido e l'altra solida. Deserti, pianure, ghiacciai, paludi e monti sconosciuti sono pieni di segreti. Essi albergano anche in un granello di sabbia. Da dove sarà venuto? Chi l'avrà ridotto così? Com'era prima? Chi era? Queste sono le domande che innescano la caccia ai misteri.

Quei tre bambini se le ponevano, in maniera semplice. Senza aspettarsi nulla, si chiedevano le cose mossi dall'inguaribile curiosità di conoscere. Percepivano che i monti nascondevano qualcosa. Crescendo aumentava la voglia di penetrare nelle montagne. Sentivano odori, intuivano tracce, segnali, rumori. Giungevano suoni lontani che attiravano l'attenzione. Erano soli, forse per questo inseguivano i segreti: per avere compagnia, fare esperienza, imparare. Il vento spingeva i suoni in paese. Quei bambini ascoltavano e guardavano le cime dei monti fasciate di nebbie. Erano sempre avvolte da quelle che Hermann Hesse definiva "azzurre lontananze". Bisognava salire in cima a quei picchi, trapassare le lontananze e vedere cosa si celava tra l'ultima scheggia di roccia e il cielo. La domanda sorgeva spontanea: "Che ci sarà lassù? Chi vi abita? Vi abita qualcuno? E, se esiste, com'è fatto?".

Decisero allora di andare a cercare, perché sulle cime dimorano i misteri. Ancora non sapevano che cercavano se stessi, volevano conoscere l'origine dei loro spaventi, quel non poter dire mai nulla, l'assenza di risposte da parte degli adulti. Paure e drammi, fame, botte e miseria non erano sulle vette ma dentro di loro e li avrebbero accompagnati alla tomba. Lo capirono dopo. Molto tempo dopo, quando le cose avevano perso il primitivo splendore e la vita stava andando dall'alto verso il basso. Ma in quegli anni correvano sui monti a distrarsi. Lassù i segreti rimanevano intatti, sempre nuovi, affascinanti, rispondevano sempre ai loro desideri.

Passò il tempo. A diciotto anni uno di quei fratelli morì. Se ne andò presto. I due rimasti intrapresero un declino senza scampo. È il destino degli uomini. Ma oggi guardano ancora ai monti con l'occhio di chi cerca e aspetta qualcosa. Da lassù torna il vento dei ricordi, porta visioni del passato, belle e disperate. Porta il desiderio di salire ancora. Riconduce al tempo delle scoperte. Esiste un tempo che non tramonta, quello di porsi domande, trovare risposte. Il tempo delle curiosità non ha scadenza, spinge a cercare fino all'ultimo giorno. Come un cane cerca il padrone, l'uomo insegue i segreti per capire.

Ma la montagna ha un potere speciale: più si scoprono i versanti nascosti, i lati oscuri, più essa li cambia e li rinnova. Li rivela o li nasconde, stimolando gli uomini a impegnarsi di nuovo. In montagna non vi è nulla da mettere in banca, si inizia ogni volta da zero, ogni mattina da quello che resta. Alla sera si stringono vuoti d'aria, blu di cieli, un pugno di visioni scomparse. Per questo vi si torna. Per non avere nulla. La montagna è l'unica madre che gratifica i figli di niente. La montagna premia col nulla, ciò che offre non dura, non è cumulabile. Scompare presto.

Quei bambini partivano all'alba che ancora non si vedeva il sentiero. Andavano verso la vetta, quel puntino che brillava lassù, circondato di misteri. Tentavano di salire ma non era detto ci arrivassero. In montagna non si è mai sicuri di giungere in cima, a volte nemmeno di scendere. Poteva darsi che gli elementi posti a difesa dei segreti ricacciassero indietro quei ragazzini curiosi. O, una volta in cima, non li lasciassero più tornare in basso. In montagna l'avventura finisce quando si mette piede sui prati di fondovalle. Mai prima. E forse neanche allora.

Ma erano poco più che bambini, tutto diventava magia, tutto era un mistero che intrigava e incantava. Giocavano con la natura, cercando di rubarle i segreti. Di quelli si accontentavano, non serviva altro. La montagna era aula di scuola, insegnante. Bambola e maestra, stanza e spazio libero, prigionia e libertà. Era un bellissimo e complicato giocattolo. Gioia pura, la montagna, nella sua aria fina hanno imparato tutto. E imparano ancora. Vivono sulle sue spalle, non alle sue spalle. La guardano in faccia. Sopravvivono alle nevicate del tempo, frugano nelle valanghe della memoria con illusione di scoprire ancora qualche mozzicone di vita. Trovano ricordi, trucioli di un'età tornita, che non c'è più.

Intanto le stagioni avanzavano, sbiadivano anno dopo anno, sembravano più corte, il cuculo non aveva più quella voce, ma cantava ancora. Quei bambini partivano per salire alla vetta. Prima di toccarle i fianchi occorreva avvicinarli. Dovevano infilarsi nei boschi, trapassarli, sbalzare torrenti, saltare fossi, aggirare ostacoli, traversare radure. Di corsa come caprioli. Prima di avventurarsi da soli avevano avuto maestri, guide di provata esperienza, pieni di silenzio e modi spicci. Il nonno innanzitutto. Poi vecchi bracconieri, boscaioli, contrabbandieri, alpinisti e fannulloni. Vagabondi che frequentavano la montagna per il solo gusto di camminare. Di toccare, scrutare, vedere, stupirsi.

Era il tempo delle cose belle, ogni giornata diventava avventura. A iniziarli, come detto, fu il nonno. S'accorse che i bimbi guardavano le montagne. Le fissavano di continuo. Alzavano gli occhi puntando lassù. Il maggiore credeva che al di là di quei monti non ci fosse più nulla. Solo un grande vuoto che soffiava il suo alito di nebbie e foschie. E, in fondo, una sterminata pianura, come una striscia di calce bianca, che s'allungava ai remoti confini del mondo. Questo credeva.

Un giorno quel nonno taciturno, alto come un larice, la barba di licheni e sopracciglia di ragnatele, lo affrontò:

«Cosa guardi?»

«Le montagne» rispose il bimbo.

«Ti piacciono?»

«Sì.»

«Vuoi salire lassù?»

«Sì.»

«Domani andiamo» disse il vecchio.

E andarono. Fu memorabile. Una camminata lunga, una giornata lunga, su una montagna che non finiva mai. Il ragazzino voleva la cima. Per vedere di là, solo questo. Arrivare in punta e guardare oltre, scoprire cosa c'era dall'altra parte. Osservare finalmente la bianca pianura calcinata di sole. Mordeva il freno, era impaziente, ma il vecchio andava piano. Si fermava a fumare, aveva un po' di vino in una borraccia d'alluminio, ogni tanto tirava un sorso. Tirava il fiato.

«Alla tua età correvo anch'io» diceva.

Fu un viaggio verso il cielo, dentro un mondo tentacolare che pinzava, mordeva, graffiava, spingeva, si opponeva. In calzoni corti e torso nudo, il vestito ruvido della terra si rivelò troppo aderente, il bimbo ne uscì scorticato. Alla fine sortirono dall'intrico dei boschi, salirono per prati e rocce e arrivarono in vetta. Il ragazzino mise il naso di là, ad annusare l'aria fina. Aveva sette anni, forse otto. Non ricorda. Ricorda invece quel giorno indelebile di delusione e gioia. Oltre il margine della vetta, c'era sì il vuoto, ma nessuna pianura bianca e sconfinata. Soltanto centinaia di cime, sparse qua e là dappertutto. Alcune a portata di mano, altre lontanissime, altre candide come fossero coperte di neve. Ed era neve, la neve eterna dei ghiacciai.

«Laggiù è l'Austria» disse il vecchio puntando un dito verso quei monti lontani. «Io ci sono stato, facevo il boscaiolo» disse come parlando all'aria, «mio fratello ci passò trent'anni, prima di tornare qui, a farsi ammazzare da un faggio. Si chiamava Santo Corona della Val Martín.»

Al bambino interessava poco l'Austria. Era rimasto annientato dalla realtà. Non trovò quella immaginata, ma una faccenda dura e triste. Le montagne non finivano, spuntavano ovunque a mo' di schegge, sparpagliandosi per terra come cocci di bottiglia. E non c'era il fondo piatto. In basso niente pianure bianche sfinite di sole, ma inciampi di monti aguzzi sparsi dappertutto. Questa la delusione. La gioia, però, s'affacciò con altro volto: quello di sapere che esistevano ancora montagne da scalare, vette sulle quali posare i piedi. Su quella cima, il bambino capì che gli piaceva andare lassù. Allora decise che vi sarebbe tornato. In futuro doveva salire i giganti di pietra per il solo gusto di sedersi in punta. Tutto qui.

Era luglio. L'aria calda dell'estate accentuava il grande silenzio del mezzodì. Senza una parola il vecchio s'allontanò. Forse cercava i camosci o una lingua d'ombra per dormire. Chissà. D'improvviso il bimbo fu solo, ma per poco. Ancor prima di rendersene conto, si trovò in compagnia. Erano presenze, voci, sussurri. Misteriosi personaggi circondarono il bimbo che sentiva i loro passi sulle pietre arroventate della cima. Tutt'intorno la montagna sembrava agitarsi, affollata da esseri invisibili che parlottavano, ridevano, si spintonavano per avvicinare l'intruso e spiarlo. Accoccolato sulla cima, il bimbo non muoveva un dito. Ascoltava. Attorno a lui c'era il silenzio delle altezze appena mosso dal brusio apparso dopo l'assenza del nonno. Aveva netta la sensazione che sulla cima si fossero radunati gli spiriti dei boschi e i folletti delle rocce. Le storie udite dai vecchi accanto al fuoco si facevano reali. Solo dopo qualche minuto trovò coraggio di voltarsi. Gli pareva che dietro la schiena ci fosse qualcuno. Sentiva passi, soffi, rantoli. Resistette il più possibile ma l'inquietudine lo ghermì e dovette girarsi. Alle sue spalle si era palesato il nonno e l'incanto finì. Sparirono voci e sussurri. Le presenze s'allontanarono in silenzio, come in silenzio erano arrivate. L'impressione che ci fosse qualcuno svanì nell'aria tremolante dell'estate. E allora tutto tornò come prima, come se non fosse successo nulla.

Al bambino dispiacque aver perduto l'incanto, ma aveva capito che sulle cime vi sono presenze e soprattutto che per averne coscienza bisogna essere soli. L'isolamento creava mistero, originava al bimbo quella sottile angoscia che nasceva quando percepiva l'invisibile girargli intorno. Aveva la sensazione di essere spiato anche se non scorgeva nessuno. Gli spiriti c'erano e li sentiva.

Anche i fratelli volevano andare per i monti insieme. E ci andarono, e scoprirono che tra fratelli era come essere uno solo. Potevano ancora riconoscere le presenze. Ma bastava ci fosse un adulto, che soltanto si avvicinasse un adulto, e tutto finiva. Il bimbo aveva capito: gli adulti soffiano via gli incanti, rovinano le cose, sanno troppo e frantumano i sogni.

L'eco

Un segreto che sempre affascinò i loro giorni fu il rimbalzo dell'eco, quel misterioso qualcuno che ribatteva, faceva il verso alle voci, rispondeva alle chiamate.

D'estate, i fratelli diventavano pastori alle malghe. In una di queste malghe, dal lato dove moriva il sole, stava nascosto l'eco. Bastava emettere un suono, uno qualsiasi, e dal muro occidentale partiva la risposta. Secca, perentoria, quasi arrogante giungeva come un colpo di fionda la voce arcana che li scuoteva dalla testa ai piedi. E loro si vendicavano. Per modo di dire. Lanciavano offese verso l'eco, che, a sua volta, le rispediva al mittente. Alla fine erano i bimbi a venire offesi. L'eco non mollava mai nei suoi rimandi, seguitava a rilanciare e aveva sempre l'ultima parola. Non c'era possibilità di vincere, l'ultima la voleva lui.

Ai bambini quella voce ricordava la nonna, una vecchia terrosa che non cedeva verbo finché l'interlocutore non ammutoliva. A quel punto concludeva acida: «Ecco, così». L'ultima voce era dell'eco e della nonna, che lo pronunciava con due "c". Ma la prima voce rimaneva quella più misteriosa e inquietante. L'invisibile imitatore diventava sempre più astuto e introvabile, potente da mettere i brividi. Chi si celava dietro quelle risposte? Dov'era il folletto che imitava così bene le voci, tutte le voci del mondo? Non lo sapevano. L'eco seguitava a turbarli e avrebbe continuato a farlo per sempre. È uno dei grandi segreti della montagna, e tale rimarrà fino alla consunzione del mondo.

Negli assolati meriggi d'estate, le mucche spossate di calura riposavano sotto i larici del Pian di Tamaría. Regnava nell'aria il magico silenzio del mezzodì. Era un momento di pausa dentro la pace della montagna. I fratelli traversavano il ruscello del Cevíta per andare alla baita. Poco prima di arrivarci, incontravano l'eco. E lo provocavano. Giocavano ogni volta con quella voce di rimando che li affascinava. «Stupido!» e di là: «Stupido!». L'eco non perdona, non dimentica, non si distrae e ribatte colpo su colpo. Allora lanciavano complimenti sapendo che li avrebbero avuti indietro. «To su bel!» e di là: «To su bel!». E avanti così, anche con parolacce, frasi scurrili, saluti allegri e offese di vario tipo. L'eco ripeteva ogni sillaba, preciso, nitido, instancabile. Ma non era solo quello il fenomeno che incantava i ragazzi. La magia risiedeva nel personaggio che stava nascosto dietro il muro a imitare le voci. Invisibile, ghignante, stava lì, nei dintorni della baita, sempre pronto alla risposta.

Oggi che son passati gli anni, due di quei bimbi portano segni di vecchiaia. Uno invece morì giovane. L'eco di casera Bedin non risponde più ai suoi richiami. Dall'altra parte la voce è muta. Ma il personaggio è ancora là, intorno la baita, frequenta quei paraggi dal giorno della creazione. Vive ai piedi delle montagne, sotto le vette del Cevíta, la Palazza e le acuminate Porte di Ruditía.

Vi fu un tempo in cui i bambini sognavano, amavano fantasticare, s'accontentavano di poco.

Eravamo bambini dei monti con scarsi giochi e poche gioie.

Inizia così una struggente poesia di Renata Viganò dedicata ai bambini uccisi a Marzabotto. Pure quei tre erano bambini dei monti. E se non furono uccisi dalla brutalità di un padre padrone incapace del minimo affetto, la loro infanzia fu cospicuamente deturpata. Si rifugiarono sotto l'ombra protettiva di un nonno che pareva un larice. Era alto come un larice. Fu lui che li portò in alto, a conoscere i segreti della montagna. Quella montagna li salvò.

Una volta l'eco di casera Bedin li fece piangere. Era il mese di giugno, il padrone aveva appena caricato la malga. Caricare significa portare su bestiame e attrezzi. Il tempo era bello, il sole indugiava sulle vette di quei monti ossuti e aguzzi, che posavano i piedi su pascoli magri e ripidi. Veniva da chiedersi com'era possibile ci vivessero per tre mesi quaranta vacche. Eppure ci vivevano. Brucavano quelle erbe buone piene di colori e profumi. A settembre, quando terminava la stagione, più che vacche erano capre. Bestie magre e scaltre, contente di aver scorrazzato all'aria aperta.

Era gioco badare alla pastura
era gioia il frumento a mietitura
verdi nudi pascoli,
bagnati dalle nuvole d'autunno;
un primo piovere sulle foglie,
un odore amaro nella polvere.

Prosegue la poesia della Viganò.

I fratelli accompagnavano la mandria alla pastura, verso sera la conducevano a riparo. Poi mungevano una a una quelle vacche scapestrate. Ma non era un gioco, era fatica.

Quel giorno l'eco li spaventò. Stavano poco lontani dalla casera. Più in là, sul sentiero, pascolavano i capretti: il pelo bruno della schiena luceva sotto il sole, avevano musetti birbi e allegri, saltavano tra loro come a giocare. E giocavano. Fingendo di scornarsi facevano salti così. Non avevano ancora le corna ma le gambe erano buone. Zampillavano per aria come spinti da una molla.

Era sul mezzodì quando arrivò l'ombra. Uno dei pericoli per gli animali della montagna è l'ombra. L'ombra mobile e solenne dell'aquila. Quando ispeziona gira lenta, ma quando ha visto diventa stretta e fulminea. Si raccoglie come un fuso, poi va giù a piombo. Il segreto è che non fa rumore. I capretti non s'accorsero che scendeva la morte. La regina si fiondò a terra a stringerne uno con gli artigli. Gli altri schizzarono via, ma quello, serrato forte, si mise a urlare. Belava tutto il dolore del mondo. I cuori dei bambini belavano con lui. L'eco ascoltava il terrore del capretto. Ascoltava le sue grida e le ripeteva. Tutte, senza dimenticarne una. Indifferente ai lamenti strazianti, li rilanciava tal quali come gli arrivavano, senza aggiungere niente. L'eco non fa commenti, non ci mette del suo, registra e basta. Registra e rilancia in simultanea. Così erano due i capretti a belare di paura. L'aquila serrò gli artigli levandosi in volo. La schiena del capretto scricchiolò. Lui abbandonò la testa e non urlò più.

È difficile dimenticare i belati di un capretto ghermito dall'aquila. È come sentire un bimbo chiedere aiuto appeso a un ramo sullo strapiombo. I fratelli non scordarono mai la voce disperata dell'animale morente. La montagna è anche questo: morte in cambio di vita.

Pochi anni dopo, uno dei fratelli, quello di mezzo, sperimentò sulla propria pelle l'esser afferrato senza scampo. Per lui la morte arrivò dal basso, non dal cielo. Se lo prese l'acqua di una piscina, in terra straniera, a nemmeno diciotto anni. Prima di affogare ebbe il tempo di capire che stava passando dall'altra parte? Chissà. Chissà se gridò come il capretto di casera Bedin mentre andava a fondo. Qualcuno era lì, e sa, ma non ha mai detto nulla. La morte di quel giovane rimane un mistero, uno dei tanti misteri della montagna.

Prima che l'aquila della morte lo sollevasse dal pantano di una vita miserabile, quel ragazzo, assieme ai fratelli, fece in tempo a divertirsi col grande giocattolo della natura. Fu l'unica gioia che ebbe nella breve tribolata vita. Dissodare la montagna per cavarne i segreti era il loro divertimento. Se fosse vissuto più a lungo, forse avrebbe trovato altrove qualche felicità, ma ebbe durata corta: gli restarono un pugno di ricordi da portare all'altro mondo. Alcuni erano belli.

Una volta vollero fregare l'eco di casera Bedin. Il mezzano si appostò accanto al muro della baita. Gli altri due rimasero distanti, vicini al ruscello che cantava. Lanciavano urla e parolacce. Quello di guardia era delegato a scoprire il punto dove si staccava la voce per saltare dall'altra parte. Niente. Da lì non sentiva nulla, né partiva alcun suono. Era facile che l'eco non volesse nessuno intorno, nemmeno un bambino. Poteva essere così. Allora il ragazzino tornava mestamente verso i fratelli e subito la voce riprendeva a farsi sentire. Correva di nuovo là, a trovare il silenzio. Per tanti anni cercarono di dare un volto all'eco. Volevano incontrare un viso nel quale riconoscere l'invisibile. Niente, non ci riuscirono mai. L'eco si nascondeva senza rivelare il volto. Tale mistero rimane anche oggi nonostante molti sogni non s'affaccino più nella testa dei due superstiti, né la curiosità sia più tanto viva.

Eppure l'eco dei monti non smette di affascinare il viandante delle altezze. Nel grande silenzio degli assolati meriggi d'estate si possono sentire bisbigliare gli spiriti dei boschi. L'eco di casera Bedin oggi non risponde più. Forse è morto di vecchiaia, o lo ha spento la stanchezza. Oppure se n'è andato da un'altra parte. Dopo la tragedia del Vajont, non ci passò più nessuno per tanti anni e allora può darsi davvero che se ne sia andato. Sta di fatto che non canta più. E non c'è più nemmeno la casera. Della cara, antica baita non è rimasta traccia. Dai suoi muri calcinati di sole è stato ricavato un elegante osservatorio faunistico in dotazione al parco delle Dolomiti Friulane. Forse il nuovo edificio ha snaturato la magia. O l'acustica. Di preciso non si sa. Quel che si sa è che l'eco non risponde più ed è un dolore per chi lo ha sentito da bambino. Là, dove pascolavano mucche e manze, è cresciuta la vegetazione, il pino mugo è imperatore assoluto. I larici si torcono nel vento, strizzando quella resina che leniva le botte sulle ossa. Può essere causa l'intrico di ramaglie che l'eco non risponde più. Magari è impigliato là intorno tra il groviglio di fronde e pennacchi e aspetta qualcuno con la ronca che venga a liberarlo. Può darsi tante cose, sta di fatto che l'enigmatico personaggio si è ammutolito.

Tutto tace intorno a quella che fu l'antica casera Bedin. Perché il luogo è caduto nel silenzio? Anche questo è un segreto che la montagna non svelerà a nessuno. Eppure l'eco torna ancora a cercare quei bambini, veglia tra le pieghe del passato, nel ricordo s'annida il suo verso. Ogni parola un sussulto. Pan viene a cercarli, di nuovo, a spaventarli con le loro stesse voci. Parole di chi è rimasto, il sussurro dei vivi. Soltanto parole silenziose, ritorni di memoria come primavere. Stanche epifanie di nient'altro.

Vento

Quando stavano sulle radure circondate dai boschi oscillanti alle brezze, si palesavano folletti e gnomi, driadi e oreadi. Ninfe dei monti e delle selve volavano sui torrenti ad animare la natura e la pace della sera. Bisogna averle conosciute da bambini queste presenze, per poterle avvertire anche da grandi. I ragazzi le sentivano, bisbigliavano là intorno, con un po' d'attenzione potevano percepirne i respiri, captarne le voci. Suggestioni? Può darsi, ma a loro pareva di intuirle e questo era grandioso. Sensazioni umide di rugiada, forti da far tremare il cuore, fresche di albe taglienti, pomeriggi assolati, notti brevi piene di suoni. Era l'estate dell'infanzia, quella che passa in fretta e abbronza l'anima per sempre.

Le presenze circondavano il bosco, seguivano i loro passi, davano le dritte, li facevano crescere. Nelle radure si palesavano più nitide. E loro ascoltavano. Ascoltavano la voce delle montagne. Finché a un certo punto tutto taceva di colpo, come se intorno la natura e i suoi abitanti si fossero adagiati nella siesta. O addormentati. Oppure spaventati da qualcosa, perché no. Allora i bambini facevano *ssssst*, e camminavano in punta di piedi, e trattenevano persino il respiro per non destare gli spiriti assopiti. Il bosco emanava un odore di sacro, si metteva il saio di intoccabile: il mistero a quel punto s'infittiva, la montagna stringeva al petto i suoi segreti e non li faceva trovare. In quella pace solenne senza tempo, pareva che la natura fosse ammutolita d'improvviso, come se una mano possente le avesse chiuso la bocca.

Ma presto dalle vette veniva giù quel vento che pareva trascinare frasche e la montagna ripigliava a muoversi e parlare. Calava improvviso a stordire le foglie, frullarle, farle cantare. Muoveva il sottobosco di sussulti, come a cercare qualcosa di smarrito. Portava sulle mani voci di falchi e aquile, poiane e gracchi. E portava la polvere dei monti corrosi dal tempo e dalla vita, limati dalle intemperie.

I monti cambiavano pelle anno dopo anno, come le bisce. Affidavano al vento la polvere della loro consunzione, giorno dopo giorno, fino a smagrire ed estinguersi nei miliardi di secoli. Ma questo i bambini non lo sapevano. A loro sembrava che il mondo fosse eterno e che in ogni lato ci fosse una vita nascosta, che si poteva udire, sfiorare, palpare. Strane voci percorrevano le valli. Voci piene di mistero s'adagiavano sui boschi, toccando il suolo una a una, come noci che lasciano l'albero d'autunno. Quelle fiabe arrivavano ai bimbi. Le portava il vento.

Il vento portava quella polvere impalpabile dei monti, un pulviscolo di fiati, un su e giù di suoni e note. Qualcuno sfiorava i tasti della natura, suonava l'immenso pianoforte con le dita affusolate delle stagioni. Questo era il vento. E anche lui, come l'eco, diventava un personaggio misterioso dal volto imperscrutabile. Un viso da immaginare, cercare, vedere. Nel suo estroso vorticare, a volte gioioso, spesso irritato, ogni tanto lunatico o cattivo, c'era un via vai di gente invisibile. E occhi dappertutto. Il segreto del vento stava nella voce: dentro quel fiato solido prendeva forma un volto, un ghigno che cambiava a seconda dei toni. Poteva essere rabbioso da far paura, quando tirava spallate a porte e finestre e spaccava i tronchi degli alberi e liberava quel grugnito possente che tagliava in due le montagne. Era violento e rabbioso. E insisteva. In quelle sfuriate la sua fisionomia acquisiva sembianze malvagie, come di uno che vuol far male senza motivo. Però a volte si palesava piano, calava nelle radure, verso sera, quando tutto era tranquillo e riposato. Veniva a far girare le foglie e le erbe secche sollevandole in un imbuto circolare che vagava rasoterra. In quelle occasioni il vento era educato e gentile e non faceva rumore. Si udiva solo il leggerissimo contatto di pagliuzze e foglie secche che si scontravano nel vortice. Agitate dalla brezza rotonda, scricchiolavano e crepitavano come un fuoco senza fiamme. I bambini fissavano ammutoliti quello spettacolo affascinante. A differenza dell'eco, il vento circolare si poteva vedere: il materiale da lui raccolto formava un cono che camminava qua e là, come una trottola. Tutto accompagnato dal profondo silenzio della natura.

Quel leggero brusio di folische era la voce del vento buono e gentile. Quell'alito fine calava timidamente dai monti, intrufolandosi nei boschi a portare le foglie dell'autunno nel girotondo della vita. In paese tali giravolte venivano chiamate "strie", streghe. Ma nell'affascinante imbuto che girava non potevano annidarsi le streghe, non era logico né bello. Questo pensavano i bambini, e mai vollero accettare la spiegazione dei vecchi. Alla stregua dell'eco, anche il vento era qualcuno che aveva volto. Nel vortice che danzava per la radura i piccoli scorgevano un viso, ne udivano la voce, sentivano il respiro. Era la magia della montagna, dei boschi, dei ruscelli. La magia dell'infanzia, e i bambini ne rimanevano incantati.

Il fenomeno dell'imbuto si palesava soprattutto nelle sere d'estate, prima dell'imbrunire. O a inizio autunno, quando le rondini partivano. Era affascinante seguire con gli occhi il vortice magico. "Chissà dove va, chissà quanto dura" si chiedevano. A un certo punto, in silenzio com'era arrivato, il vento mollava la presa e filava via. In quel momento il cono rotante rimaneva sospeso un batter di ciglia e poi cadeva al suolo, sparpagliandosi tra l'erba. Tutto finiva.

Apparivano poco, le girandole di vento, si palesavano di rado, ma quando capitava, i bambini rimanevano incantati.

Appena grandicelli, qualcuno si premurò di chiarir loro il mistero del vento in cerchio. Frequentavano le medie. Era un fenomeno semplice, spiegabile scientificamente. Dissero proprio così: scientificamente. E lo spiegarono. Ma gli adolescenti non ci cascarono. Dimenticarono la spiegazione e seguitarono a cercare il volto del personaggio che abitava il vento circolare. Volevano ancora sentirne la voce, vederlo girare nell'imbuto. Avevano capito presto che gli adulti soffiano via gli incanti, frantumano i sogni, rovinano le cose. Soprattutto banalizzano i segreti. Cercano persino di spiegare Dio. Gli adulti sono così, vogliono spiegare Dio. Invece non c'è niente da spiegare. Di scientifico, dentro i segreti della montagna, non c'è nulla. Prevale il mistero, quello sì. Il mistero che avvolge il mondo. Per chi ci crede, ovviamente. Come per Dio.

"Dove nasce il vento?" chiedevano i bambini. La mitologia lo vuole in una grotta dalla quale scappa ogni tanto per raggelare gente, far volare cappelli, strappare tegole, scompigliare orti, rovesciare ombrelli. Ai ragazzi, quel vecchio che pareva un larice aveva insegnato diverso. Il vento saliva dalle spaccature della terra. Era fatto dalle anime dei defunti. Molte di queste anime erano rimaste serene anche dopo la morte, nonostante una vita tribolata. Molte, dannate e senza pace, da vive non erano state contente, ce l'avevano con tutti, niente gli garbava, al minimo sgarro si vendicavano. Anime disperate che avrebbero voluto un corpo e un'esistenza diversi. Un destino migliore. Più successo, più denaro, più bellezza. Anime invidiose finite assieme alle altre dentro le spaccature della terra. Laggiù, nel purgatorio di roccia, aspettavano. Ogni tanto uscivano fuori, e salivano sulle vette per avvicinarsi a Dio. E chiedergli se era il momento di accoglierle in Paradiso. "Non ancora" rispondeva. Allora le anime buone calavano dai monti a vagare un po' nei luoghi dove erano vissute. Si fermavano nelle radure, a far girare le foglie, ondeggiare le fronde, carezzare i volti, raccontare storie. Anche le anime dannate calavano dai monti. Si buttavano giù arrabbiate più che mai, a sradicare alberi, strappare tegole, far volare cappelli, scompigliare orti, rovesciare ombrelli. E, qualche volta, divellere tetti, e porte.

«Così non guadagnavano il paradiso» sentenziava il vecchio.

«Ma quelle buone sì» osservavano i bambini.

«Quelle sì» diceva il vecchio, «ma nel frattempo altre persone erano morte. Molte altre persone, buone e cattive. E allora i venti, buoni e cattivi, esisteranno sempre come le persone» così concludeva il vecchio.

Ma c'era un "ma". Nemmeno la sua spiegazione convinceva i bambini. Nel vento, di qualsiasi tipo, immaginavano un solo personaggio, unico, misterioso, invisibile. Schivo a tal punto da non farsi mai vedere. Questo era il segreto del vento, essere qualcuno senza far sapere chi. Come gli uomini.

Un giorno i bambini decisero di darsi coraggio e toccare per una volta l'imbuto rotante.

«Alla prossima lo prendiamo con le mani» disse il maggiore.

Aspettarono parecchi mesi finché un pomeriggio d'estate, alla baita dell'eco, il vento circolare arrivò. Cominciò a far girare, come sempre, foglie, pagliuzze, fili d'erba e licheni.

«Eccolo!» bisbigliò il maggiore.

Saltò al centro del prato e infilò un braccio nella minuscola tromba d'aria. Sentì le foglie crepitare sulla pelle, lo pungevano con dei *tic*. Quel contatto piuttosto banale fu deludente. Scappò indietro e spinse il più piccolo a ripetere il gioco. Era molto giovane, il fratello minore, mostrava qualche titubanza. Allungò la mano e la ritirò velocissimo. Anche lui tornò indietro, però esultava del suo coraggio. Toccava a quello di mezzo, ma doveva far presto, l'imbuto magico non sarebbe durato a lungo. Il ragazzino non si mosse. Rifiutò d'infilare le mani nell'imbuto vorticante. Pensarono che avesse paura, invece non ne aveva. Semplicemente voleva conservare intatta la visione affascinante che appariva nelle radure. Tutto qui. Non voleva mettere le mani nel segreto e rovinarlo. Gli bastava osservarlo. Vederlo girare nel vortice della sua breve vita, prima che sparisse. Disse: «No, non lo tocco, non voglio». E non lo toccò. Preferì sognare. Toccarlo significava rompere il giocattolo per vedere cosa c'è dentro. Quel ragazzino, morto a nemmeno diciotto anni, non voleva trovarsi in mano una manciata di cocci. Questo il maggiore lo capì molti anni dopo. Troppi.

I segreti vanno cercati ma lasciati dove stanno. Sapere che ci sono, scoprirli, goderli, evitando di umiliarli, rubarli, smontarli. Così quel giovane se ne andò senza conoscere la delusione del vento circolare sulle braccia. E forse, fu meglio così.

Ruscelli

In montagna nascono i ruscelli. Sbucano di colpo qua e là, chiassosi come bambini che escono da scuola. Ognuno ha una voce diversa a seconda del carattere. Pure il terreno dove scorrono contribuisce a dare tono al loro canto. Ma la magia non sta nella voce, bensì nella purezza. Sono limpidi come vetro liquido, una limpidezza che nasconde segreti. Ad esempio la melma, trasparenza che sta sul fondo, pacifica e misteriosa, non lascia trapelare nulla. Eppure è piena di cose e se stimolata risponde occultandole ancora di più. La melma difende i suoi segreti.

Vengono giù, i ruscelli, saltando e ballando per ripidi prati, percorrono boschi, lisciano rocce, s'infilano nelle forre, uscendone mezzo soffocati. Poi si buttano dalle balze a mani giunte, fanno un tuffo creando cascate che formano grandi pozze. Sopra le pozze i ramarri disegnano l'arcobaleno e intorno fiorisce nell'aria una neve di goccioline. A volte, nei tratti pianeggianti, i ruscelli rallentano, ogni tanto s'allargano originando delle pance dette lame. Polle d'acqua tonde come se dentro fosse caduta la luna.

I ragazzi si fermavano ai bordi delle polle a osservare. Sul volto argentato di quei laghetti grandi non più di qualche metro brulicava la vita. I bambini guardavano incantati. Insetti strani si muovevano, camminando sulla superficie come su un foglio di stagnola. Alcuni partivano a scatti, fermandosi di botto dopo poco. Altri letteralmente passeggiavano come marciassero sull'asfalto. Erano leggerissimi, talmente leggeri da non sprofondare, però l'acqua ferma s'increspava, faceva le rughe.

I bambini, allora, tiravano in ballo il prete. Il prete, a dottrina, aveva detto che un giorno Gesù camminò sulle acque di un lago. Come quegli insetti, pensavano i bimbi. Non erano Gesù eppure camminavano sull'acqua. Per loro era facile. Per i bimbi impossibile. Nell'acqua i bimbi sprofondavano, se era verde avevano paura. Presentimento? Chissà.

Ogni tanto apparivano le rane. Non sapeva nessuno da dove venissero o sbucassero. Sta di fatto che nelle pozze, al tempo di primavera, saltavano le rane, e dopo un po' le pozze si riempivano di uova. Masse di uova legate tra loro da una gelatina viscosa e grigiastra, piena di punti neri. Dentro l'acqua parevano nuvole cadute. Nuvole che avevano perso la strada. Si muovevano lentamente come budella gonfie per risalire. I bimbi tuffavano le mani a stringere quelle nuvolette limacciose che sfuggivano alle dita. A quel punto l'acqua s'intorbidiva, gli insetti scappavano, le uova sparivano dal fondo, disperse nella melma. Per un attimo la pace del luogo s'allontanava infastidita. I ragazzini sentivano di aver rotto qualcosa e lasciavano stare. Un tordo abbandonava il cespuglio, frullando spaventato. Dopo qualche minuto tutto tornava tranquillo. Il ruscello accanto bisbigliava come sempre. La pozza rasserenava il volto, le uova delle rane smettevano di ballare e la melma piano piano s'adagiava di nuovo sul fondo come un rancore sopito.

Il tordo sospettoso ci metteva un po' a tornare al nido. Ma non troppo, altrimenti le uova si sfreddavano e i pulcini sarebbero morti dentro. I tordi nidificano vicino a ruscelli, pozze, fonti e torrenti. Fanno un nido smaltato di argille e poi lo lisciano col petto che sembra una scodella di ceramica, tanto è levigato. Ci si potrebbe versare del vino e bere. Per questo i tordi e le rondini hanno bisogno dell'acqua: devono fare la malta come i muratori.

Appena tornata la quiete, attorno alle polle si concentravano i rumori del bosco. La superficie tremolava sotto un alito di vento. Come bucata da un trapano invisibile, l'acqua ferma si metteva a girare, formando quelle che i bambini chiamavano "pírie". Erano piccoli gorghi che roteando acciuffavano foglie e pagliuzze tirandole sul fondo, come facevano le strie del vento. I bimbi infilavano l'indice nel centro del vortice ritirandolo asciutto. Mettevano il dito nell'acqua ma non si bagnava.

A quel punto come per incanto arrivavano le ninfe. Forse erano lì da sempre, o da molto tempo. Non si sa. Facile la prima. I ruscelli luccicavano più forte, gorgogliavano come forcelli in amore. Schioccavano la lingua, alzavano la voce, gonfiavano gocce come bolle di sapone. Poi, di colpo, con un *puff* le bolle svanivano. Allora i ruscelli scioglievano trecce segrete, lingue d'acqua s'affacciavano a far sberleffi, squittivano, mandavano richiami. Voci gentili costringevano i fratelli a voltarsi da quella parte, scrutavano i massi per vedere se c'erano le ninfe. Anche se non apparivano le scorgevano lo stesso: piccole, bellissime, mezze nude. Stavano là, sedute. Ne percepivano la presenza, sentivano frusciare i lunghi capelli d'acqua chiara. Le vedevano voltarsi verso di loro, sorridere, ammiccare. Avrebbero voluto portarne a casa qualcuna, ci speravano. Non successe mai.

Le ninfe si palesavano sui ruscelli lungo l'intero anno, ma in primavera apparivano più belle. Esisteva un posto speciale dove stazionavano sempre, era la radura di una valle lontana che per arrivarci occorreva mezza giornata. Una bellissima valle alla fine del mondo, dove s'allunga, come a scrivere sul foglio concavo del cielo, un campanile di roccia grigia che col tramontare del sole si fa d'argento. Alto, splendido, sottile come una matita, attende chi ha coraggio di scalarlo.

Attorno alla radura, grandi abeti bianchi e pini e larici dondolavano alla brezza dell'estate. La chiamavano la Polsa dei ciuffolotti. In quel posto si radunavano intere pattuglie dei timidi uccellini grigi dal petto insanguinato. Ce n'era sempre uno, forse non lo stesso, che si posava sulla punta dell'abete più grande. E lì rimaneva ore a fare *pit*. Il mistero del ciuffolotto si cela nella dolcezza del suo canto. Nella breve, struggente nota di quel *pit* c'è tutto. Nessuna musica al mondo, suono o voce di pari brevità vi può competere. L'intensa e disarmante dolcezza del canto solitario di un ciuffolotto è impareggiabile. Il suo *pit* è dire "ti amo". Un timido bacio senza pretese. Il ciuffolotto fa dichiarazioni d'amore con grazia e discrezione, i suoi "ti amo" così belli non si sentono da nessuna parte. Altrettanta grazia esprime nel volo. Ma perché il ciuffolotto si posi sulla punta di un grande albero e vi rimanga lunghe ore, nessuno lo sa. Gli esperti dicono per dare allarme agli altri in caso di pericolo. Ma non è vero. Lo fa anche quando è solo. Nella radura dei bei sogni, era spesso uno solo a cantare. Per ore.

I ragazzini andavano a vedere le ninfe e trovavano l'uccellino. Lo avvistavano in alto, sulla punta dell'abete bianco. Pareva così lontano e irraggiungibile che i bimbi venivano presi dalla tristezza. Il ciuffolotto stava lassù, splendente e irraggiungibile, col sole che lo rendeva d'oro, fuori dal mondo, ritagliato nella luce come un dio. L'uccellino si puliva le piume nel suo malinconico isolamento. Ai bimbi pareva qualcosa di raro e prezioso, qualcosa da toccare. Era la lontananza a impreziosirlo. La distanza, non le ali, lo rendeva imprendibile. I piccoli provavano un senso d'impotenza e sconfitta. Occorreva andar su, alla punta dell'abete, a conoscere nel dettaglio il minuscolo batuffolo. Solo così ne avrebbero scoperto il segreto, tornandone appagati. A quel punto lasciavano perdere ninfe e ruscello e partivano uno alla volta. S'arrampicavano di slancio sull'enorme albero a colmare veloci il vuoto che li separava, a scoprire com'era lassù, dove finiva il corpo dell'albero e iniziava il cielo.

Separazione e distanza originavano il mistero. Il mistero scatenava curiosità. Una molla che li spingeva in alto come l'aria quando alza i soffioni e li dissolve. L'ignoto stava al punto più alto, dove oltre non c'era che il vuoto. Come sulle vette dei monti. Anche lì non c'è più niente attorno. Come la vita: origine liquida che diventa solida, resa friabile da amarezze e dolori, affacciata sul vuoto del nulla e al buio del dopo. Ma questo i fanciulli ancora non lo sapevano. Beati anni dell'infanzia!

Afferrando i rami come scimmie, con quattro balzi erano in cima. Poi rallentavano fissando lo stelo finale, ipnotizzati dal batticuore. Tutto stava lì, a portata di mano, dopo un attimo avrebbero saputo. Ma il ciuffolotto era volato via, finito chissà dove. Sulle sue piccole ali se ne andava il segreto in un posto che solo lui conosceva. Sulla punta del grande abete bianco rimaneva l'arcano dell'isolamento, un luogo remoto dove lo sguardo saltava giù a incontrare il bosco.

Luci e ombre avanzavano qua e là, a seconda della forza del sole. Il bosco diventava l'amico protettivo, consolatorio, vivo. Uno sterminato nido di stecchi verticali dove rifugiarsi come pulcini. Dove nascondersi dopo la delusione della cima. Scendevano sconfitti e tornavano alle ninfe del ruscello. Avanzando, vedevano fendersi l'erba alta e scura davanti a loro. Erano i coboldi che si facevano strada verso l'acqua, anche loro intenzionati a spiare le ninfe. Mano a mano che procedevano, s'aprivano steli, dondolavano fiori. I ragazzi prendevano posto sulle pietre attorno alla radura, lastre bianche e quadrate come fette di neve. Accoccolati, ascoltavano la voce del ruscello. L'usignolo liquido scandiva la sinfonia del tempo, portava nella voce secoli di ciò che era stato, indisturbato e pacifico come quei monti formidabili che segnavano i confini della valle. Concentrandosi attentamente notavano le variazioni: colpi di tosse, alzi di tono, grugniti, mugugni, trilli, gorgogli. E poi, come se sprofondasse nel cuore della terra, taceva di colpo per qualche minuto. Era durante quei momenti di pausa che s'affacciavano le ninfe delle sorgenti. Nel silenzio profondo che calava sulla radura, percepivano brevissime sottili risate. Là intorno si celava la vita, la sentivano senza vederla. Come un pulcino dentro l'uovo, il cuore delle ninfe palpitava.

Erano momenti irripetibili che tenevano i bambini col fiato sospeso, l'emozione andava a mille. Momenti che conserveranno per sempre.

A volte quando cambiava il tempo e la pioggia batteva per giorni, e il vento scuoteva i boschi tirando via le foglie, i ruscelli gonfiavano il petto, ingrossavano la voce, diventavano chiassosi. Nelle radure, i coboldi sparivano sotto terra, infilandosi tra le radici contorte degli alberi antichi. Le loro tane, piccole caverne. Anche le ninfe si dileguavano. Forse andavano a nascondersi dentro i tronchi spaccati dalle saette, o si rifugiavano alle sorgenti dei ruscelli. Oppure si lasciavano portare da loro fino ai fiumi e di lì al mare. Dal mare rientravano sfinite alle radure. Così narrava il nonno nelle leggende della sera. Questa versione i ragazzini la davano per buona. S'aggrappavano ai ritorni, credevano in essi. Tutto quello che riappariva a rallegrare i loro giorni aveva senso, perciò lo accettavano di buon grado. Il resto no. Non accettavano fiabe o credenze dove immagini grate non tornassero a riempire il vuoto. C'erano state troppe partenze, troppe assenze in quella casa, per accettarne altre. Volevano qualcosa a lieto fine. Così, nella natura, vedevano quello che sognavano. Che speravano. Ma quando il vecchio non tornò, smisero di sperare. Lo riportarono morto. Il larice era caduto. Una saetta a quattro ruote lo falciò. La sorte gli aveva dato tempo d'insegnare ai nipoti i segreti della montagna. Ma non tutti. I rimanenti li avrebbero scoperti da soli. Prima di partire, il vecchio consegnò gli strumenti. Adesso dovevano affilarli e arrangiarsi. E si arrangiarono.

I ruscelli seguitarono a cantare. Li conoscevano uno a uno, comprese le voci. Se fosse apparso qualcuno con un registratore a incidere il loro canto e glielo avesse fatto ascoltare, avrebbero indovinato a chi apparteneva. I ruscelli, quando nascono, fabbricano lo strumento, e quello suonano per sempre. Fanno capolino da qualche parte e si mettono a correre. Durante la corsa limano, scavano, vangano, saltano, frugano. Insomma, costruiscono la loro cassa armonica, trafficano finché non hanno creato il solco che accoglierà il loro corpo liquido. Fanno questo, i ruscelli, e anche torrenti e fiumi. Ogni percorso è diverso perciò ogni voce è diversa.

A marzo, nelle quiete polle dal respiro immobile, brulicavano le rane. Lasciavano quelle nuvole di gelatina piene di puntini scuri che erano uova. Prima che sparissero di nuovo nel bosco, i fratelli catturavano le rane per mangiarle. Andavano di notte, rischiarando le tenebre con lampade a carburo. Il nonno era tassativo: «Cento bastano» ammoniva. Guai prenderne una in più. Picchiava col bastone sulle mani. «Quella serve agli altri» diceva. Sicuro del suo pensiero, lo imponeva. Conosceva i segreti della montagna, aveva raccomandato ai nipoti di ascoltare. Parlare poco, ascoltare molto. Per notare i cambiamenti.

Un giorno stava sul colle delle acacie coi nipoti. Il più piccolo si fermò di botto. Disse che il ruscello delle Spesse non mandava la solita voce. Andarono a vedere. Una frana l'aveva deviato, le mani d'acqua non battevano più la vecchia cassa armonica. «Ascoltare, sentire, capire e conoscere» così diceva il "larice". Si sforzavano dargli retta. Il ragazzino che intuì la variante di voce aveva sette anni. Cominciava bene, prometteva. Da piccoli promettiamo, siamo tutti geni precoci, promettiamo un sacco di cose. Gli adulti ci prospettano futuri radiosi. Ma non va così. Quasi mai.

Un autunno andarono alla radura dei bei sogni, conosciuta come Polsa dei ciuffolotti. Giunti al torrente sentirono un gracidare di motoseghe. Erano le prime che apparivano in valle, di conseguenza le collaudavano bene. Forse troppo. Gli uomini sono portati a usare le novità in modo esagerato. Erano tre boscaioli, buttavano giù alberi uno dopo l'altro. Tagliarono pure il grande abete bianco sulla punta del quale sostava per ore il ciuffolotto. I ragazzi rimasero attoniti, al limite del pianto. Si domandavano dove mai sarebbe approdato ora, l'uccellino. Inoltre, la loro base di quiete era devastata, molti alberi abbattuti, la radura sfoltita, violentata, svilita. Quello scompiglio di piante cadute non li affondò: impararono che da ogni situazione si può ripartire, tranne dalla morte. Il vecchio non sarebbe tornato, il bosco sì. La terra e l'anima ricrescono, guariscono ferite. Nella radura rimanevano il ruscello, i coboldi e le ninfe. E molti alberi sparsi qua e là, tanti e fitti.

Il cuore degli alberi

Alcuni sono come il grande abete, altri più grossi. Altri piccini, col naso in aria pronti a crescere, pronti a sentire le carezze o le unghiate delle stagioni. E intanto aggiungere un piccolo cerchio al loro girovita. Uno alla volta, sempre più larghi, anno dopo anno, anello dopo anello.

Il grande abete bianco stava riverso sulla terra come una montagna caduta. I rami penetravano il terreno in profondità, spine dentro un corpo vivo. I bambini s'avvicinarono per contare gli anni. La sezione di taglio era più alta di loro. I boscaioli non li cacciarono, si fecero da parte. Loro contarono fino a cento anelli ed erano appena a un quarto di tronco. Allora lasciarono perdere. Quando era vivo, il nonno parlava sovente dei cerchi che danno età agli alberi.

«È una scrittura» diceva. «Un segreto che bisogna scoprire, per scoprirlo occorre imparare a leggere. A leggere nel cuore degli alberi.»

Prendeva un tondello già tagliato o un tronco dal quale segava una fetta e da quella fetta cominciava la lezione. Iniziava a svelare i misteri dei cerchi. Quando erano molto staccati uno dall'altro, voleva dire che l'inverno era stato mite.

«Vedete qua» diceva puntando l'indice nodoso, con l'unghia nera, grosso da coprire gli anelli che indicava. «Qui ha mangiato bene, c'era poco freddo, l'albero è cresciuto mezzo centimetro, fu inverno buono.»

I bambini facevano calcoli. Partendo dall'interno contavano i cerchi fino ai più larghi ottenendo un numero che, sottratto alla cifra dell'anno in corso, indicava preciso quale inverno era stato buono e quale cattivo. Se gli anelli erano vicini, quasi a toccarsi, raccontavano di un anno difficile, con inverno a poca neve ma freddo per lungo tempo, con la terra che s'induriva nel fondo, ostinata e gelida, e non dava nulla. Una primavera stentata, estate secca, autunno polveroso facevano il resto. Se gli anelli si toccavano in un punto e poi nel giro s'allargavano, era segno di un inverno da castigo, ma gli altri mesi si erano voltati a favore e l'albero aveva ripreso a mangiare buone cose.

Leggendo i cerchi degli anni, si scopre quel che è successo alla pianta lungo la vita. Ma per farlo bisogna tagliarla e quando è tagliata è morta. Questo è il destino degli alberi e degli uomini: per scoprire i loro segreti bisogna che siano morti. Il vecchio lo diceva: «Adesso che sapete, è morto». E indicava l'albero steso in terra.

C'è da dire che foreste intere vengono rase al suolo da uomini senza scrupoli né anima. Solo a scopo di lucro, non per sapere cos'è capitato a quelle povere piante quando stavano in piedi. Ma questo è un altro discorso.

Leggendo il cuore degli alberi, quasi sempre ci si imbatte in un cerchio che d'improvviso sussulta, in saliscendi o zig zag verticali. Sono paure. Può darsi che più di un anello mostri queste scosse, dipende da quante batoste ha preso. Se sfiorato dalla saetta, colpito alle caviglie dalla pietra che rotola, contorto e strizzato dalla valanga, o piegato dal vento, l'albero ha paura. A quel punto, quando gli succede l'accidente, l'anello di crescita subisce un brivido. Quel cerchio s'increspa e lo si può vedere. Se lo sfiorano i denti della motosega, scriverà nell'anello il terrore provato. Dopo aver tagliato la pianta, osservando con attenzione, si può sapere quante paure ha preso. A volte sono tante. Questo insegnava il vecchio. Quando lo riportarono morto, i ragazzini capirono molte cose, come se leggessero il suo tronco abbattuto.

Le variazioni di colore negli anelli sono avvisi di tranquillità, vuol dire che l'albero ha passato un periodo pacifico. Con i tempi buoni i cerchi assumono una tinta rosa chiaro. Anni di tormenti creano anelli con zig zag verticali come punti di cucito. Gli alberi del Vajont, franati assieme al monte Toc, portavano il terrore nel cuore. Si possono vedere anche oggi, dopo cinquant'anni, basta segarne uno e contare. Molti di quegli alberi non morirono sul colpo, s'adagiarono per terra orizzontali, come soldati caduti sul campo di battaglia. Ma non cedettero né si arresero. Avevano ancora le radici impiantate nella terra capovolta. Seguitarono a vivere piegando le punte verso l'alto per cercare nuova luce. E la trovarono. In cinquant'anni, quelle punte sono salite trenta metri. Le piante con la cima fracassata delegarono i rami a farsi alberi in loro vece. Oggi si possono ancora vedere, questi rami diventati alberi. Hanno mezzo secolo, come la tragedia che fece duemila vittime. Partono dal tronco e vanno su, alti e dritti, piuttosto grossi, per quanto possa essere grosso un albero di quell'età. Le piante madri, stese come vecchie sfinite, succhiano vita per loro. In questo modo sono costrette a resistere. Mamme che si sforzano di non morire perché devono ancora allattare, la prole ha bisogno di loro. Tengono botta per i figli, i quali campano grazie al sacrificio delle madri, come spesso accade tra gli uomini. Dopo il cataclisma dell'ottobre '63 avrebbero preferito morire, e forse era meglio, ma non potevano. Avevano una missione da compiere: resistere per i figli.

Oggi quel bosco, sopravvissuto alla rasoiata del Vajont, si trova un chilometro più in basso rispetto a dove balzava in origine. Cresce lentamente ai piedi della frana, come un fiore sulla tomba. Vive all'ombra della memoria, nascosto e silenzioso, lontano da curiosi e passi indiscreti. Chi vuole può visitarlo, in punta di piedi, pensando alle duemila persone uccise. Cinquecento erano bambini. Allora sentirà tutto il dolore di quel bosco sopravvissuto per amore.

Gli alberi nascono al buio e vanno alla luce. Trovano la strada verso l'alto senza nessuno che gli dica niente o tracci la via. Premono una lenta resurrezione da sotto terra all'aria aperta. Il segreto sta nella calma, nella pazienza, nella stoica rassegnazione all'attesa.

«Fate gli alberi» diceva il vecchio. «Le intemperie li urtano, li scuotono, li battono. La punta si piega, fa onde, a volte si spacca, ma la base resta ferma.»

«E quelli rovesciati dal vento?» chiedeva il fratello maggiore. La voce tradiva una certa arroganza.

«Non avevano radici salde» rispondeva il vecchio. «Sono qui apposta per darvi una mano. E ve la do. Ma se arriva la scure, nessuno può farci niente.»

Quell'uomo era un larice, aveva radici fonde, cementate da una vita a spintoni. Uno per tutti, la morte di cinque figli. Ci volle la scure a tirarlo giù.

Il fratello di mezzo stava diventando solido quando fu abbattuto anche lui. La scure della morte taglia alto, non si occupa della base. Disdegna il fondo. Le radici assistono impotenti alla separazione. Non possono fare altro. La scure trova sempre il punto debole. E il bosco rabbrividisce al suo *toc-toc*.

Gli alberi sentono voci, suoni, rumori. Si dice che nei tempi remoti parlassero. Ora non si dice più niente. E gli alberi non parlano più. Però ascoltano. Odono i *crack* nelle notti d'inverno, quando la neve cade silenziosa, e cresce a dismisura e il peso spacca le ossa ai loro fratelli. In quel momento soffrono. Hanno paura. Nel loro cuore ci sarà un zig zag.

Questi sono piccoli segreti della montagna. Segni minimi, trascurati dai costruttori, falegnami, scultori, spesso ignorati o creduti di nessuna importanza. Invece sono preziosi. Un mobile fatto con quel legno gemerà per tutti gli inverni. Gemerà finché i tarli non l'avranno rosicchiato, ridotto a polvere. Allora tornerà nel suo bosco a sentire ancora i suoni.

Prima di morire il vecchio faceva un gioco. Portava i nipoti nelle radure a ogni stagione. Seduti su un ciocco, o in piedi se c'era neve, spiegava ai ragazzini che gli alberi hanno carta d'identità. Gliela fornisce la natura con tanto di nome, cognome e foto. E cominciava a farglieli conoscere uno a uno.

«Le foglie sono i capelli, la corteccia il volto, i nodi gli occhi, le radici i piedi. Quando perdono i capelli come gli uomini, rimane il viso a rivelare chi sono» così diceva il nonno e i bimbi imparavano.

A fine insegnamento, puntava improvviso l'indice verso una pianta e chiedeva: «Che albero è questo?».

Dopo aver mandato a memoria le lezioni, i ragazzini rispondevano all'unisono: «Un faggio!» ed era faggio. «Carpino!» ed era carpino. Di rado sbagliavano.

Se due cortecce si assomigliavano, erano le foglie a decidere. Se le foglie erano cadute diventava difficile, ma con l'acume e l'andare degli anni, non sbagliavano colpo. O meglio, non mancavano albero. Li conoscevano a distanza e in ogni stagione. Col tempo impararono a farne uso, tagliando all'occorrenza solo quelli giusti. Alcuni sono buoni per certe cose, per altre si negano. Questo occorreva sapere. Diventare abili artigiani non era semplice. Bisognava conoscere le caratteristiche di ogni essenza, soprattutto per quale oggetto andava utilizzata. Non si può fare un pattino da slitta con il tiglio, si consumerebbe in tre giorni. Ci vogliono il carpino o il faggio tagliati a novembre, quando la luna in fase calante blocca le linfe. Ma questo è un discorso vecchio, già sentito, i bimbi lo sapevano.

Quello che invece rimane un segreto è la scrittura misteriosa che alcune piante secche, ma ancora in piedi, portano tatuata sotto la pelle. Sono biografie di alberi morti, testamenti lasciati ai posteri, escoriazioni di vite immobili, verbali redatti da notai di pazienza certosina: i tarli. Scrivani in miniatura, tenaci e infaticabili, i tarli raccontano la vita del bosco. E dell'albero, perché lui non può farlo, essendo morto. Alcuni muoiono in piedi, come si fossero appoggiati all'inverno per dormire e mai più ridestati. Oppure stesi a terra, abbattuti dalla saetta, dimenticati dal boscaiolo, scardinati dal vento, trascinati nella valanga.

Questi libri, scritti al ritmo delle stagioni, precedono di gran lunga quelli di carta, per fare i quali fornirono e forniscono ancora oggi la materia prima. Hanno copertine precarie, di corteccia, e una sola pagina: il fusto. Sollevando la scorza disseccata da sole e vento, si apre il libro all'unica pagina sulla quale appaiono i misteriosi geroglifici dei tarli. Segni fitti, intricati, pieni di ghirigori e andirivieni. Ricami complicati, a volte astrusi da perderci la testa. Ma sempre redatti con una pulizia di segno e nitidezza grafica da lasciare sbalorditi. Senza ripensamenti o indecisioni, direttamente in bella copia.

Dentro vi è la storia dei boschi, dei loro segreti, del singolo albero, delle stagioni, del tempo passato. Forse anche di quello che verrà. È l'epopea registrata degli uomini e degli animali che vagarono lungo quei boschi. C'è il verso degli uccelli, il silenzio degli inverni, la pace delle sere, l'urlo del vento. Vi è in quelle pagine, scritte dagli umili tarli, il canto segreto del mondo, quello che nessuno conosce.

Se uno scultore riuscisse a imitare quei labirintici solchi e riprodurli su tavole di legno, diventerebbe il più famoso del pianeta. Allo stesso modo se uno scrittore riuscisse a decifrare quei segni misteriosi e pubblicasse la quantità di storie che nascondono, sarebbe senza dubbio il più letto al mondo. Di sicuro il più bravo. Depositario di storie mai udite.

Quel vecchio diceva che il Galvanel, il Mazzaruol e il Salta-Brinca erano gli unici a conoscere la scrittura dei tarli. I quali, da buoni amanuensi, trascrivevano quello che le stagioni dettavano. Quelle stagioni che in quattro formavano l'anno. Perciò era l'anno che dettava. Uno dopo l'altro, gli anni formavano i secoli, i secoli il tempo. Era il tempo, alla fine, a suggerire ai tarli cosa scrivere.

«Chi l'avrebbe mai detto» esclamava il vecchio fingendo sorpresa «che la vita segreta dei boschi e degli uomini, la storia che nessuno sa, la scrivessero i tarli sotto cortecce di alberi morti.» La morte non dovrebbe contenere la vita.

Invece era così. Altrimenti tutta la faccenda non sarebbe stata un segreto. Mazzaruol, Galvanel e il Salta-Brinca erano personaggi misteriosi e inquietanti che giravano i boschi notte e giorno a spaventare donne e bambini. E succhiare il latte a vacche, capre e pecore. D'estate anche alle mogli dei pastori, che addormentavano abilmente sotto gli alberi prima di denudarle e succhiare il loro latte. E forse fare altro. Erano piccoli, brutti e pelosi, metà uomini e metà caproni, con barba lunga e grandi orecchie a punta. E, diceva la leggenda, avevano enormi falli penzolanti e scuri che trascinavano nell'erba come una coda sotto la pancia.

I bambini erano curiosi, al modo di tutti i bambini. Volevano sentire le storie che i laboriosi tarli fissavano sotto le cortecce. Ma nessuno le poteva togliere dal loro sonno, solo i tre famigerati tipacci dei boschi. E quelli non le rivelavano a nessuno. Allora il nonno ne inventava qualcuna delle sue e la raccontava ai ragazzi per non lasciarli a bocca asciutta. Era abile a improvvisare vicende, purtroppo parlava poco. Doveva sforzarsi. Avrebbe potuto scriverle ma scrivere non sapeva. E nemmeno leggere. Se avesse affermato che conosceva la lingua dei tarli e avesse potuto imparare quelle storie rubandole ai tronchi scortecciati, ne sarebbe uscito alla grande. Ma, oltre a crearsi un rischio, che alla lunga poteva tradirlo, preferiva che la scrittura misteriosa rimanesse tale. Cucirle addosso una camicetta inventata poteva in seguito deludere i bimbi. I segreti, certi segreti, devono rimanere chiusi nel loro scrigno per l'eternità. Svelarli equivale a banalizzarli, privarli di ogni interesse. Questo il vecchio non voleva accadesse. Così morì analfabeta, ignaro della sua lingua e di quella dei tarli.

La carta più usata, dove la scrittura appare mirabilmente bella e nitida, è la pelle dei frassini. Gli invisibili amanuensi scrivono dappertutto ma prediligono i frassini. Su quei tronchi alti e forti, aggraziati e sinuosi da costringere a carezzarli, le storie corrono con intrecci, giravolte e ghirigori da lasciare senza fiato. Sono alberi morti, libri chiusi, riposti negli scaffali dei monti. A volte bianchi e secchi, screpolati dal tempo come fossero fatti di calce. Rigidi e muti, con le braccia allargate in richiesta d'aiuto, attendono qualcuno. Può darsi che siano gesti d'accoglienza. Chissà. Occorre capire, non è facile. Avvicinare quelle biblioteche sparse nelle valli, aprire una copertina di corteccia, guardarci dentro è come scoprire una tomba egizia. Leggere non è possibile, ma la visione affascinante dei segni lascia sbalorditi. Sarebbe interessante, quando si va nei boschi, sollevare la scorza degli alberi morti e dare un'occhiata sotto. Se ne possono incontrare parecchi senza vita. Come gli esseri umani, anche loro muoiono. Con pazienza e tenacia, però, tanti nascono e crescono e i boschi così vanno avanti.

Non tutte le copertine si lasciano aprire. Alcune rimangono chiuse, fasciate alla pianta, strette come incollate. In quell'abbraccio costante sta la decisione di non far trapelare nulla. Alla stregua di certi autori sconosciuti, le cortecce aderenti costringono i libri nei cassetti. Ma sotto le ruvide corazze stanno i geroglifici. I misteriosi sentieri dei tarli si dipanano sul tronco dove hanno inciso quel che è successo. Quelle copertine è meglio non scoperchiarle. Divelta con la forza, la corteccia porterebbe con sé quei segni, li sciuperebbe. Come succede quando si strappa un adesivo e viene via anche la vernice. Del resto, il vecchio ripeteva spesso ai bambini: «Certi segreti devono rimanere segreti».

Attorno alla base dei sempreverdi, d'inverno, quando la neve li mette in ginocchio sotto il cappotto candido e pesante, si formano specie di buche dette conche. Sono imbuti circolari, asciutti e accoglienti come il palmo della mano, nicchie che s'aprono verso il fondo anche di mezzo metro. Più gli alberi sono grandi, più esse sono larghe e fonde. Altre lo sono meno, dipende dalla pianta. Se è piccola, la fossa è minore, ma sempre utile.

«Utile a chi?» domandavano i ragazzi.

Allora il vecchio spiegava l'utilità di quei buchi e i bimbi apprendevano che servono di rifugio agli animali piccoli durante forti nevicate, bufere e intemperie delle stagioni. E anche a quelli grandi, che si rifugiano sotto l'ombrello con le zampe all'asciutto nelle pantofole della conca, grattando coi denti le cortecce per trovare un po' di sostanza. Sono utili anche agli uomini, se sorpresi dal maltempo. Nelle piccole conche ai piedi degli alberi si accumulano le briciole del vasto mondo vegetale. Filamenti, stecchi, pagliuzze, rametti caduti dalla pianta o spinti dal vento: tutta roba di prima scelta per accendere il fuoco. Roba secca e asciutta protetta dalle fronde che stanno sopra, materiale prezioso, che s'incendia solo a guardarlo.

«Quanti bracconieri, boscaioli, cacciatori e viandanti dispersi nella notte della montagna hanno portato a casa la pelle grazie ai depositi di stecchi» raccontava il vecchio ai ragazzini.

Alla fine, per dar valore e forza alla lezione, infilava un episodio accaduto a qualcuno o a lui stesso. Fatti veri, ovviamente. Come quella volta di Pilo dal Crist, rimasto due giorni e due notti ai piedi di un abete bianco con lo stinco fracassato. Caduto mentre inseguiva un camoscio, si era rifugiato là sotto e aveva acceso il fuoco perché era metà novembre e faceva freddo. Con la roncola tagliava quel che trovava intorno, trascinandosi sulla pancia come un rospo. La fortuna fu aver incontrato l'abete con il suo deposito di stecchi, un tesoro provvidenziale che gli permise di accendere. E poi nevicò e l'albero gli fece ombrello. Quando lo trovarono era ancora capace di ridere.

Questo semplice segreto della montagna dovrebbero conoscerlo coloro che vanno in giro per i boschi. Anche martore e volpi, quando non ne possono più di freddo e fame, e cercano un po' di calore, si fanno abbracciare dalle conche. Si possono incontrare d'inverno, percorrendo la montagna sepolta. Stanno ferme nella buca, se gli passi vicino non tirano neanche il fiato, solo andandogli sopra quasi a sfiorarle scappano via. Ma, fino all'ultimo centimetro, per non lasciare il rifugio, attendono accucciate che l'intruso passi oltre.

«Quante cose e quanti misteri può contenere un albero!» diceva il vecchio.

A guardarlo, infatti, sembra soltanto fusto e rami e foglie, quando le ha. Invece un insospettabile microcosmo si agita dentro di lui. Vi sono piante secche in piedi, ad esempio, che portano all'interno un intreccio di cunicoli, gallerie, grotte e pozzi. Un labirinto di fiori morti, tombe, stanze e scale che lo trapassano da cima a fondo. Uno scavo complicato e fantastico che lascia ancora senza fiato: è il lavoro di formiche e termiti.

Il vecchio le scorgeva da lontano. Erano piante ferite, tatuate nel cuore, solitarie e tristi, isolate nelle radure, come a volersi nascondere. Però a nascondersi stentavano, erano quasi sempre alte e solenni. Il male di vivere le aveva uccise, ma, come certi uomini, rimanevano in piedi, testimoni del tempo fiorito, ostentando dignità e sicurezza nonostante il cuore devastato.

«Quegli alberi lì» diceva il vecchio «sono persone che tengono dentro l'inferno, il dolore le corrode, le ammala e le fa morire. Ma non lasciano trapelare nulla, né aprono bocca.»

Batteva la luce sui corpi di quei bozzoli antichi, esemplari ormai passati all'altro mondo. Il sole li faceva d'argento. Il vecchio dava due, tre colpi col manico della scure sul tronco e la pianta rispondeva cupa dal suo vuoto di morta. Allora il vecchio la tagliava e quando cadeva con rumore di cartoccio, a volte si spaccava per lungo rivelando il tesoro. Nell'impatto, dal corpo squarciato si levava la polvere rosicchiata negli anni e poi apparivano i resti. Avanzi di legno duro ridotti in cunicoli, bitorzoli, caverne, bolle, conchiglie, con pieni e vuoti levigatissimi. Sentieri tortuosi percorrevano l'interno del tronco, dando origine a città misteriose e profonde, spirali e vortici e ricami di ogni forma. Nessuna fantasia umana potrà inventare cose più belle, né alcuna tecnologia potrà ripeterle.

I ragazzi fissavano quei miracoli di erosione mandibolare prodotti dal paziente lavorio di formiche e termiti. Immaginavano quelle case in miniatura alte, grandi, a misura d'uomo, in modo da poterci abitare. Sarebbe stato meraviglioso percorrere le ombrose scalette a chiocciola, affacciarsi ai balconcini delle case ritorte e guardare la vita del bosco da lì dentro mentre pioveva. Ma quella era fortuna concessa agli spiriti delle selve, che a detta del nonno vivevano all'interno dei tronchi rosicchiati. I ragazzini non potevano far altro che sognare di essere minuscoli come formiche, e abitare quei castelli fantastici. Nascondersi a tutti, stare lì da soli, con gli animali. Ci riuscivano. Con la fantasia erano capaci di star bene. La fantasia era il salvamento del cuore, nessuno poteva impedirgli di immaginare qualsiasi cosa. Sognare a occhi aperti fu la salvezza, un riscatto dall'abbandono, dalla miseria, dalle botte, dalla brutale ignoranza di un padre che spesso si tramutava in belva. Li salvò la montagna, coi suoi enigmi, li istruì il nonno, con le sue lezioni, li consolarono i sogni, con le loro carezze. Ma non bastò a farli sorridere.

L'incisione interna degli alberi, come quella sotto la scorza, rimarrà un segreto per sempre. Il vecchio diceva che quelle storie erano le vite degli uomini e delle donne e dei bambini passati all'altro mondo. Le loro strade scavate nei tronchi. Gente del paese. Termiti e formiche rosicchiavano a comando delle piante. Piante silenziose che conobbero le persone morte e volevano che di loro rimanesse traccia. Queste persone, frequentando il bosco, s'erano appoggiate a qualche fusto, per tirare il fiato, o si erano sedute all'ombra della frescura. L'albero aveva sentito i loro pensieri, i dolori, le gioie, l'amore, la rabbia. Le piante captano tutto. Quelle malate ancora di più. Questo sentire lo avevano agguantato e tirato dentro, ospitandolo nel tronco. Formiche e termiti erano solo scrivani. Non dovevano far altro che togliere il superfluo e l'incisione sarebbe uscita fuori da sola, scolpita e levigata. Questo diceva il vecchio. Ma con altre parole, soprattutto un po' per volta, come a puntate. Poche dosi di voce ogni tanto, per non parlare troppo e lasciarli riflettere. I ragazzi ammiravano stupiti quei ghirigori di meraviglie. Allora il nonno, con quattro colpi di scure ben assestati, ne tagliava tre pezzi e poi chiedeva: «Tu quale vuoi?».

«Quello» indicava il maggiore puntando il dito.

«E tu?»

«Quell'altro» diceva il mezzano.

Al più piccolo non rimaneva scelta ma era contento del suo pezzetto di albero-libro. Portavano a casa quei labirinti di sogni e li mettevano ognuno nel posto preferito.

Sono trascorsi oltre cinquant'anni da allora. Nell'antica dimora natia non c'è più nessuno. Sono tutti morti. I solai scricchiolano al passo leggero dei fantasmi. I fratelli superstiti, invecchiati e stanchi, abitano altrove. Fra quei muri silenziosi, vuoti di suoni, colmi di memoria, un tempo palpitò la vita. La speranza dei bimbi è rimasta lì dentro. In qualche angolo nascosto, impolverati dagli anni, vegliano ancora schegge di libri scritti dagli insetti minatori. Quei tronchi, traforati da formiche e termiti, oltre alle storie, contengono i sogni a brandelli di quei bimbi. Desideri metodicamente frantumati dagli adulti. Ma non morti. I sogni di quei bambini non moriranno. Sarebbe come perdere tutto.

La montagna è un forziere di segreti e misteri, i loro sogni vivono lì dentro, protetti e sicuri. Possono ardere i boschi, vittime di piromani, può ardere la montagna come un'immensa torcia, ma i sogni dell'infanzia non bruceranno mai. Essi rimangono per testimoniare, ricordare alle stelle e alla luna che qualcuno è passato là sotto. Ha camminato bambino tra i boschi, è cresciuto ed è morto senza perdere la speranza.

Un altro mistero che avvolge la montagna è la capacità di alcuni alberi antichi di rendersi invisibili. Oppure è la fretta degli uomini, la loro distrazione o miopia a far sì che questo accada. Chissà, forse è proprio così. Capita di passare anni, o l'intera vita, accanto a un albero, sfiorare cose o persone senza accorgersi della loro esistenza.

Succedeva anche ai fratelli. Il nonno lo faceva notare. Sebbene ancora piccoli, non sopportava distrazioni da parte dei nipoti. Perciò li costringeva al dovere di osservare. «Osservare è dovere di ogni momento» diceva. Ma, nonostante l'attenzione, seguitavano a ignorare molte cose belle, non solo qualche albero. Ed era peccato.

Passato mezzo secolo, i fratelli superstiti capirono la ragione del vecchio. Voleva che nei loro occhi rimanessero più immagini belle possibili. Tante e belle. Di brutte ne avrebbero collezionate fin troppe. Così, una volta adulti, ricordavano gli alberi invisibili, i cui rami davano fiori di nostalgia.

Esisteva un larice enorme, sulla curva del cimitero dove a primavera fioriva il maggiociondolo. Quando rovinò sulla strada, il peso buttò in aria le radici. Radici spossate, arrese nel tempo. Solo allora s'accorsero che c'era. Tutto il paese s'accorse che sopra il muro c'era un larice. Eppure stava lì da duecento anni, circondato da acacie, maggiociondoli, e un sinuoso frassino che tutti notavano. Lui si faceva ammirare. Il larice no. Fu necessario che venisse giù, a invadere la carreggiata, perché tutti vedessero finalmente quel volto rugoso e stanco. Magari lo notarono perché aveva bloccato la strada. Fosse caduto più in là, tra le braccia di acacie e maggiociondoli, forse nemmeno se ne sarebbero accorti. Eppure era così bello, lassù, sopra il muro, ma nessuno ci aveva badato. Restò nella gente il suo ricordo, nei ragazzi il rammarico di non aver goduto la compagnia di quel superbo e schivo esemplare di larice. Perché certi alberi non si fanno vedere? Perché sembrano invisibili pur crescendo in faccia al mondo? Non lo chiesero mai al nonno. Allora non importava. C'era tanto da scoprire!

Gli alberi sono persone. Alcune non vogliono apparire né si danno importanza. Come gli alberi invisibili. Eppure non gli mancherebbe nulla per stare al centro dell'attenzione. Invece fioriscono in silenzio aspettando la morte all'ombra di se stessi. E nessuno se ne accorge. Sono felici? Alberi e uomini felici di non esserci? O tristi? Chissà. Questo è un altro segreto della montagna. E dell'umanità.

Le baite e i loro misteri

Sulla montagna un tempo esistevano le baite. O casere, come usava chiamarle i montanari. Casupole spartane, in muratura, tirate su a pietra e calce, raramente di legno. Spesso formate da soli tre vani. Un camerino più fondo, rispetto al piano, quasi sempre posto a nord per tenere fresco il latte. Un locale centrale, adibito a cucina e attrezzato per lavorare la mungitura del mattino e della sera. Infine una stanza di sopra, dove si ritiravano a dormire il malgaro e gli aiutanti dopo la giornata di sedici ore.

Da giugno a settembre, sui pascoli delle montagne brulicava la vita. Nei boschi e per le valli, giungevano col vento lontani muggiti di mandrie, e suoni di campanacci. E i richiami di mandriani e garzoni le cui grida rotolavano secche e prolungate, come se sputassero sassi. Il mondo della pastorizia, delle transumanze, delle fatiche all'aria aperta faceva sentire le sue voci. Un mondo arcaico e forte ormai scomparso e dimenticato. Ma l'aura di mistero, l'isolamento, la remota magia del tempo sono rimasti impigliati su quei monti, sulle creste affilate che vigilavano le baite, sui costoni traforati dal larice, dove pascolavano le vacche in precario equilibrio.

Il maggiore e il secondo dei fratelli regalarono estati di giovane esistenza lavorando nelle malghe. Esattamente sette. Il più piccolo rimase col nonno, tra le mura nere di caligine della vecchia casa, ma a sette anni fu ingaggiato anche lui. Solo vitto e alloggio, come gli altri. Fece in tempo a capire come funzionava una stagione, poi gli uomini tirarono giù il monte, e fu l'apocalisse e tutto finì, compresi i malgari e il loro mestiere.

Ma allora gli uomini vivevano della montagna. I ragazzi crescevano cibandosi a quel grembo, bevendone i segreti che, oltre a infondere forza ed esperienza, davano loro la formidabile curiosità di scoprire. Davanti alle baite assolate, avvolti dal grande silenzio del mezzodì, tre ragazzini si fermavano ad ascoltare i campanacci lontani delle mandrie disperse sui pascoli. Era come sentire la malinconia di chi s'allontana per sempre. Che non tornerà più.

In quei momenti di pace assoluta, intuivano la presenza di qualcuno. Forse era Pan, il dio dei boschi e delle selve, con lo zufolo incantato e la zampa di capra che batteva il terreno. Allora non sapevano si chiamasse così. Sapevano che c'era qualcuno e che poteva assumere mille sembianze. Dentro quei silenzi d'estate, calavano improvvisi momenti di profonda inquietudine. L'aria pareva fermarsi, diventare solida, gli arcani materializzarsi da poterli vedere, toccare, sentire. Estrarli dall'aria come da un cassetto.

Nel batticuore di attimi, Pan stava seduto a pochi metri, poteva palesarsi da un secondo all'altro, ma non apparì mai. Li spiava. Seguiva il loro timido pascolare come agnelli nell'erba fresca della vita. Può darsi che li proteggesse togliendoli dai pericoli o allontanando gli stessi senza se ne accorgessero. Di sicuro era così. Pan non faceva dispetti ai bambini operai, li teneva da conto, li guidava come il vecchio nonno. Ma loro non si fidavano, un poco lo temevano, un po' volevano vederlo.

A volte, nel loro peregrinare di pastori, indugiavano davanti alle casere, costruzioni vecchie di secoli. Sulle porte stavano incisi a coltello centinaia di nomi. Personaggi ignoti, ormai fuori dal mondo. Cognomi e nomi sconosciuti, che nemmeno il malgaro rammentava. Una decina o poco più li aveva conosciuti, ma erano morti. Gli altri, buio. Accanto a molti c'era la data. Alcuni provenivano dal tempo dimenticato, cent'anni prima, anche più. Chi era quella gente? Chi furono quei nomi? Che vite avevano condotto? Che volti portavano? Si chiedevano questo i ragazzi. E poi domandavano al malgaro, che rispondeva alzando le spalle. «Gente» sibilava. Gente sì, ma dov'era finita? Quando si spensero quei nomi? E come? Dove stavano sepolti? Quei fantasmi intrigavano, s'erano portati i segreti nella tomba, e i fratelli ancora lì a chiedersi chi furono in vita. Nessuno sapeva niente o non voleva dire niente. Curiosità seppellite nella polvere del tempo, custodite gelosamente dalla montagna e dall'omertà. Segreti indicibili? Chissà. Ogni tanto qualcosa trapelava ma sempre poco nitido, e molto sfuggente. Come l'acqua di un fiume ghiacciato, che scorre sotto la superficie di ferro, distante che a malapena s'intravvede, a stento se ne ode il rumore.

Intanto, sulle porte delle baite, sulle finestre e sugli interni anneriti di fuliggine, centinaia di nomi attendevano che qualcuno scoprisse e rivelasse la loro storia. I ragazzi lo chiedevano, interrogando il malgaro. Volevano sapere.

Di sicuro per maggior parte furono vite tranquille, laboriose, serene. Ma non tutte. Chi era quel Firmin de Bono, che accanto al nome aveva inciso una bestemmia? E quella Maria detta Galvana, chi era? Dove e come erano morti? E sepolti? Nel cimitero? Forse no. I racconti della sera, uditi nelle stalle, tra il fiato umido dei bovini, dicevano che alcuni corpi stavano là intorno, infilati in qualche foiba. O nascosti sotto grandi mucchi di pietre, lapidati dopo morti. La montagna era anche questo, ricettacolo di vendette, forziere contenente lugubri segreti di morti ammazzati.

A volte il nonno accennava ai nipoti episodi da far accapponare la pelle. Come quello del pastore spinto in una foiba dal rivale. Il bastone del disgraziato, nome e cognome scolpiti nel manico, fu rinvenuto sul greto di un torrente in secca, a cento chilometri dal luogo del delitto. Il vecchio le accennava soltanto, fiabe uscite dalla fantasia, invenzioni sue. Forse non voleva che, una volta adulti, i nipoti affondassero le mani in quelle storie. Indagare poteva essere pericoloso. Allora le spacciava per finte, invece erano vere. I racconti di stalla lo confermavano. Bracconieri, cacciatori, pastori, boscaioli scomparsi nei secoli e mai ritornati. Né ritrovati. E poi donne sparite e più apparse ai paesi d'origine. Fuggite? Uccise? Ridotte a cenere nelle carbonaie? Può darsi. La montagna del remoto passato viveva di cose belle e brutte, come dappertutto: faide, vendette, odio, rancori mai sopiti covavano come braci, pronti a pigliare fiamma al subdolo alito dell'occasione. Sulla montagna qualcuno spariva così, senza lasciare traccia. Dov'era quella gente? Che fine aveva fatto? Nessuno lo sapeva. Chi lo sapeva di certo non andava a dirlo. Dodicesimo comandamento: non intrigarsi. L'undicesimo: arrangiarsi. E quelli si arrangiavano: a produrre il morto, fargli il funerale e seppellirlo. Tutto dentro il ventre chiuso della montagna.

Nel segreto cresceva l'impero del silenzio. Tombe sconosciute custodivano corpi in letargo perenne, collocati nelle più oscure tane dei monti che proteggevano accuratamente quei resti maledetti. Fardelli di morte che gli assassini non vedevano l'ora di occultare. Che mai venissero scoperti, né tornassero alla luce. Disfarsene per sempre, anche dalla memoria. I nomi sulle porte delle baite potevano restare. Quelli non facevano paura, né rappresentavano un pericolo. Al massimo evocavano il fatto, ma chi lo aveva compiuto non viveva di rimorsi.

Intanto gli anni passavano, il ricordo degli scomparsi s'affievoliva fino a disperdersi come un soffione al vento. Di loro non si parlava più. Finché il caso non ne portava alla luce qualcuno. Poteva essere una valanga a farlo, una valanga ciclopica che raspava il fondo del pendio, disseppellendo tutto. O una frana, un ghiaione che scivolava, una grotta screpolata che cedeva. Sta di fatto che d'improvviso, da qualche parte, saltavano fuori ossa umane sbiancate dalla calce del tempo. Femori e costole, tibie e teschi ghignavano al chiarore lunare svelando il nascondiglio. Ma non il segreto. Chi aveva nascosto quei corpi? Mistero.

«I morti non parlano» sentenziava il nonno. «Ma quassù i vivi parlano meno dei morti. Allora niente domande.»

I ragazzi non andavano oltre. Ritrovamenti e resti apparivano di rado, la montagna fasciava bene le sue mummie. Ai vivi non rimaneva che decifrare le povere ossa per dare loro un nome, prima di riporle di nuovo nella terra. Rare volte riuscivano. Però bastava una fibbia, il resto di un coltello, la canna di un fucile, per risalire al proprietario. Ma di solito rimaneva ignoto. Ai recuperanti non restava che dedurre chi fosse il morto e ipotizzare gli assassini. Ma nessuno apriva bocca.

Le baite sapevano e stavano a guardare. Le faide nascevano tra pastori, bracconieri, boscaioli, falciatori. S'incancrenivano nei cervelli scavando la via alle vendette. Le sparizioni avvenivano spesso vicino alle casere, dove era più facile incontrarsi e scontrarsi, ma anche altrove. La vendetta e l'odio non hanno zone di privilegio, soltanto luoghi a favore per esprimersi. Erano tempi, quelli, in cui tutto stava sospeso, il vago e l'incerto erano nebbia, il silenzio roccia. E nessuno andava a mettere il naso nelle faccende private degli uomini. Dentro i muri delle baite era successo di tutto. Se avessero potuto parlare, quei muri! I legni a volte lo facevano.

Raccontava il vecchio ai ragazzi che una volta fu rintracciato un morto solo perché aveva inciso il suo nome e un luogo preciso sulla porta della baita prima di recarsi in quel luogo e spararsi. Era un antro dove dormivano i bracconieri. Ma si era davvero sparato lui, con un vecchio fucile modello 91? Nella spelonca c'erano tanti nomi scritti sulle pareti con lapis di tizzoni. E uno nuovo, scritto in rosso. Un rosso scuro come sangue. Si leggeva "finamèi", che vuol dire "finalmente". Era stato lui, benché ferito, a trascinarsi e scrivere l'esclamazione della sua morte come una liberazione? O era stato quello che l'aveva ucciso a firmare col sangue della vittima la soddisfazione d'averlo accoppato? Può darsi lo avesse scritto per far trovare il corpo. Un gesto di pietà, l'ultimo dovuto ai morti. Questo poteva essere.

Questi erano segreti della montagna. Morti ammazzati che palpitavano nel cuore dei monti come fossero ancora vivi. Fino all'oblio. E i muri seguitavano a tacere, le porte cigolavano al vento ed era l'unica voce. Dei morti nessuno ha saputo nulla. Furono poche, infatti, le ossa degli scomparsi tornate alla luce del sole. Veramente poche. La montagna è come il mare, un oceano verticale di boschi, onde pietrificate e segreti. Il mare è una montagna distesa, che non ha pace né fine. Nel mare si possono individuare forme, oggetti, qualcosa da riportare a galla. Sulla montagna no. Foibe, cunicoli, spaccature, bosco, sottobosco, antri, caverne. Tutto, lassù, si presta a occultare. Ciò che naufraga nel mare verticale difficilmente verrà recuperato. La montagna non restituisce nulla, è gelosa di ciò che le cade in grembo. Risucchia, tira dentro, ingloba. Come quegli alberi che tengono sul cuore le schegge delle granate che li colpirono durante le guerre. È un fiore carnivoro, chiude i petali su tutto ciò che si posa. Solo il caso può far emergere un avanzo dal suo ventre misterioso.

Di quelle sparizioni, nei paesi, si diceva fossero disgrazie. Cose che colpivano chi viveva nelle terre a rischio. E tutto finiva lì.

Sono calati gli anni, ormai, su quelle remote estati alle baite. Di esse non vi è più traccia. Alcune sono crollate, altre trasformate in bivacchi alpini. I campanacci non suonano più. Tacciono appesi nelle taverne di eredi e pronipoti dei malgari, gente giovane, con lauree appese accanto ai campanacci e nessuna passione per la montagna.

I tarli hanno rosicchiato molte cose in mezzo secolo. Ma le stagioni si susseguono una dopo l'altra, come sempre. Ora sembrano più veloci. D'autunno vola il vento a muovere la ruggine dei faggi, l'oro degli aceri. Di quei bimbi dei monti s'è persa memoria. Il secondo dorme nella tomba. L'ultimo non vuol saperne di quei tempi, nemmeno sentir parlare. Il maggiore dei fratelli cerca il vecchio amico: ha la certezza che Pan vagabondi ancora per gli amati monti e nelle selve. Un giorno lo vedrà. E sarà l'ultimo. Il dio dei boschi appare a chi ha poco da vivere. Quando vedrà Pan, capirà. Il mistero della montagna comprende anche la percezione della morte.

A tal proposito gli viene a mente un fatto.

Il fratello di mezzo era uno che parlava poco, un tipo, come si dice, taciturno. Poche parole ogni tanto, come suo nonno.

S'annunciava timida la primavera del '68, ricca di fermenti ribelli. Sulla montagna non c'era motivo di contestare, era vietato. I fratelli ormai cresciuti lavoravano al bosco. Quello di mezzo affermò di aver visto Pan. Era il mese di marzo, Pan correva sulla neve, come i tronchi che i ragazzi trascinavano a valle. Forse lo disse per elevarsi, attirare l'attenzione. Non si sa. Visto che non usava farsi notare con nulla, la cosa stupì. Lo rivelò nei boschi della Val da Diach, anche suo padre era presente.

«Ho visto il Mazzaruol sulla neve» disse.

Fu l'ultima emozione. L'epifania tragica di un ragazzo nella sua breve primavera. Emigrò per cercare riscatto. A fine giugno era morto. Da quel giorno il fratello maggiore maturò una convinzione: chi vede Pan muore entro l'anno. Come chi uccide il camoscio bianco. O vede volare il Pivason. Favole delle montagne? Credenze? Può darsi. Ma può darsi anche no. Intanto servono ad affilare fantasia, scaldare il mistero. Servono a tener viva la paura d'incontrare il ghigno di Pan, nelle valli alpine chiamato Mazzaruol.

Un vecchio signore dei boschi, uomo che vagava giorno e notte per le montagne, amico dei ragazzi e loro maestro, affermò di aver visto il Mazzaruol. Fu una sera d'estate, verso l'imbrunire, alle baite di Carmelía. Indagatore del buio, personaggio enigmatico e schivo, Fulgenzio Bico era un Cercatore di emozioni. Per trovarle camminava di notte. Di giorno ce n'era meno. A quel tempo i fratelli stavano uniti, la morte e il seguito della vita non li avevano ancora separati. Incuriosito, il maggiore domandò a Fulgenzio che aspetto avesse il Mazzaruol, visto che era stato il primo a trovarselo di fronte. Astutamente il vecchio nottambulo rispose che non poteva descrivere nemmeno un pelo, altrimenti il dio dei boschi si sarebbe vendicato. Era nei patti: se parlava gliel'avrebbe fatta pagare cara. Fulgenzio cercò di parare i colpi delle domande alla meno peggio. Aveva di fronte ragazzi curiosi, che lo incalzavano. Ma è più probabile che quell'uomo dall'intelligenza acuta avesse di proposito omesso il ritratto di Pan. Molte figure magiche dei boschi devono restare nel segreto, vivere nell'incanto del mistero. Dar loro una forma, una qualsiasi parvenza equivale a spazzarli via. Fotografarli, seppur con la fantasia, ed esporli al pubblico, è ucciderli.

Meglio che ogni persona immagini a modo suo la figura di Pan, il dio dei boschi, e di tutti gli altri spiriti silvani.

La verità è che nessuno al mondo ha mai visto il Mazzaruol e mai potrà vederlo, se non per morire in breve tempo. Questa convinzione il maggiore la maturò dopo la tragica scomparsa del fratello, che un remoto pomeriggio di marzo confessò di aver visto il Mazzaruol.

C'è uno scultore che vive sui monti, luoghi aspri, ignorati dalla moda, dove la neve non cade firmata. Sono quarant'anni che quel testardo sbozzatore di tronchi cerca di cavare dagli alberi l'astuto Mazzaruol, ma lui sta dentro e si cela guardingo. Ogni volta per lo scultore è un fiasco. Saltano fuori sembianze di gnomi, figuri bizzarri, pelosi, zampe di capra, barbe fluenti, occhi furbi. Personaggi certamente efficaci, pittoreschi, inquietanti all'occhio, ma che nulla hanno a che vedere con il fantomatico dio dei boschi. Nemmeno l'arte suprema di Michelangelo poteva fermare la corsa dell'Úan Salvárech o Mazzaruol, come dicono i montanari. O Pan l'eterno, secondo la mitologia. Nessuno può stanarlo, e dargli corpo. Inventargli un aspetto è ucciderlo. E poi non è lui. Di questo lo scultore dei monti è sicuro. Ciononostante seguita ancora a provarci.

Ritrovamenti

Le ombre dei monti s'allungano sulle remote pianure. Il vento a volte svela i segreti, volando porta le voci, fa udire presenze lontane...

I ragazzi, ormai giovanotti, annusavano l'aria. Annaspando nei misteri della montagna, provando a svelarli, erano diventati scaltri. La ricerca li aveva temprati, addestrati come cani da ferma che fiutano la preda. Selvaggina ben nascosta, trovarla era difficile. Le vette tengono al riparo i loro tesori. E le loro mummie. Da qualche parte c'erano scheletri, oro, utensili. Ma loro cercavano fucili. Armi di ogni calibro, nascoste dai bracconieri del tempo che fu. O armi da guerra dei partigiani. Sulla montagna c'era di tutto, ma ci furono periodi particolari in cui cercarono fucili. Trovare i depositi di armi dei bracconieri diventò priorità assoluta. Aveva un fascino senza pari.

Il più vecchio era diventato cacciatore, soprattutto lui voleva i fucili. Ma anche gli altri. Per tenerli in mano, giocare alla guerra. I bracconieri erano morti, non sarebbero tornati a prenderli. Furono poveri uomini, fuggitivi che vivevano nei nascondigli come le martore, uomini braccati e senza pace, sepolti dal tempo nei cimiteri o in qualche foiba assieme ai loro segreti.

I ragazzi interrogavano i vecchi. Si facevano raccontare storie mediante le quali risalire ai luoghi delle armi, ma nessuno voleva scucire informazioni precise. Allora partivano alla cieca. Perlustravano buchi, anfratti, foibe. Ispezionavano casolari abbandonati, baracche e fienili. Entravano col fiato corto in ogni grotta. Niente. Si calavano in fori di tarli sospesi a pareti verticali da mettere i brividi. Se non era possibile in corda, le risalivano arrampicando. Erano rocciatori provetti ed erano ancora in tre. Qualche volta i fucili saltavano fuori. Sotto un lastrone, dentro una spelonca, otto d'un colpo. Fu un raggio di sole a svelarli. Il sole di luglio e una certa ora dettero luce a un chiodo ficcato nella roccia. Puntato il binocolo, furono certi: un chiodo con anello!

«Sono passati là» disse il maggiore.

«Su e giù» disse il mezzano.

Scalarono venti metri di roccia come gatti. Il più piccolo aspettava alla base. Se c'era un chiodo, qualcuno era salito all'antro. Lo perlustrarono. In un angolo stava un lastrone piatto come una pietra tombale. Nemmeno pensare di rimuoverlo. Allora cominciarono a scavarci sotto. C'era l'ombra di un muretto. Lo demolirono e apparvero i sacchi. Prima di iuta, dentro nylon e poi coperte. E poi fucili. Otto. Quattro doppiette coi cani, il resto fucili a palla, visto che avevano una sola canna. E una carriola di cartucce dentro una cassa posta sul fondo. Volevano far tutto da soli, calare i sacchi e poi calarsi loro. Ma presero paura, il bottino scottava. Avvertirono gli adulti e addio fucili.

Allora seguitarono a cercare sogni sulle balze del terreno preferito. A ogni passo, la montagna poteva sorprenderli con qualche colpo di coda, regalare un segreto. Ma bisognava frugare, soprattutto saper vedere e ascoltare. E avere pazienza. Tanta pazienza usata bene. "Fuochino, fuochino" suggeriva ogni tanto la montagna. Di notte si faceva misteriosa, inafferrabile, ermetica. Diventava lontana, eppur così vicina che la sentivano addosso, come appoggiasse a loro tutto il suo peso di stanchezza. Le montagne oggi sono stanche e impaurite, incise dal filo del tempo, hanno paura dei malvagi. Conficcate sulla terra, che gira e le stordisce, s'aggrappano al buon senso degli uomini migliori, affinché le proteggano e le salvino dalla rovina. Una rovina di sfruttamento e sporcizia.

I fratelli vantavano amicizie particolari nella montagna notturna. La quale, per attirarli, liberava le sue voci. Versi incandescenti, senza partenza né traguardo, trapassavano la selva e si spegnevano come stelle cadenti. Rauchi belati di rapaci notturni balzavano improvvisi dal ventre buio della notte. Dopo un breve salto cadevano sui ragazzi in forma di minaccia: "Che ci fate qui? Andate via, comandiamo noi, il bosco è nostro" così dicevano. Soffi, rantoli, sussurri esplodevano di colpo, arrivando in faccia ai ragazzi come schiaffi. E lamenti di barbagianni rompevano il silenzio come sternuti malati, creando atmosfere di mistero e paura. Tensione e inquietudine crescevano, il batticuore aumentava ma la caccia ai segreti non contemplava fughe. Cercavano il gufo reale, che spargeva il suo canto disperato a pochi passi da loro. Strisciavano fin lì, carponi, come i rospi, ma il gufo era un metro più in là. Andavano là ed era ancora un metro più avanti. Tutta la notte così. Lo avevano a una spanna ed era irraggiungibile, come certi traguardi della vita. Allora si fermavano esausti ascoltando piovere i suoni. A quel punto il gufo faceva dietrofront e si recava dai ragazzi a farsi toccare. La vita invece non torna. Nemmeno la gioventù. Se uno si ferma ad aspettare, niente torna indietro a cercarlo. Tutto procede e fa la sua corsa.

Molti anni dopo, ripensando a quelle notti perdute nel tempo, il maggiore capì una cosa: il successo che cercava e non trovava era quel gufo, più lo rincorreva più scappava. Quando si fermò, stanco e sfiduciato, seduto sul ceppo dei fallimenti, senza speranza né più voglia di correre, ecco la sorpresa: il gufo si mosse, tornò indietro e lo abbracciò. L'abbraccio fa parte dei ritrovamenti.

Ogni tanto la montagna concede di trovare. Soprattutto la propria strada, mediante precise indicazioni. Pazienza, costanza, fatica, curiosità, entusiasmo. E poi tenacia, volontà, coraggio. Non si finirebbe mai di fare l'elenco.

Nei paesi delle valli alpine, balzavano da un campanile all'altro notizie di rinvenimenti, a volte d'incredibile suggestione. E valore. Molti di quei ritrovamenti rimanevano segreti per ovvie ragioni. Solo dopo anni, quando non rappresentavano più un rischio, alcuni sono diventati di dominio pubblico, suscitando spesso invidie e rancori. Sentimenti non ancora sopiti.

Una volta, dopo l'ultima guerra, in una grotta appesa al monte, due boscaioli trovarono una cassa piena d'oro. Lingotti, fedi nuziali, orecchini, collane. E altro materiale prezioso. E una pistola Luger di provenienza tedesca. Un tesoro senza prezzo. Non aprirono bocca con nessuno. Lasciarono il paese, uno dei tanti delle valli al nord, e filarono in Svizzera. A investire e fare i signori. Dissero che andavano a cercar fortuna ma, nella patria del tempo scandito, entrarono già ricchi.

La faccenda saltò fuori molti anni dopo, quando dei due non rimaneva memoria se non in qualche erede. Quella cassa era l'oro donato alla patria dalle genti dei paesi durante la guerra. Sottratta, nascosta e poi recuperata, aveva deciso la fortuna dei boscaioli. Non è dato sapere se furono loro stessi a rubarla e nasconderla. O vi si imbatterono per caso. Questo potrebbe essere importante ma resta un mistero. Quel che si sa, invece, emerse da una lettera consegnata da uno dei due alla persona più fidata. La cassa zeppa d'oro fu un fatto che lasciò l'amaro in bocca a parecchia gente. Ancora oggi, qualcuno sibila a fil di voce: «Bastardi».

Queste storie le raccontava il nonno ai ragazzi ed erano vere. Quando morì sotto a una macchina, ascoltarono storie da altri vecchi. Dopo la scomparsa del fratello, i superstiti ne vissero parecchie per conto loro. Ma bisogna andare adagio a dire queste cose.

Di notte la montagna parlava un'altra lingua. E la parla ancora. Fa udire voci diverse, vedere ombre mobili, profili sonori. I ragazzi cercavano di acchiapparli con l'udito. Quando credevano di averli presi e tenerli stretti, uscivano dall'altro orecchio e svanivano nel buio. Era il tempo dei suoni!

La montagna cambia tutto. Modifica, rinnova, distorce. È una forza misteriosa che resuscita i segreti, li ravviva, li sposta qua e là, come il giocatore sposta i pezzi sulla scacchiera. I pezzi sono gli uomini, che cercano le cose e ascoltano le voci. E poi le perdono, le dimenticano per strada, lungo la vita. La montagna obbliga a mosse mai fatte, convince a scelte drastiche. Possiede un dono raro, insolito tra gli uomini: fa sembrare nuovo il già noto, sconosciuto quello che si è visto per anni, ogni mattina. Questo mistero salva chi non s'arrende. Della montagna non si scoprirà mai tutto il mistero, solo particolari, o dettagli. Perché il segreto sono gli uomini e gli uomini non si svelano mai del tutto. Chi davvero ama la montagna l'affronta con umiltà e pazienza. Sa che verrà ricompensato con doni di albe nuove, sempre diverse, eppure ogni mattina le stesse. Se ha una certa età, camminerà col passo di un uomo che ha i pesi addosso ma è ancora forte. L'andare lento di chi ha visto oltre, e i pensieri che tirano il freno.

Su quelle terre misteriose e sole, circondate da costoni arcigni, scarnificati dal vento, di notte camminavano i gufi. Come il vecchio gufo dell'infanzia, che scappava dal paese tribolato. Gli esperti dicono che non è possibile, se lo fanno non riescono più a levarsi. Invece camminano. Gli esseri del bosco sono capaci di cose che gli studiosi non sanno. Lo fanno senza grazia, ma camminano. Gli uccelli notturni a volte vanno a piedi come gli uomini. Vagano qua e là, senza meta, belando nel buio come a cercare qualcuno. Forse una compagna, un fratello, un amico. Nessuno può sapere. Quel che si sa è che pur avendo le ali qualche volta vanno a piedi nel cuore delle notti. E si lamentano con versi disperati, come a dire: "Sono qui". Forse chiedono qualcosa. Magari hanno bisogno d'aiuto, lo invocano. Sono molto timidi e se chiamano a quel modo vuol dire che non ne possono più.

Di notte la montagna è più bella che di giorno. Un'antica fola dice: "La Befana vien di notte...". Ci sarà un motivo. Quando i ragazzi chiesero perché la Befana marcia di notte, una vecchia rispose: «Perché la nasconde». Ecco. Viaggiare di notte, come il maestro Fulgenzio Bico. Per nascondersi, guidati dalle indicazioni delle voci, che segnano dove andare, che direzione prendere, dove frugare a trovare qualcosa. Il buio fa intuire.

Chi andava a nascondere le robe viaggiava nelle tenebre. Bastava, quindi, immedesimarsi per capire pressappoco che luogo avesse scelto. Molto pressappoco, ma poteva essere un metodo. Qualche volta funzionava. Poi occorreva il giorno per trovare la via.

Una notte, cinque uomini percorrevano un sentiero tra i boschi. Andavano a bracconare. Lo facevano spesso. Erano convinti che la caccia, se non è di frodo, caccia non è. Bisognava aver paura, rischiare, osare. Allora la bestia uccisa in qualche modo veniva risarcita. Non è così, ma per loro era così.

Fecero sosta sull'erba di una corta radura. La luna, sbucata dagli alberi, tagliò loro la faccia. La notte fu oro.

Uno disse: «Sento qualcosa».

«Cosa?» disse un altro.

«Come un segno di voce, una voce che viene da sotto.»

«Non sentiamo niente» dissero gli altri.

Finita lì.

Ma il primo seguitò a dire: «Eppure!».

Proseguirono. L'indomani, quello che aveva sentito tornò con pala e piccone. Scavò. Dopo un metro trovò un cucchiaio. E un altro, e delle forchette. Andò giù e s'imbatté in un muro. Lo pulì. Trovò delle pentole di rame smangiate dalla terra, lame arrugginite di coltelli. Scavò per qualche giorno. Emersero i ruderi di una casupola. Trovò un'altra pentola di rame, il coperchio legato a fil di ferro. Dentro, sigillato nell'argilla, c'era un bambino piccolo piccolo. Stava ancora in posizione fetale come fosse nel corpo della mamma. Chi fu quel bambino? Perché era lì? La casa mancava da un secolo, sparita, sprofondata. Era entrata nella terra come certi insetti s'infilano nella melma. Forse per nascondere l'orrore che teneva in serbo. Un bambino morto. Uscito dal grembo materno e ficcato in un altro. La pancia fredda di una pentola colma d'argilla.

Venne alla memoria una donna, sbucata da chissà dove. Andò a stabilirsi sui monti. Faceva quel mestiere. Il mestiere di chi non ha più nulla da perdere. L'ultima spiaggia quando la vita frana. O perché piace, chissà. Lassù c'erano boscaioli, pastori, contadini, malgari. Mangiavano polenta e solitudine. Pagavano quel che potevano. Però pagavano. A volte con roba. C'erano mariti, più numerosi di tutti. Pagavano anche quelli. E qualche prete. Sì, qualche prete. Nessuno conosceva quella donna, né sapeva la sua provenienza. Era un mistero. Neanche un nome, per loro era la Fenta, la forestiera. Rimase nella casupola quindici anni. Quando per lei iniziò l'inverno del declino e cominciò a sfiorire, i montanari non ci badarono. Brutali di voglia, si sfogavano spicci, in silenzio. Bastava un pezzo di corpo, dal collo alle ginocchia. Nient'altro.

La trovarono morta, viola in faccia. Forse l'avevano soffocata. Non si sa.

Il bracconiere scavò ancora. Trovò un'altra pentola chiusa. Più grande. Dentro, impastati nell'argilla, ancora due corpicini. Adesso erano tre. La voce di quella notte era lei? La madre? Si palesò al boscaiolo affinché scavasse per ritrovare i bimbi fatti sparire dopo il parto? Dare loro degna sepoltura? Erano morti per cause naturali o furono soppressi? Non si sa.

La montagna non rivela fino in fondo. Tiene sospese le verità come il cielo le nuvole. Gli uomini lo stesso. Il silenzio pietrificato dei monti dà il meglio di sé in eterno. Ogni cosa si perde nel buio, cade nel vuoto. Tracce emergono, escono, arrivano a un punto e scompaiono. L'omertà della terra vince su tutto. Ogni ricerca si perde di fronte al mistero. Niente di ciò che conosciamo si salva, niente esce intero dal silenzio dei monti. Nessuno la passa liscia. Il mistero inghiotte, rumina e sputa residui. Dobbiamo accontentarci di quelli. Pretendere di ricomporre il mosaico è inutile. Le tessere migliori son state digerite. Di sicuro è bene così. Meglio che in questo mondo alcuni segreti non vengano svelati. Se pretendessimo di conoscere tutto, cosa rimarrebbe?

Il maggiore dei fratelli, sulla montagna, ha sempre cercato qualcosa. Forse quel se stesso che ancora nega. Di preciso non lo sa. Nemmeno ora. Eppure continua a cercare. Spera in un tesoro, come i boscaioli? Potrebbe essere. Armi? Già trovate. Scheletri? Anche. Allora cosa? Ha scoperto di tutto, ma non ancora tutto. Cosa vuole trovare? Lo sapesse! Nessun uomo può sapere ciò che cerca. I segreti vivono dentro di lui, sono le sue speranze, i suoi crucci. Si può indagare l'atomo, studiarlo, scinderlo, capirlo. I segreti no. Quelli rimangono interi. Ognuno li porterà con sé, nel silenzio dei cimiteri o tra le ceneri della cremazione.

Sulla montagna dimenticata, dove la moda non miete soldi, al margine dei pascoli si possono vedere misteriosi mucchi di pietre alti diversi metri. Sembrano dolmen. Suscitano un vago senso d'inquietudine. E curiosità. Cosa sono? A che servono? Si tratta forse di monumenti antichi, eretti secoli prima per rabbonire un dio malvagio? Thor, il dio dei tuoni? O Tarvos, dio delle nevi? Niente di tutto questo. In tempi remoti, i contadini dei pascoli alti pulivano i prati dai sassi metro dopo metro, altrimenti le falci sbrecciavano il filo. Partivano dall'alto verso il basso, con le gerle. Ogni sasso un inchino. Quelli che trovavano venivano raccolti e portati giù. In fondo, rovesciavano la gerla sul mucchio. Il mucchio cresceva e non finiva mai.

La montagna tutto l'anno scaricava proiettili. Neve, disgelo, valanghe, fulmini. Elementi vari sgretolavano le rocce facendole cadere. Pure il passo di cervi e camosci muoveva pietre. Le marmotte scavavano e lanciavano detriti. Così, ogni primavera, i falciatori si trascinavano in ginocchio a pulire. Anno dopo anno, spostavano in fondo le cime sgretolate, erigendo minuscole vette alla base dei monti. Ma davvero c'erano soltanto pietre dentro le piramidi erette? Si è mai preso la briga qualcuno a disfare un paio di quei mucchi? Ci provi! Potrebbero uscirne belle sorprese. Ma occorre faticare, spostare, togliere. La montagna non è paziente da radiografie. La montagna vuole il bisturi.

Un contadino decise di farsi una casupola ai confini del pascolo, per falciare, senza tornare giù ogni sera. E ripararsi dai temporali. Per costruirla usò le pietre che gli avi avevano accatastato lì vicino. Un gran cumulo. Sasso dopo sasso, toglieva di là per mettere di qua. Mentalmente ringraziava gli antenati per quella manna di pietre buone e intanto alzava muri a secco. Quando arrivò al centro del cumulo, saltò fuori qualcosa. Nella pancia più fonda del mucchio c'era uno scheletro umano. Attorno alle tibie un fil di ferro, un altro ai polsi. Accanto, la lama arrugginita di una falce. Un falciatore ucciso ai tempi antichi rivedeva il chiaro del giorno. Allora non andavano per il sottile. Un colpo e via. Non era occhio per occhio, ma occhio per due occhi. Il contadino lo portò giù in un sacco per sotterrarlo al camposanto. La montagna vedeva e taceva. E nascondeva i segreti.

Un'altra volta, due uomini decisero di mettere a posto una baita. Roba vecchia duecento anni. C'era da rifare l'interno tutto daccapo. I muri erano buoni, dentro no. I due lavorarono nel tempo libero. Uno era il padrone, l'altro un amico. Sventrarono il muro a ridosso della stalla. S'affacciò una breve nicchia a forma di botte. Legno rosso cupo, larice antico. Rotolò fuori un fagotto di stracci che si sfasciò sul terreno. Dentro c'era un corpo mummificato. Appena toccò l'aria, prese a disfarsi come se un soffio maligno di tarli lo rosicchiasse. In meno di mezz'ora la pelle se n'era andata come se la mummia si fosse tolta la maglia. Qua e là spuntavano le ossa una volta che il processo di sfarinamento si era arrestato. Sembrava il corpo di un vecchio. I resti di una lunga barba di cenere tremolavano assieme ai capelli di stoppa, spinti da un leggero vento. Brutta roba da vedere. Pareva che prima di morire avesse provato un gran dolore.

Uno dei due disse: «Chiamiamo i carabinieri». L'altro rispose: «Carabinieri mai». Aveva una faccia torva.

Scavarono una fossa, vi buttarono il vecchio e lo ricoprirono. Un'ora e mezza dopo l'altro tornò a dire: «E mettitelo bene in testa: carabinieri mai». Lassù la legge non doveva impicciarsi.

Continuarono il lavoro. Probabilmente il vecchio era morto nella baita, forse d'inverno, e l'avevano murato. Però nessuno aveva mai detto niente.

Era successo un'altra volta un fatto analogo, ma ancor più inquietante. Un tizio assai complicato, che a tempo perso scriveva libri, perciò aveva perso un sacco di tempo, trovò anch'egli una sorpresa mentre sistemava la sua baita. Sfasciata un'intercapedine a picconate, di mummie ne uscirono tre. Tre donne nude, piatte, rattrappite dal tempo, secche e dure come il corame. Ma il peggio era altro. Ognuna aveva i seni trapassati per traverso da un ferro sottile come quelli da maglia. E i corpi martoriati da un'infinita serie di geroglifici e tagli senza dubbio prodotti dall'affilata punta di un coltello. Chi erano quelle povere anime? Perché infilata nell'alluce del piede sinistro portavano una fibbia? E quella scrittura sconosciuta incisa sui corpi? Era un mistero.

Quel povero diavolo di scrittore accennò al ritrovamento in un libro, dove pure lasciava intendere di aver decifrato gli orrendi ricami sui corpi. Prima o dopo avrebbe scritto l'intera verità appena scoperta. Ma si stufò del mondo e, magro come un osso, si nascose da qualche parte sui monti. Nessuno sa dov'è. C'è chi giura che il libro delle mummie lo abbia finito e consegnato a qualcuno. Forse è una donna. Gli stessi non disperano che un giorno quelle pagine vedranno la luce. Ma niente può darsi per scontato sopra una certa quota: dove la parola più sicura è "forse", quella è la montagna.

Un tempo, gli artigiani delle valli alpine si recavano in luoghi remoti dei boschi a effettuare sul posto la prima sbozzatura dei manufatti. Era un buon metodo per non portare a valle il peso inutile del legno in sovrappiù. Arredavano alla bell'e meglio antri e caverne e vi si stabilivano per intere estati. Spelonche da orsi diventavano case. La loro casa. Impiantavano il tornio, il ceppo e la panca da lavoro e un letto di tronchi. Iniziavano a vivere lì, girando intorno ai gesti giornalieri dell'esistenza come i pezzi di acero giravano sul tornio. Vite grame, fatte di sacrifici e solitudine, silenzio e fatica. Vite ridotte all'osso. Ogni venti giorni salivano le donne, mogli, fidanzate, sorelle, coi viveri. E sacchi di iuta da portar giù i lavori sgrossati. Il marito spingeva la consorte contro un albero. Subito, senza preamboli, per liberarsi in fretta della voglia. Dopodiché organizzava i carichi. Consumavano insieme un pranzo frugale e le donne ripartivano. I tornitori delle selve rimanevano di nuovo soli, nel silenzio delle montagne e dei loro pensieri. Raramente si mettevano in due. Il tornitore dell'alpe agiva da solo. Ma, sparsi qua e là sulle montagne, erano tanti. C'era anche il nonno dei ragazzi. Le notti d'estate cadevano brevi sul sonno di quegli eremiti cullati dal lamento monotono degli uccelli notturni. La luna appariva sul monte improvvisa e solenne, e andava giù, a infilarsi negli antri dei tornitori per coprirli di luce dorata. Non era gente normale, quella. Volevano stare soli.

Cosa avrà pensato il nonno di quei ragazzi nelle pause di lavoro? O alla sera, quando il sole aggirava il monte per togliere il disturbo? E quando pioveva? Cosa pensava durante i temporali che fracassavano le ossa alla montagna e le saette fendevano i larici sui costoni? Nei momenti d'insonnia forse intuiva le stelle sopra la grotta. La luce fredda delle stelle tremolava come una farfalla che sta per morire. Quel pensiero gli faceva chiudere gli occhi. Forse piangeva. I nipoti non lo avevano mai visto piangere. Lassù chissà. In un angolo il fuoco agonizzava. I ceppi consumati crollavano nella cenere con sbuffi soffocati. Un ramo pieno di linfa pigolava come un pulcino torturato. Anche il fuoco andava a dormire. L'ultimo fumo faceva le giravolte sul fondo della grotta e poi usciva discreto per non disturbare la quiete del tornitore. Notti solitarie che lasciavano il segno.

Andavano su in aprile e tornavano a ottobre. Per rifinire il prodotto sbozzato nei segreti ritiri di alta montagna. Barbe lunghe, occhi infossati, magri, i muscoli tirati, una volta a casa lavoravano in silenzio a testa china. Pensavano forse ai lunghi mesi trascorsi negli antri, compagni di aspre solitudini. Pensavano alla vita all'aria aperta, alle voci delle notti d'estate. Forse per questo lavoravano a testa china. Spesso in famiglia parlavano da soli, come facevano sui monti. Con lo spirito erano ancora lassù fra i tronchi dai quali cavavano mestoli, cucchiai, piatti e scodelle, forchette, e altro ancora.

Uno di quei tornitori diventò matto e non aprì più bocca. Fino alla morte. Prima di chiudere la voce nel cassetto, raccontò di aver squartato un larice su, nell'antro di lavoro. Un larice di quattrocento anni. Appena spaccato, dagli anelli dell'età partirono voci di ogni sorta. Raccontarono quel che avevano visto e lui impazzì.

Troppe cose brutte che prima di ammutolire confessò a qualcuno e, presto o tardi, diventeranno pubbliche.

Gli artigiani tagliavano i legni in luna calante, scegliendo i pezzi migliori, quelli senza vena storta. Li mettevano da parte, che asciugassero un poco. Di pronto uso ne avevano tagliati una scorta mesi prima. Unica compagnia erano i tronchi. Maneggiavano quelli. Fino a ridurli a oggetti da vendere. Qualcuno si portava il cane. Tutti tenevano doppietta e fucile a palla. Lassù c'era selvaggina, cacciavano per mangiare.

Ma perché tutto questo preambolo? Per non dimenticare. Gli antri dei tornitori sono scomparsi, inghiottiti dalla vegetazione. I boschi son cresciuti davanti all'entrate, selvaggi e violenti fino a occultarle. I vecchi sono morti, nessuno sa dove si trovano gli improvvisati laboratori. Ed è difficile imbattersi per caso. I camminatori oggi vanno dietro ai segni, non ai sogni. Marciano su sentieri ben tracciati e puliti. Ma non spostano una frasca per guardarci dietro.

Il nonno vagamente aveva indicato ai nipoti dove si trovavano alcuni antri di lavoro. Voleva portarli su, a vederli, ma quell'estate gli arrivò l'automobile addosso e morì. Allora non se ne fece più niente. Ma qualcuno di quei laboratori d'alta quota è stato individuato comunque. La voce sepolta del vecchio aveva lasciato tracce nell'aria come scie di rondoni. I suoni, quelli suggestivi, disegnano il vento, incidono l'aria, scrivono senza luce, come inchiostro simpatico. Se poi si mette la candela dei ricordi sotto quel foglio di memorie, allora appare il messaggio. "Vai lì, andate così e colà, forse troverete." Quello che cerca segreti a quel punto va. Prima avvicina la zona, poi si accuccia nel dettaglio. A casaccio, ma con occhio attento. Monconi di pino mugo, tagliati cento anni prima, spuntano dal sottobosco come lance spezzate. Segnalano che lì, all'epoca dei tornitori volanti, stava un sentiero. Qua e là appare un muro di sostegno coperto di muschi. Vecchi ceppi, mutilati del tronco, grigi come il tempo inutile, occhieggiano attraverso barbe di licheni. Spiano il viandante, lo invitano a sedere. Dicono che in quel punto transitarono fatiche, gli uomini tagliarono alberi per vivere. Per immaginare bisogna fermarsi, poi s'avanza indagando, cogliendo l'eco dei passi lontani nei minimi segni.

Annusando il terreno, un giorno di aprile, il maggiore dei fratelli trovò uno di quei covi dove in passato i legni giravano sul filo della sgorbia. Si chinò su tracce labili di passaggi antichi, alberi tagliati, qualche ciocco monco dalla faccia larga, un piolo infisso nella roccia. E poi un altro, perché lì, un secolo prima, il sentiero marciava rasente un vuoto di mille metri. Rimase allibito nel constatare dove passavano cento anni prima le portatrici. Rondini con la gerla, e sacchi pieni di oggetti. Qualcuna volava via, verso il basso. Alcune croci di ferro, corrose dalla ruggine, stanno ancora ficcate nella roccia, a dire che quella o quell'altra finirono laggiù. Ma i nomi non si leggono, sono svaniti, alla stregua dei volti. Non è possibile dar loro una seppur vaga parvenza umana. Il tempo le ha divorate come la ruggine ha smangiato le loro croci. Le raccoglievano sul greto del torrente, deturpate dai colpi, fracassate assieme alle gerle. Qualche straccio s'impigliava nei carpini sporgenti dalle rocce e lì sventolava per mesi, finché le tormente non lo strappavano, facendolo sparire. Le trovavano quasi nude, la caduta spogliava i corpi come l'esistenza le aveva spogliate di ogni gioia.

Col vuoto sotto i piedi e il vento maligno che saliva dallo strapiombo, il fratello maggiore avanzava sul sentiero scomparso come un acrobata sul filo. A ogni passo ancora si chiedeva come facevano quelle donne a camminare coi carichi. Aggirò uno spigolo di pietra sporgente sul vuoto come un naso che fiuta l'aria. Dietro una quinta di roccia affilata, apparve improvvisa la mano accogliente di un praticello. Soffocato da una vegetazione intricata e ostile, pareva invocare aria e spazio per sgranchirsi. Il giovane stava tirando dritto quando, dalla parete tappezzata di mughi, schizzò un camoscio. Zampillò in avanti come un getto d'acqua. Non poteva essere esploso dalla roccia. Voleva dire che dietro la barriera di carpini e pini mugo s'apriva un vuoto.

Forzando il passaggio a colpi di roncola, il giovane avanzò fino alla base. Dietro si celava un'apertura di pietra rossa, come una bocca spalancata. Dava accesso a un grande antro, semibuio, che sul fondo pareva avesse gli occhi. Occhi che aspettavano da oltre un secolo. Lavorò di roncola quasi un'ora per far entrare la luce. Quando filtrò un po' di chiaro, come per incanto gli occhi si chiusero, feriti dalla luce. Sul fondo della grotta non c'era più niente. Eppure quegli occhi rimanevano dentro, li sentiva, si erano nascosti ma stavano attenti.

Alla fine, il sole di settembre, per far posto alla sera, rasentò le labbra di quella bocca aperta. Allora la caverna s'illuminò come se dentro qualcuno avesse acceso una candela. Il giovane scoprì le tracce perdute del tornitore solitario che abitò quel luogo. In centro vide il tornio, o almeno quel che restava. C'erano le due travi portanti, che in origine reggevano i blocchi tra i quali girava il pezzo; l'asse del pedale, fatta a elle per spingere di gamba destra o sinistra, era sollevata come se l'artigiano non avesse avuto più forza di premere l'ultimo colpo. La lunga pertica di frassino, mediante la quale si imprimeva rotazione al perno, era spezzata alla base, caduta in terra. Come un'asta di bandiera ormai priva di scopo, stava a punta in giù in una resa senza speranza. Il giovane la prese tra pollice e indice. Lei fece *crack*, e si troncò, come se fosse di gesso o non sopportasse alcun contatto. Regina di elasticità e morbidezza da inchinarsi fino a terra sotto la spinta del pedale, ora era diventata statica e dura. Tanti anni di abbandono e silenzio l'avevano irrigidita e allo stesso tempo resa fragile.

I tarli dei secoli, invisibili e lenti, vivono nell'aria come pulviscolo, bevono l'umidità della terra, dormono ai brevi soli, rosicchiano senza polvere. I tarli del tempo mandano all'occhio illusioni d'integro. Invece dove mordono lasciano costruzioni d'aria, forme solide solo in apparenza. Basta si posi una farfalla e tutto va in briciole e svanisce.

Sul fondo della caverna, coperto di polvere, c'era un sacco di tela con una fibbia nella tracolla. Il giovane tentò di aprirlo per curiosarvi. Appena lo toccò, cominciò a disfarsi. Più lo maneggiava più diventava cenere. Dentro non c'era niente se non il lungo tempo contenuto, che l'aveva logorato lasciandogli forma priva di sostanza.

Sotto il tornio, piccole nuvole di trucioli vibravano al ritrovato spiffero della grotta. Poi cadevano una in braccio all'altra come muffe estenuate. Sparse qua e là, alcune spine da botti fissavano l'intruso con occhi spenti. Ce n'era una conficcata in un buco della roccia, come se da quel muro d'ombre il remoto artigiano sperasse ricevere del vino. Il giovane scoprì l'origine di quel rubinetto assurdo. Subito dietro, la roccia era cava, formava una vasca dove il tornitore volante raccoglieva l'acqua per farne deposito. La prendeva a una fonte vicina e riempiva la spaccatura così d'averla comoda e fresca. Il giovane non osò toccare la spina per timore si disintegrasse.

Osservando meglio notò alcune pile di ciotole appoggiate alla parete in fondo. E poi qualche cucchiaio, dei mestoli, forchette. In un angolo, il rudimentale fornello di pietre per scaldare l'antro e cuocere il cibo. Tutto velato dalla poca luce che filtrava, tutto coperto dalla polvere del tempo. Tutto ciò che toccava si sbriciolava, ma il tornio ancora resisteva. Nato tra due cosce di larice venti per venti di spessore, portava addosso tracce di segreti. Su di un lato, incisa a sgorbia, si leggeva una scritta: "Eliseo F. fu Benigno. Cugn stè ochí par sampè, par sampè cugn stè cetín". Che voleva dire: devo stare qui per scappare, per scappare devo stare fermo. Aleggiava ovunque il mistero. Chi era quel nome? Apparteneva all'artigiano o a qualcuno che si nascose? Perché scappava? E da chi? Forse non le aveva incise il tornitore, quelle parole. Forse non sapeva scrivere. Chissà.

C'erano anche date scalfite sulla roccia: 1878 F.C. 1821 S.B. e ancora: 9 agosto 1850 M.C. Altre cose, scritte con tizzoni spenti, non si leggevano più. Il tempo cancella ciò che non è inciso a fondo. Per rimanere bisogna accumulare o togliere, durano erosioni e piramidi. Il giovane raccolse un po' di legna e accese il fuoco nel fornello che pareva un mucchio di sassi. La grotta si scaldò come se fosse tornato l'artigiano a illuminare la sua casa. Gli pareva di vederlo seduto in un angolo, la pipa in bocca, barba lunga e baffi spioventi. Il fumo all'inizio ristagnò riempiendo la caverna. Poi cominciò a fare le giravolte e uscire rotolando in fretta per non dar fastidio. Le ossa della spelonca si scaldarono, cominciarono a scricchiolare. Forse era il tornio a stiracchiarsi, l'unico rimasto integro. Il resto era polvere in forma di oggetti. Polvere di cose che un tempo furono solide come le vite scomparse degli uomini. Come quella del tornitore volante, senza nome e senza volto.

Il giovane rimase a dormire nell'antro. Da lontano arrivava la notte come una nuvola sporca di terra. Ormai veniva buio, meglio stare lì. Ma non chiuse occhio. Alimentò il fuoco con la legna tagliata davanti alla grotta. Coricato su un giaciglio di frasche accumulate in fretta, ascoltava le voci dell'aria e il mistero della spelonca. Sperava che qualche soffio arrivasse dall'aldilà a svelargli chi visse nell'antro. Il giovane si chiedeva perché l'artigiano misterioso aveva lasciato alcune cose nella grotta. Quattro legni anneriti, inchiodati in un angolo, rivelarono un giaciglio. Il paglericcio composto da rami di mugo era diventato polvere. Rimaneva solo il telaio. Ora ci dormiva il tempo. Più in là, il ciocco da spaccare legna e sbozzare i manufatti era rovesciato. Potevano esser stati animali, v'erano tracce d'escrementi. E il pedale del tornio? Era rimasto sollevato. Possibile se ne fosse andato senza avere il tempo di premerlo a fondo? Mistero.

La notte non portò nulla se non il rantolo dei gufi, il lamento degli uccelli notturni, la voce del torrente mille metri più in basso. E quel vento che saliva dallo strapiombo urlando come lo addentassero i lupi. Ci fu un momento durante la notte che gli parve udire una voce cadere dalla volta dell'antro come una goccia di fuoco.

"Cerca il libro" diceva, "cerca il libro."

Poi più niente. Pensò d'aver sognato. All'alba cantarono i forcelli, più in alto c'era la neve. L'urogallo aveva cantato al buio, i cuculi cominciarono che il giovane già scendeva.

Prima di lasciare la spelonca afferrò un tizzone spento e sulla parete scrisse la data della scoperta: 12 aprile 1974. Tornò spesso all'antro del tornitore. Andava lassù per riposarsi, stare in pace, riflettere.

Molti anni dopo, ricordando le parole "cerca il libro", consultò i registri di morte della canonica. Partivano dal 1605. Quelli antecedenti non esistevano. Furon ridotti cenere da un incendio che sollevò il villaggio di legno e paglia in una bolla di fuoco. Nei registri di morte, Eliseo F. fu Benigno non risultava. E nessuno si ricorda di lui. La montagna è come il mare: contiene di tutto e nasconde bene tutto. Ma ogni tanto alza il mantello, butta fuori qualcosa, magari con una pedata, uno sternuto, un sussulto.

Molti anni fa, ad esempio, due bracconieri, di cui uno giovane, stavano battendo una zona impervia per recuperare un camoscio. L'animale, ferito, aveva scelto di morire in un anfratto a piombo sul torrente. Non era facile raggiungerlo. Fu come avesse voluto prendersi l'ultima boccata d'aria prima di accucciarsi stanco e sfinito su quell'ala di roccia e guardare la valle.

Si calavano con la corda a perlustrare la zona, cauti e guardinghi come quando cacciavano. A un certo punto, apparve una spaccatura fatta a botte. Dentro quella nicchia, raccolto su se stesso come a non prender freddo, c'era un soldato. Un tedesco. Dell'ultima guerra. Le ossa bianche come calce, il teschio, l'elmetto, il fucile e altre cose stavano lì dentro. Il giovane rimase attonito davanti a quello scheletro. Aveva tutti i denti, doveva essere un ragazzo. Com'era riuscito a calarsi fin laggiù? Forse inseguito dai partigiani? Forse era un rocciatore. Chissà. Arrivati in paese nel '44, i tedeschi lo incendiarono, furono spietati. Deportarono, razziarono e uccisero. Fecero azioni aberranti spalleggiati da complici e delatori. Poi furono cacciati e quello era finito a morire laggiù. La montagna lo aveva protetto per quarant'anni. Lo trovarono nell'84. Un caso fortuito lo restituiva alla memoria ma non ai familiari.

Il vecchio bracconiere era sbiancato. Non parlava. Stava al bordo della nicchia con la corda in mano. Forse quella scena aveva fatto riaffiorare qualcosa di intimo. I tedeschi non furono teneri con la sua famiglia. Lo diceva spesso quando raccontava quelle remote vicende durante le soste nelle baite e il suo volto s'induriva.

«Resta qui, vado in Comune ad avvertire» disse il giovane.

«Avvertire chi?» disse cupo il bracconiere. Intanto fissava lo scheletro che riposava da quarant'anni nella tomba in faccia al cielo.

Il giovane non se l'aspettava perciò non intervenne, forse anche volendo sarebbe rimasto immobile. Il vecchio bracconiere aveva un aspetto truce. Il suo volto non ammetteva impicci. Scattò come un felino. Con calci e bracciate furiose fece precipitare lo scheletro e tutto ciò che gli stava intorno. Un salto di quattrocento metri. Si udì l'elmetto tintinnare. Il soldato era caduto un'altra volta. Laggiù, il torrente lo portò via.

«Bastardi!» sibilò il bracconiere. Aveva settantun anni.

«Potevi lasciarmi prendere qualcosa a ricordo» disse il giovane.

«Ricordo di chi?» disse il vecchio. «Di chi ha ucciso la mia gente? Un'altra parola e finisci laggiù anche tu.» Poi non aprì più bocca. Neanche il giovane.

Un giorno il fratello maggiore, nel suo andare per montagne, visitò una grotta enorme, che dopo un'entrata comoda andava giù a balzi e storture. Più volte aveva perlustrato la caverna, mai fino al termine. Chissà se aveva un termine, veniva su aria, era segno d'infinito. Armato di pila frontale e un pezzo di corda, stavolta decise di calarsi. E si calò. Sul piano di fondo sentì la voce dell'acqua. Da qualche parte cantava una goccia. Pareva cadesse in un bacile. *Plic. Plic.* Per un po' faceva silenzio e poi ancora *plic*. La cercò con la pila ma stava lontana. Era come una persona, una presenza misteriosa si rivelava con parole a gocce. Spense la torcia e si sentì circondato, attanagliato. Nel buio solido come pietra, in quel silenzio di piombo che non dava scampo, la goccia scandiva i suoi *plic*, ma ora sembravano cannonate. La volta rimbombava. L'intervallo tra una goccia e l'altra si faceva eterno, e allora tornava il silenzio a sferzare il cuore con le ortiche della paura. Dovette accendere in fretta la pila, gli sembrava esser ghermito da un momento all'altro. Per scacciare l'inquietudine, si mise a esplorare il fondo. C'erano ossa di animali finiti là sotto da chissà quanto. Riconobbe qualche teschio di capriolo, alcune pecore, una capra. Erano morti laggiù, nel silenzio della terra, senza aiuto né speranza. Più avanti la camera risaliva e fu lì, su un ripiano a forma d'altare, che assieme a un mucchio di ossa trovò un grosso teschio. Era lungo, con denti pronunciati e una forma che non ricordava aver mai visto. Lo portò in paese.

Un geologo di città disse che si trattava dell'orso primitivo e parve interessato a quel cranio giallastro. Allora il giovane glielo donò senza rimpianti. L'intenditore rimase soddisfatto e la cosa finì. Ancora una volta la montagna rivelava uno dei suoi segreti. Ma quante spelonche e antri e caverne tengono nel mistero il contenuto dei loro ventri sepolti?

Il più grande seguitò a cercare. Diventò Cercatore. Testardo e curioso frugava nelle pieghe dei monti per tirar fuori qualcosa, scoprire misteri, svelare segreti. Di preciso non sapeva cosa avrebbe trovato. Lo capì a sessantaquattro anni, quando ancora s'affannava. La sorpresa fu malinconica, ciò che scoprì lo aveva sottomano da sempre e non si era accorto.

Le caverne di montagna, quelle che sbadigliano sul vuoto, o s'aprono in luoghi impervi, difficili da raggiungere con mezzi normali, spesso sono casseforti prive di serrature e piene di sorprese. Al fratello maggiore, un partigiano raccontava sempre la stessa storia. Diceva che in una cavità di un certo monte aveva nascosto una cassetta di ferro chiusa con due lucchetti. Conteneva documenti importanti riguardanti i rapporti tra Hitler e Mussolini.

Quei documenti erano parte di una serie consegnati da Galeazzo Ciano all'allora prete del villaggio don Giusto Pancino, ed erano contenuti in tre cassette. Due finirono da qualche parte, qualcuno dice in Svizzera. Ma una, sosteneva Gildo, classe 1916, si trovava in quella cavità. E voleva, prima di morire, che il giovane amico la recuperasse.

«Se trovi quella cassetta c'è da fare soldi.» Diceva così: da fare soldi. Però non ricordava il buco dove l'aveva nascosta. Erano passati tanti anni. Sapeva solo che il prete aveva le chiavi della cassetta. E basta. La montagna in questione è immensa, verticale, ostile, scovare il tesoro era un'impresa. E lo è ancora. Il giovane ha cercato per anni, trovando di tutto tranne la cassetta.

Gildo morì nel 2000, a ottantaquattro anni, senza soddisfazione. La cassetta è ancora prigioniera del monte. Diceva che era lunga circa 70 centimetri per 30 di larghezza, altrettanti in altezza. Il giovane adesso non è più giovane ma spera sempre di trovarla. Gildo affermava che, oltre ai documenti di Ciano, conteneva alcune armi corte e un po' di oro in monili e bracciali. In questo caso il valore non è l'oro bensì la carta. Stavolta la montagna tiene stretto il suo tesoro. Gildo, eccellente rocciatore, l'aveva forse nascosto in alto? Chissà in che punto, però. Forse dove nessuno se lo aspetta, magari in una scafa cui tutti passano davanti.

Ecco uno dei tanti segreti che ancora mancano all'appello: la cassetta di Galeazzo Ciano. Ma il Cercatore sente che la troverà. Durante l'ennesima uscita di ricerca, perlustrò un antro fuori mano, alla base di quel monte ostile sul quale erano morti tre uomini. Tre boscaioli caduti sul lavoro. La grotta era nascosta dalla vegetazione ma la si intuiva. Era convinto di trovare l'agognata cassetta ma invece dentro trovò attrezzi da boscaiolo incrostati di tempo e umidità. Erano asce, zappini, segoni, pulegge e roncole. Sul fondo, impilata in cerchio, una grande matassa di cavo per teleferiche, formata da tredici carichi uno sopra l'altro. L'uomo ricordò la storia che aveva raccontato il nonno riguardante un furto avvenuto prima della guerra. Diceva che a una squadra di boscaioli friulani, che falsavano il mercato con prezzi troppo bassi, era stato rubato tutto il materiale. Non trapelò mai chi furono i ladri, eppure il paese lo sapeva. L'omertà è una qualità della montagna. Forse del mondo. Meglio dire degli uomini.

Venne la guerra e il materiale restò dimenticato fino al giorno in cui il Cercatore lo scoprì. Ogni oggetto era diventato un pezzo di ruggine rossastra, che squamava al tocco delle dita. Non c'era verso di afferrare i manici di quegli utensili perduti. Il legno, in origine tenace e flessibile, si sfaldava come sabbia. Ma quel che impressionò il Cercatore fu il cavo da teleferica. Un serpente arrugginito, morto da mezzo secolo. Fu emblema di resistenza e unità assolute, ma dopo cinquant'anni non era più unito né intero. Gli anni lo avevano corroso, smangiato, separato dai cerchi fratelli come tagliato dal tronchese. Niente dura alla lima del tempo e, se cede l'acciaio, che ne sarà dei sentimenti?

Il fratello superstite, rimasto unico Cercatore di famiglia, sollevava gli anelli del cavo uno per volta. A ogni alzata cadeva in terra una pioggia di cimici fruscianti, scorie di ruggine e consunzione con odore di morte. A quel punto il cerchio stava già in pezzi. Tutto nella grotta era ruggine. Le stesse pareti, rossigne e ammuffite, screziate di ombre gialle, parevano le foglie dei boschi autunnali. Fuori infatti era l'autunno, il silenzio dei monti prendeva posizione, presto la neve avrebbe coperto ogni cosa, cercare sarebbe diventato difficile. Ma d'inverno la montagna proponeva altre cose, nuove sfide, bastava aspettare. Il Cercatore raccolse una grossa scure e la portò a casa come ricordo. Cercò di levarle il vestito di ruggine che la copriva e trovare qualche sigla, un nome, un segno. Ma non apparve niente. Non è più tornato nella grotta della teleferica.

Gli attrezzi dei boscaioli stanno sempre là dentro. Forse un giorno qualche giovane con voglia di esplorare si imbatterà nei resti di quegli oggetti antichi. Si domanderà: "Che roba è?". Ma ci saranno ancora giovani con voglia di scoprire i segreti delle montagne? Chissà.

Le montagne ogni tanto cambiano trama e fanno regali inaspettati. Un'estate del tempo remoto, un uomo tornava dal prato dove aveva falciato l'erba. L'ultima, appena caduta, ancora tremava di verde, mentre quella tagliata al mattino profumava di fieno. Era tardo pomeriggio. Si fermò alla frescura di un larice per una fumata. Tante volte aveva riposato all'ombra di quell'albero. Stava sulla via del ritorno, invitava a sostare. E lui sostava. Non aveva mai udito nulla quando, seduto sulla curva del tronco, quel giorno sentì qualcosa, prima ancora vide. Uno sciame di api sprizzava dalla terra per filare verso il tramonto. Dal sottosuolo proveniva un suono, il ronzio di una cosa viva che si faceva gorgoglio. Le api uscirono fino all'ultima e fuggirono zigzagando di paura. Il rumore si fece nitido, l'uomo percepì la voce inconfondibile dell'acqua. Quella zona ingialliva di siccità, i pascoli aprivano la bocca assetati, i fili d'erba erano duri come spine, e piccoli fiori sdentati dai colori fiacchi faticavano a ridere alla vita. Non poteva credere che proprio lì, sotto i piedi, una falda fosse esplosa improvvisa, e l'acqua viaggiasse nella terra. Invece era così. Andò a prendere un piccone, tornò sul posto e iniziò a scavare. Ma ormai avanzava la sera, dovette rimandare al giorno dopo. L'indomani scavò più a fondo e trovò l'acqua che correva e si era aperta la strada come in un tubo. La chiamò Fonte del miracolo perché fu davvero un miracolo. Da quel momento i prati intorno si fecero più belli, ricchi di erba tenera e rigogliosa, i fiori alzarono la statura e rinforzarono i colori e i petali, che non cadevano più facendoli sembrare sdentati. Nessuno capì perché l'acqua fosse comparsa di colpo in quella terra aspra e secca come labbra screpolate. E nemmeno s'interrogò più di tanto. Era un segreto della montagna, uno dei tanti che non avrebbe avuto spiegazione.

Una volta il maggiore dei fratelli, diventato il Cercatore di segreti, si ficcò in testa di esplorare un monte solitario posto alla sinistra orografica di un torrente e alla destra di un altro. Aveva sentito una storia cupa che ancora si narra: un artigiano non volle rispettare il Natale e salì alla sua tana per scolpire oggetti e, soprattutto, per rimanere solo. Era un dicembre d'inizio Novecento, esattamente il 1902. Non c'era un filo di neve, forse per questo l'uomo approfittò a salire in montagna. La notte di Natale nevicò da far spavento ma l'artigiano si spaventò per altro. A una cert'ora gli si parò davanti il diavolo coperto di pelli che voleva portarlo all'inferno. E un bambino, apparso d'improvviso subito dopo, lo salvò scacciando il demonio, che nella fuga lasciò una pelle nella grotta. Era il Bambino Gesù.

All'indomani, ancora stordito, l'uomo uscì dalla tana per tornare a casa. S'accorse con sgomento che non c'era un filo di neve.

Pensò d'aver sognato ma in terra c'era una pelle di capra puzzolente e lurida.

Il Cercatore, dunque, si era messo in testa di scoprire il rifugio segreto di quel remoto artigiano. E cominciò a battere la montagna palmo a palmo.

Niente di niente risultò facile. La natura si era ripresa il terreno un tempo curato e disboscato. Dopo cento e passa anni, un bosco selvaggio e disordinato faceva il padrone, cancellando i sentieri, invadendo e soffocando ogni spazio. Ma l'uomo seguitava a provarci.

Nel tempo libero andava sul monte dei torrenti, a cercare un segno dell'artigiano che vide il diavolo. L'impresa era difficile, richiedeva costanza e pazienza, doti che, a pensarci bene, sono proprio quelle che esige la montagna.

Un giorno, risalendo la valle fino alla roccia dalla quale sbuca la faccia del torrente maggiore, s'accorse che pioveva. Cercò un anfratto per riparo. Era estate, non faceva freddo, ma stava avanzando la sera, doveva sbrigarsi. La natura cominciava a vestirsi d'ombre, gli uccelli ormai tacevano, le punte delle montagne infilzavano nebbie e il torrente pareva lavarsi sotto la pioggia. Quando il Cercatore trovò finalmente un pertugio, aveva ormai perso le speranze. Stava celato dietro un sipario di roccia, poco discosto dalla forcella. Il bosco lassù era impenetrabile. Dopo anni di abbandono non lasciava passare nessuno. Ormai imbruniva. Quando entrò nella spaccatura, capì che là dentro in tempo remoto aveva abitato qualcuno. Nella penombra che invadeva lo spazio, notò una specie di cavalletto al centro del piano. E poi dei ceppi qua e là, tagliati dal segone, che non lasciavano dubbi: senza volerlo era entrato nell'antro che cercava, la tana di colui che guardò in faccia il demonio. Ma non vedeva bene, fuori avanzava il buio ed era senza pila. Decise di accendere il fuoco per scaldarsi, illuminare la grotta e asciugarsi. Raccolse rami secchi sotto un abete e accese.

La spelonca prese luce e cominciò a rivelare il contenuto centenario del suo ventre. Al centro, come nell'altro laboratorio d'alta quota, stava il telaio del tornio, privo dei ceppi ferma-blocco. In un angolo, una piccola catasta di legna spaccata pareva d'argento, tanto gli anni l'avevano pennellata. C'erano due pentole sfinite di corrosione. E due sgorbie dal manico lungo, classiche dei tornitori. L'uomo si mise a tastare la consistenza dei manici. Pensava si sfaldassero come quelli nella grotta del monte ostile. Invece no. Il legno, stavolta, era in buone condizioni seppur non più solido. Si guardò intorno e capì.

La spelonca prendeva fiato da un buco grande come un secchio posto in alto, a destra dell'entrata. Si poteva vedere il cielo. Passando dal foro, la mano del vento carezzava le cose, le manteneva asciutte, disseccandole come mummie. Così la tana dell'artigiano si mantenne praticamente intatta. Nell'angolo opposto alla legna stava una caldiera capovolta. Era piuttosto grande per le solitarie minestre del tornitore. Nera per fuliggine di antichi fuochi, pareva una polenta di carbone infernale. A fissarla comunicava l'idea di covare un segreto nel suo vuoto, una chioccia di tenebra accucciata sulle uova del demonio. L'uomo la sollevò. All'interno stavano dormendo da oltre un secolo i ceppi ferma-blocco del tornio. L'artigiano, in attesa di tempi migliori, li aveva messi al sicuro dentro il buio della caldiera. Invece non tornò mai più nella sua tana, restò in paese fino alla morte. L'aver visto il diavolo gli storpiò il cervello e la vita. A fatica usciva di casa.

Il Cercatore scrutò il pavimento alla ricerca della pelle di capra, quella caduta al demonio in fuga da Gesù Bambino. Niente. Nemmeno un pelo. Forse Belzebù era tornato a riprendersela. Lì non esisteva. Era trascorso tanto tempo, poteva esser scomparsa, portata via dalla mano del vento o forse divorata dagli animali, braccati dalla fame.

Il Cercatore raccolse i ceppi ferma-blocco e le sgorbie, per tenerli a ricordo. E ricordi sono diventati. Quegli oggetti si trovano ora a casa sua, sotto un banco da falegname. Ogni tanto li guarda e gli vengono i brividi.

L'artigiano del diavolo si chiamava Agostino detto Gostín. Così raccontavano i vecchi del paese. Lassù, nella tana, si compì il suo destino. L'uomo non sapeva leggere né scrivere, tranne il suo nome dimezzato. In un angolo dell'antro, sopra la caldiera capovolta, aveva scritto con la fuliggine: "Gostín".

Di lui non si seppe più niente. Lo vedevano al mattino che andava a messa e basta. Non apriva bocca con nessuno. Finché sparì. Aveva fatto i capelli bianchi di colpo.

Il Cercatore qualche volta fa ritorno in quel luogo. Specie in certe primavere, quando tutto ancora dorme. Passa la notte accanto allo scheletro del tornio. Avvolto dall'inquietudine, trascorre le ore col fuoco acceso. Teme ogni volta che da un momento all'altro appaia Satanasso. Ma forse ci va proprio per quello...

Si potrebbero riempire cataste di pagine elencando ritrovamenti casuali, o cercati, sulla montagna. E non sarebbero che minima parte di ciò che lei nasconde. E nasconderà sempre. E qui occorre fermarsi. I misteri delle montagne sono molti altri, tutti in attesa di essere svelati, chiariti, e raccontati. In questo modo la montagna narra la sua vita, fa conoscere le storie. Ma non consegna un libro bell'e fatto. Quello lo devono scrivere gli uomini, col paziente lavoro di ricerca. E mai finiranno di cercare.

21 marzo 2014, ore 15.44

Termino questo quaderno il primo giorno di primavera e questo mi fa piacere, oltre sperare che porti bene.

21 marzo 2014, ore 15.51

Inizio il secondo quaderno dei segreti della montagna. Sono contento di farlo il primo giorno di primavera come son contento di aver terminato il precedente nello stesso giorno. Lo so bene che non significa niente ma voglio credere nel buono che porta il primo giorno di primavera e andare avanti. Con questo libro mi diverto giacché non devo attenermi a trame, tempi, toni o personaggi. Vado un po' alla Čechov, "senza trame e senza finale", ma con risultati tredici miliardi di anni luce distanti dai suoi. Importante avere un poco di entusiasmo, e quello, nonostante i colpi amari della "durata" (la vita), un poco ce l'ho. Molti episodi sono veri, altri inventati, altri assenti. Ma quelli inventati sono davvero inventati? Forse no. Chissà! È un libro che porto avanti con affetto e dolcezza, cosa mai capitata (così in pace) con gli altri. Guai se in questi anni non mi avesse aiutato l'esercizio di scrivere. Sarei sprofondato. Sì, proprio andato a picco. Fino in fondo. Fino in fondo, fino in fondo. Giù, giù fino in fondo.

Sconosciuta

Nascoste nei luoghi più remoti, difficilmente accessibili, le cime sconosciute sono uno dei più affascinanti misteri della montagna. Qualche volta chiamano ma nessuno le sente. Messe in ombra da montagne alla moda, famose e frequentate, le neglette aspettano nel buio dell'oblio. Integre, belle, solitarie, balzano da boschi vergini e vegetazione intricata. Mai mano d'uomo ha carezzato la loro pelle. E loro sono là che aspettano. Aspettano che succeda.

Toccarle per la prima volta è un'emozione difficile da raccontare. Avvicinarsi senza alcuna certezza di percorso, brancolare a casaccio due, tre, quattro giorni, a volte settimane per tornare collezionando vette di fallimento. Insistere. Armati di ronca, aprirsi la via poco per volta, ramo dopo ramo, mugo dopo mugo. E alla fine accorgersi che la linea non è giusta. Allora provare un'altra volta da altra parte, sperando vada meglio. La meta sta là dentro, in fondo la valle, si intuisce una punta dove il torrente fa la curva. Ma come arrivarci? Non solo la montagna è piena di segreti, in questo caso è un segreto lei stessa. E allora avanti a cercarla.

La pratica di salire sulle cime la chiamano alpinismo. Scalare una vetta mai toccata prima da mani d'uomo non è alpinismo. È un'altra cosa. Una cosa complicata da spiegare. Ogni metro, ogni centimetro, ogni passo nascondono l'ignoto, l'insidia, il dubbio. "Che ci sarà più in alto? Mi lascerà passare? Che troverò lungo il cammino? Come sarà lassù?" Questo si domanda il Cercatore quando va per montagne vergini. Quando realizza che, dalla creazione del mondo, la sua è la prima mano che tocca quella roccia, si ferma intimorito. Il cuore va fuori giri. Anche la roccia sente il contatto di un corpo nuovo, sconosciuto. Vibra, si emoziona, trema. È contenta quando finalmente un umano s'appoggia a lei, l'accarezza, la esplora, ci parla, l'ascolta. Prima di quel momento, solo camosci, gracchi, corvi imperiali e aquile l'avevano toccata. E i cieli delle stagioni.

Il Cercatore sale guardingo, deve tener d'occhio il vuoto, il rischio, le difficoltà. Il minimo errore può costargli caro. La montagna si concede ma è donna difficile, molto difficile. Spesso riottosa, caratteraccio. Non si lascia conquistare facilmente. È un cavallo selvaggio, va domato con lealtà e pazienza. Si difende stando ferma, eppure sgroppa e disarciona. I suoi fianchi sono lisci, la schiena dritta, le gambe lunghe. È difficile rimanervi aggrappati. La montagna non si stende perché uno ci possa saltare sopra. La montagna rimane in piedi. Solo quando decide di lasciarsi conquistare, l'esploratore può tirare il fiato. Allora prova la gioia ineguagliabile di essere il primo uomo al mondo a toccare quel corpo, baciarlo, stringerlo a sé.

Arrampicare una parete vergine è un abbracciare continuo, la bocca sfiora la pelle della roccia. Non è vanità o collezione di primati. E nemmeno alpinismo. È sentirsi vivi dentro il creato, al cospetto di una conoscenza nuova. Diventare umilmente se stessi, lontano da problemi, amarezze, dolori. È un diventare miti, dolci, pazienti. È diventare amanti.

Tra montagna e rocciatore si stabilisce una complicità, nasce un segreto. Dopo l'incontro diventano amici, hanno bisogno uno dell'altra. Così l'uomo tornerà a trovarla. Salirà i suoi fianchi per nuovi itinerari, sosterà sulla vetta ad ascoltare il bosco parlottare col torrente. Il cielo osserva e sorride. Intanto ascolta. Il cielo è un orecchio immenso teso sui respiri del creato. Sente i pensieri dello scalatore. In quel posto si fanno lieti, tranquilli. Corpo e anima distillano un senso di pace, di lieto benessere.

L'uomo percepisce la protezione della cima, che lo tiene lontano dalle faccende del mondo e della vita. Lontano dalle frecce che ogni giorno si scaglia addosso da solo, dando la colpa agli altri.

Insomma, lassù sta bene, vorrebbe rimanervi più possibile. Ma occorre tornare, in cima non si può restare. Il fascino della montagna è anche questo: costringe ad abbandonarla per invogliare a tornare più presto possibile. È un gioco che si perpetua nel tempo, gli anni che passano non lo scalfiscono minimamente. Chi va in montagna va per tornarvi. Cerca segreti, non s'annoia né si stanca mai. È come far l'amore con la donna amata. Appena si può lo si vorrebbe rifare. Le montagne sono un mistero gaudioso, come quelli del rosario.

Una volta, poco tempo fa, il Cercatore puntò l'attenzione su una vetta remota, quasi alla fine del mondo, dove la difficoltà più grande era andare a toccarla. Stava lassù, isolata al confine del cielo, rossigna e acuminata come una fiamma di candela. Spuntava come un corno di rinoceronte sulla fronte massiccia della valle. Nessuno l'aveva mai raggiunta. Non perché i pretendenti fossero inetti, bensì perché arrivare alla base era impresa mille volte più difficile che scalarla. Non valeva la pena. Secondo gli alpinisti non valeva la pena. Vi erano colossi importanti là intorno, ben più alti e remunerativi. Per questo, negli albi di conquista, la fiamma pietrificata non risultava. Non rendeva gloria e dava rotture di scatole. Soprattutto avrebbe fatto perdere un sacco di tempo. Anche allora, quando nelle valli prese moda l'alpinismo, gli uomini avevano fretta e il tempo era prezioso. E allora perché rivolgersi a una cosa di poco conto quando da ogni lato s'ergevano cime maestose ancora da scalare? Meglio quelle. Una volta conquistate tutte le maestà, si volse lo sguardo a vette minori, continuando a disdegnare la fiammella. Il motivo è stato detto: raggiungerla era un lavoro da azione concertata da boscaioli e sgaggiatori.

Anche il Cercatore di segreti l'aveva trascurata per mezzo secolo. Eppure la vedeva stagliarsi sul rasoio di cresta, alta e irraggiungibile, nella remota solitudine di una valle quasi inesplorata. Quando andava a scalare cime famose, compreso quel campanile tanto osannato quanto affollato, dal ponte sul torrente bastava alzare gli occhi e la fiamma s'accendeva. Col sole a occidente era una scheggia d'oro, al mattino un cristallo acuminato. Il fascino era la distanza; l'enigma, l'intricato accesso; il pericolo, l'incognita della scalata.

Quella cresta lontana, fornita di coltello affilato che tagliava il cielo, lo aveva colpito da giovane. Ma a quei tempi aveva altro da fare. Passati i sessant'anni, iniziò a guardare con occhi nuovi. A quell'età ogni sguardo è guidato dall'attenzione. Prima di fissarsi sull'oggetto, gli occhi traversano l'anima a impregnarsi di saggezza e calma. A una certa età si vedono le cose meglio. Forse perché dopo s'allontanano. Così la fiamma di candela, per mezzo secolo ignorata, catturò il Cercatore. Diventò obiettivo di prima scelta.

L'uomo, allora, domandò a vecchi bracconieri e boscaioli la traccia migliore per arrivare lassù.

«Sotto quella lama? Impossibile! Non c'è traccia che va lassù, nessuno è mai andato lassù.» E concludevano: «Almeno che sappiamo noi».

Così la fiamma s'allontanava! Nell'uomo nasceva l'ansia. Sapere che una montagna mai stata raggiunta crea attorno a essa un mistero profondo, una faccenda che toglie il sonno. Il vero cacciatore di segreti non dorme più. Pensa a lei, alla vetta inaccessibile e sconosciuta. In quel momento l'obiettivo s'ingrandisce, non è un pinnacolo slanciato ma una piramide di desiderio. Entra nella testa un picchio che trapana giorno e notte finché colui che cerca non regge e parte. L'uomo fece un ultimo tentativo. Chiese a un vecchio guardiacaccia, divenuto bracconiere, qualche dritta per arrivare lassù. Visto che c'era, lo invitò nell'impresa. Da giovani avevano arrampicato insieme, costui era una carta geografica vivente, di quella zona conosceva ogni pertugio. Ma quando gli fu chiaro il progetto, declinò.

«Lassù non si arriva» disse «è impossibile, se ti perdi non ti trovano più.»

Se ne andò. A quel punto la fiamma diventava priorità assoluta, rosicchiava l'anima del Cercatore. Finché il momento buono maturò.

Decise di provare da solo procedendo per ordine. La prima cosa difficile era trovare il passaggio fino alla base. Armato di binocolo, salì sul monte dirimpetto e studiò il percorso che opponeva meno ostacoli. Il più semplice era una giungla verticale di mughi e balzi rocciosi. Una roba molto intricata. Su un foglietto disegnò a matita alcuni punti di riferimento: costoni, vette, intagli. E una cascata a est che nei secoli aveva dipinto la roccia di un inchiostro blu metallo.

Era metà settembre. La valle in fondo pareva la bocca sterminata di un fiore carnivoro, pronta a serrarsi sul primo umano le arrivasse a tiro. Il torrente, agitato da alluvioni millenarie, s'era mangiato le sponde fino alle rocce che ora balzavano come mandibole inquietanti pronte a ghermire. Il resto lo aveva prodotto un recente tifone, rovesciando per chilometri una fascia di bosco, ammucchiando in un caos primordiale alberi di ogni stazza. Solo pensare di penetrarvi era follia.

Il Cercatore disegnò tutto sul foglietto. Col lapis tracciò, in mezzo a quello scompiglio, un possibile se pur arduo percorso. Questo fu il primo giorno. L'indomani tornò con roncola e seghetto. Iniziò ad aprire il varco in quella giungla verticale cercando di tenere i punti di riferimento. A sera, dopo aver tagliato un camion di mughi, arrivò circa a metà senza vedere la guglia. Il giorno dopo tornò sul varco. A colpi di pennato, avanzò metro a metro finché sbucò su un praticello che dava accesso alla roccia. Più che erba erano chiodi verdi piantati sul vuoto. Alzò il naso e apparve la scheggia. Notò la sagoma stagliarsi nel cielo che imbruniva. Sembrava volesse fuggire, nascondersi come una volpe scoperta. Era lì, era lei, avvolta nel mistero dei secoli. A quell'ora pareva molto alta ma era la sera ad allungarla, come allungava le ombre nella valle. Stava per calare il buio. Lassù arrivava appena la voce del torrente, fioca come un brusio, mentre un picchio solitario dava gli ultimi colpi prima di dormire.

La terra, come una mamma antica, preparava il letto all'autunno. Sostava nell'aria la malinconia delle cose perdute. Un'altra estate se n'era andata senza salutare. In quel luogo il silenzio e il buio imminente non mettevano allegria. Dal monte più alto, sul lato opposto, rotolò un sasso che andò a schiantarsi sul greto con un colpo come uno sternuto. Chi aveva mosso quella pietra? Perché? E se partita da sola, che motivo aveva? Stanchezza? La casa era diventata piccola? Forse era ingrassata uscendo dalla sede. Chissà. Poteva averla mossa un camoscio, ma a quell'ora dormono. Questi sono i segreti delle montagne. Perché alcune pietre cadono di notte? Che vogliono dirci? Erano domande che si poneva il Cercatore senza ottenere risposte.

Preso dalla tristezza, accese la pila frontale e iniziò a scendere. Mano a mano che calava, l'avvolgevano l'emozione e la notte. L'indomani, finalmente, avrebbe toccato la fiamma. Ogni tanto il vento portava il rumore della cascata come un fruscio di seta. Era un fruscio infastidito, il suono voleva stare accanto alla cascata, ballare con lei. Ma il vento lo prendeva per le orecchie e lo trascinava via, di forza, a spazzolare i costoni e le creste. Passava sopra il Cercatore che lo sentiva. Udiva quella voce di frasche percosse dalla notte. Ogni tanto si sedeva, spegneva la pila e fissava il buio. Altri suoni venivano avanti, improvvisi e misteriosi come fantasmi. Nel bosco risuonavano passi, forse cervi? Erano loro. Un maschio si mise a bramire, lontano rispose il rivale. Come se la natura chiudesse la porta, ogni tanto calavano pause di silenzio rotte dal grido del barbagianni. Lo imitava il gufo reale. La civetta esauriva i suoi versi lasciandoli cadere come gocce sulla roccia. La guglia senza nome era di nuovo scomparsa.

Il Cercatore tornò, al mattino, per la terza volta, armato di roncola. Era un giorno chiaro di settembre, il cielo splendeva ma il sole, dentro quelle mandibole arcigne, non arrivava. Stava lassù, sulle creste affilate, dove la candela di pietra aspettava di farsi accendere. Trascorse metà giornata rifinendo il varco a colpi di pennato. Superò salti verticali tappezzati di mughi, traversò zone pericolose e doline sospese sul vuoto. Alla fine appese la ronca alla cintola. Ormai attorno c'era solo roccia. Alzò lo sguardo e vide la guglia. Si mise a correre, voleva toccarla, come avesse paura che qualche cosa sopraggiungesse a fermarlo. O che lei scappasse via. Mentre saliva balze di crode mai sfiorate dall'uomo, osservava quella natura primordiale scorrergli sotto le mani come girasse su di un rullo. Ogni sasso, dal più piccolo al più grande, ogni lastrone in bilico sulle cenge, stavano lì dalla creazione e nessuno li aveva mai disturbati. Ogni tanto alzava gli occhi per vedere la signorina. Si stava avvicinando e lei s'ingrandiva. Assumeva contorni definiti, forma e dimensioni precise. Assomigliava a un grosso coltello, la punta in alto e il manico piantato in basso. Lo impugnava, come una minaccia, quella natura aspra e selvatica che non voleva intrusi.

Dopo sessant'anni di attesa e quattro giornate di lavoro, stava per toccare la guglia. Emozionato e confuso, gli prese fretta, ma ebbe paura. La fretta fa commettere errori, in quel posto potevano risultare fatali. S'impose di rimanere freddo e rallentare. E rallentò. A un certo punto, la montagna volle premiarlo. Gli regalò una cengia larga mezzo metro che portava dritta alla base della torre. Non fece altro che seguirla a sinistra. Calibrava i passi come calarli sul vetro, uno sbagliato e finiva di sotto. Lassù i cellulari non prendono e nessuno sapeva dove era andato. Alla fine la toccò. Prima fece il segno di croce. Poi appoggiò le mani al corpo di quella agognata creatura e rimase lì, come in preghiera, per alcuni minuti.

Da bambino andava a caccia col padre. Una delle zone preferite conteneva la scheggia. Dalle cime intorno la vedeva lontana e irraggiungibile, lassù, in alto. Gli pareva una cosa impossibile andarle vicino. Vennero gli anni dell'incoscienza, dedicati alle prestazioni memorabili. Così la scheggia non esisteva più. Nella mente del giovane stavano altri obiettivi. Forse non era il momento. Le montagne si nascondono finché non viene l'ora giusta per farsi notare. La fiamma di pietra aspettava. Gli anni passarono. Il Cercatore stava diventando vecchio. Ma ancora cercava. Si muore con le mani che scavano la terra dei sogni. Sperando di trovarne. Sperando che quella terra ci regali l'ultimo. Adesso era là, sotto la pietra acuminata, pronto a salire in punta. Per la prima volta un essere umano la toccava. L'essenza primordiale dell'alpinismo è cercare i segreti che sono anche montagne mai scalate.

L'uomo si fermò alcune ore, seduto, con la schiena appoggiata alla roccia. Guardava intorno, si sentiva in pace. Progettava come e quando scalarla. Poteva essere anche il giorno dopo. Non doveva perdere tempo, settembre era quasi andato, rischiava di nevicare. Di tornare l'anno prossimo nemmeno pensare. Continuò per la cengia fino a scontornare la guglia. Ne salì un breve tratto sfruttando un cammino che pareva una scala a chiocciola. Poteva bastare. Non si fidava. Senza corda, né chiodi, né martello, una scivolata e *puff*, finita. Ma non era solo quello il motivo. Voleva condividere con qualcuno la prima salita alla torre solitaria. Qualcuno che si commuovesse a carezzare una montagna mai toccata da nessuno se non da uccelli, neve, vento e pioggia. Ma non ne trovò. Allora invitò una compagna che lo seguiva da anni. Si chiama Malinchetudine, malinconia e solitudine nella stessa anima. Con lei scalò la guglia.

Il 22 settembre 2012 partirono a mezzanotte, alle quattro stavano sulla cengia di base. L'uomo accese il fuoco con mughi secchi spaccati dalla neve e pietre cadenti. Un falò amico illuminò la notte. Le nebbie che avvolgevano la montagna si fecero vicine, a scaldarsi. Tra quei fantasmi vaganti s'annidavano voci. Il vento arrivò con la sua lingua tagliente. L'uomo aveva l'impressione di essere spiato. Tra quelle nebbie, oltre a voci, c'erano occhi, sguardi provenienti dalle tenebre del passato. Pastori, boscaioli, bracconieri, contadini, esseri di un mondo perduto si erano radunati lassù a spiare l'intruso. Gente che cent'anni prima coltivava le valli sottostanti, ora abbandonate, invase da sterpaglie e silenzio. Quegli occhi erano anime. Anime salite al paradiso dei monti dopo che i corpi consunti di fatiche si erano piegati nella morte. Sulla terra avara e ostile degli avi, dura come pietra, si erano spenti i sogni.

Malinchetudine non dormiva. Dove la montagna è silenzio, malinconia non dorme. Solitudine nemmeno. Malinchetudine vegliava e taceva, ascoltando le voci del passato agitarsi dentro i fantasmi di nebbia. Il Cercatore s'era smarrito in un sonno disturbato da incubi. Il sonno agitato delle vigilie decisive. Così anche Malinchetudine s'addormentò con lui. Chinò il capo sulla cengia, in grembo alle pieghe rocciose della guglia.

Verso le dieci partirono armati di corda, chiodi e moschettoni. A salire la fiamma, che ardeva solitaria nel cielo della creazione. Di giorno le nebbie erano più fitte della notte appena fuggita. Pareva che solo quei fantasmi ondeggianti potessero vivere lassù. Non si udiva un verso, un grido, un rumore. Di notte avevano bramito i cervi. Ora più niente. In compagnia di Malinchetudine, il Cercatore traversò la striscia di roccia fino alla base del monolite. Su una pietra corrosa dai secoli, li osservava un piccolo teschio ingiallito dal tempo. Nelle orbite un filo di verde, il muschio degli anni. L'uomo raccolse quel resto che una volta era stato marmotta. Ma lassù non c'erano marmotte. L'aveva ghermita l'aquila chissà dove, forse in un giorno di sole, sui pascoli al risveglio. Era finita in quella zona ostile, nelle ombre di settentrione, a farsi divorare dal rapace. Chissà da quanti anni quel teschiolino vedeva le stagioni. Spiava l'eterna luce nei giorni d'estate, le notti infinite d'inverno, i colori dell'autunno. E il vento di primavera che soffiava sui boschi ancora spogli.

La scalata fu meno difficile del previsto. Eppure ogni passo metteva i brividi. In quel luogo stupendo e angosciante, realizzare che nessuno vi aveva mai posto piede era un'emozione continua. Il Cercatore afferrava ogni appiglio come fosse una reliquia. Osservava i centimetri di quella roccia da sempre sconosciuta agli uomini. Lei percepiva il contatto e vibrava eccitata. Le montagne sentono la mano che le tocca. Capiscono se uno ci va con amore o è solo un collezionista di cime.

Arrivò a una forcella affilata come la coda di un rondone, sulla quale si contorceva un pino mugo dalle dimensioni gigantesche. Scontroso, arcigno, ferito dalle pietre cadenti, il mugo sembrò disorientato alla vista dell'intruso. Dopo il primo sconcerto, abbandonò il muso duro per rilassarsi e concedersi all'abbraccio del foresto. L'uomo lo strinse come un fratello tornato dal regno dei morti. Sentì il calore ricambiato di quella pianta antica, fossile delle ere preistoriche, confinato nell'estrema solitudine dei monti. Era l'ultimo mugo di alta quota, guardiano fedele e inamovibile del pinnacolo che lo sovrastava. Sopra di lui non c'era più nulla se non la roccia e il cielo. Roccia che ogni tanto lo puniva senza motivo, lanciandogli addosso i pezzi di vestito che non voleva più. Si comportava come il padrone senza cuore che infierisce sul servo innocente.

Sciolto l'abbraccio dal vecchio mugo, l'uomo proseguì sul corpo della guglia, metro dopo metro, seguito da Malinchetudine e dai volti sfilacciati delle nebbie. Ogni tanto piantava un chiodo per non sfracellarsi, la roccia non gradiva quelle ferite.

Alle 14.40 del 23 settembre 2012, toccò la vetta della fiamma. Gli sembrò di stare sulla punta di un coltello, tanto acuminata da non potersi rizzare in piedi. Sentì arrivare la dolcezza delle cose compiute, delle fatiche ripagate. Sentì arrivare la commozione. Fosse stato più giovane non sarebbe successo, invece a sessantadue anni poté lasciare cadere una lacrima. Con la Malinchetudine a fianco, si fermò quasi un'ora a toccare, guardare, pensare. Palpava quella roccia come fosse qualcosa di vivo, che a sua volta sentiva, rispondeva, parlava.

Dentro un vasetto, lasciò un biglietto recante la data e lo coprì con le pietre di vetta. In verità poche. Quattro, cinque pietre stavano accovacciate in cima come chiocce nel nido. Smuoverle dalla sede che occupavano da milioni di anni gli parve un gesto sacrilego. Ebbe l'impressione che quelle pietre si lamentassero, gridassero: "Fermati!". Arbitrariamente era salito lassù, a frammentare l'incanto, a frantumare pace e silenzio. A spostare le pietre di vetta, che erano la collana della fiamma. Afferrare alcuni sassi e farne un mucchietto può sembrare facile. Ma quelle non erano pietre comuni. Toccarle equivaleva a sentire scossa. La mano del Cercatore esitava. Che diritto aveva a rimuoverle? Faceva bene? Chi era lui, che si permetteva questo? Chi osava, dopo milioni di anni, spostare le pietre dormienti nel cielo?

Passò attimi d'incertezza. I suoi erano gesti arroganti. Voleva lasciare un segno, una firma: la sua vanità. Le pietre rimosse rivelavano una fossetta come la conca della mano. Quelle piccole buche vedevano la luce per la prima volta. Da quel momento avrebbero sentito il sole, la pioggia, la neve che le avrebbero colmate. Ormai avevano acquisito occhi. Sarebbero state contente della nuova condizione? Forse sì. Potevano finalmente ammirare la natura possente e primordiale che le cullava. Fino allora non era stato possibile, le pietre accucciate sopra le rendevano cieche. Ma forse preferivano il buio dei sassi e non vedere quello che c'era intorno. Forse non volevano vedere nemmeno il brutto muso del Cercatore. Chissà.

Con calma, l'uomo si calò dalla torre e insieme alla Malinchetudine tornò nel fondovalle, dove il torrente brontolava, e i cervi si davano cornate. Scendendo, si voltava ad ammirare la scheggia. Finché la colossale spalla del monte più alto non gli offrì un riparo e la guglia sparì. Era andata a nascondersi di nuovo, tornata invisibile, come un tempo. Il Cercatore capì. L'aveva scalata, toccata, ma del suo profondo segreto non sapeva nulla. Chi l'aveva messa lì? Quando? Cosa aveva visto in milioni di anni? Il mistero della fiamma rimaneva intatto. E lei restava lassù, appartata e solitaria, custode dei segreti finché sarebbe durato il mondo. Questo si può dire di tutte le montagne: non si svelano completamente, non tolgono mai gli abiti fino a denudarsi. Fanno vedere una spalla, la schiena, le gambe e deve bastare. La montagna si muove. Quel che si vede un mattino il giorno dopo è diverso. Non assomiglia più. È la montagna che muta o colui che guarda e la tocca? Non si sa. Gli studiosi dicono che è l'uomo a cambiare, attimo per attimo. Aggiungono che anche gli stati d'animo mutano le visioni. Gli anni fanno il resto. Fino a vedere buio. Il Cercatore asseriva che sono le montagne a trasformarsi. Sembrano le stesse ma non è così. Voltano faccia di continuo, come se fossero d'argilla e la mano di un gigante le modellasse di notte. Spesso il Cercatore afferma, e ne è convinto, che di montagna ce n'è una sola, sempre la stessa, sparpagliata in tutta la terra. Miliardi di montagne, una sola montagna, fatta di base e punta. Il resto è fantasia.

In una valle magnifica, un tempo isolata e selvatica, ora addomesticata dal turismo, svetta un campanile di pietra alto e sottile come un missile. Si slancia per trecento metri e sembra debba decollare da un momento all'altro. Strapiombante da ogni lato, rappresenta la sfida ideale per l'alpinista degno di tal nome. In ogni modo rappresenta comunque un banco di prova. Il Cercatore lo ha scalato più di duecento volte e ogni volta la vetta gli sembra diversa. Non è mai quella dell'ultima salita. Scopre sassi, ombre, spigoli e particolari che non aveva mai visto. Succede così con tutte. Non ricorda le montagne conosciute, ne vede solo una, la stessa in un eterno mutare. Unica e sempre diversa. La matita di trecento metri si diverte a disegnare il cielo e sta lì dall'inizio del mondo. Eppure sembra caduta dall'alto la notte precedente.

Il Cercatore rimane incantato. Quando arriva in vetta, muove gli ultimi passi con la frenesia dell'archeologo che scopre un reperto unico al mondo. Spera in qualcosa e non vi è nulla, solo vento e cielo, e altre montagne intorno. E il volo dei gracchi, che vanno a vedere l'intruso. Eppure sulla cima non si sente solo. C'è qualcosa che aleggia intorno, presenze, occhiate, sussurri. Percezioni di qualcuno. Anime di alpinisti scomparsi. Sognatori che in ogni stagione s'arrampicarono lassù per smarrirsi, lasciando nell'aria un grido di stupore e meraviglia. Quel grido è rimasto, lo si può udire.

Il Cercatore siede sulla stretta cima. Dappertutto il vuoto. Ricorda amici, compagni di cordata. Vecchi, giovani. Stanno sparsi là intorno, nell'aria, aria loro stessi. Certe folate improvvise paiono visite, sembrano parlare. Alcuni sono caduti in montagna, altri ghermiti da malattia, i rimanenti da consunzione e vecchiaia. Come le montagne, gli uomini rimpiccioliscono.

Le vette raggiunte non hanno mai portato gioia al Cercatore, bensì Malinchetudine. A volte tristezza. Lassù il tempo si condensa, la vita diventa riassunto, tornano le cose. Soprattutto quelle che han fatto male. Le memorie che più circondano quell'uomo sulla vetta sono amici scomparsi. Gli vengono in mente uno a uno. Alcuni salirono sul missile di pietra con lui, in tempi di gioventù: Remigio, Checo, Nani, Falco, Claudio, Stefano. Potrebbe andare avanti, l'elenco è lungo. Rivede i loro volti, ricorda le speranze di quando erano giovani e sognavano di farcela. Volevano fare qualcosa di buono. Intanto scalavano montagne, si concedevano grandi bevute, trascorrevano i giorni, si divertivano così. Era comunque qualcosa di buono. Uno alla volta, sono andati avanti. Quelli vivi seguono la carriera, la famiglia, la loro solitudine. Alcuni la vecchiaia. Dal Cercatore ormai sono lontani, dispersi nel tempo, come non fossero esistiti, come se fossero morti. La vita separa gli amici di gioventù come la scure spacca il tronco. Un pezzo di qua, uno di là. L'uno diventa fuoco, l'altro sostegno di un mobile zoppo. Altri chissà cosa, chissà dove.

Il momento più difficile è scendere dalla vetta. Ogni volta si domanda: "Ci tornerò? Quando? Cosa mi riserva il destino? Mi darà l'opportunità di salirvi ancora?". Per esorcizzare la paura che un inciampo lo potesse fermare, era capace di tornarvi il giorno dopo. E ancora nel fine settimana o il lunedì. Poi capì che in quel modo non sarebbe andato da nessuna parte, solo a perdere la pace. Si rassegnò alla calma. Ma ogni volta che scende è la stessa cosa. Le montagne attirano, catturano, affascinano proprio perché non fanno niente per attirare, catturare, affascinare. Stanno lì e basta. Se qualcuno vi sale, bene, se no è lo stesso. La natura non chiede nulla, non gioca scherzi, né si lamenta. Se ne sta lì impassibile, a condurre la sua vita scandita dalle stagioni.

Le montagne hanno i loro segreti e i loro sogni. E tante storie da raccontare. Come il mare, anche lui è pieno di storie affondate. Molte le hanno raccontate scrittori immortali, creando a loro insaputa la grande epopea del mare. La montagna, quell'immenso oceano verticale, non ha avuto identica fortuna. Per lei non è sorto un Omero, o un Melville. Nemmeno un Conrad o un Hemingway, un Coloane, o altri. La montagna non ha una letteratura epica ed è peccato. Però ha le storie. Tante. Segreti e misteri da scoprire e svelare.

Le cime sono parafulmini, attirano e trattengono le voci del mondo. Cadono tutte lassù, le voci del mondo, accumulandosi una sull'altra. Con un po' di attenzione si possono pescare e ascoltare. Una volta le affidavano ai vecchi, che le raccontassero ai bambini, di sera, nelle stalle. E lo facevano. Oggi vecchi contastorie non ce n'è più. Ma allora sì. Narravano storie accadute lassù. O erano inventate, chi può dirlo.

Nessuno può sapere ciò che è vero o non vero, che è giusto o no. Questo diceva il Cercatore, mettendo in dubbio il suo stesso operare. Era normale piantare chiodi nel corpo della roccia per aiutarsi a vincerla? Non sarebbe stato più leale un dietrofront, se non riusciva a salire? Chi lo sa, sono scelte personali, ognuno è responsabile delle proprie azioni. Ecco perché le giustifica. Una cosa è certa, le montagne non amano farsi imbottire di ferraglia. E invece gli uomini le riempiono. Ormai gran parte di esse sono belle solo da lontano. Se le avviciniamo appaiono i corredi d'acciaio che le rivestono. Funivie, impianti, tralicci, bivacchi, gru. E immondizie di ogni genere le insozzano. Questi orpelli non appartengono alle cime, glieli hanno buttati addosso. E non sono segreti, soltanto brutte storie.

Le montagne, un giorno, se ne andranno senza salutare. Spariranno consumate dall'erosione del tempo, annichilite dalla cupidigia degli uomini, che le strizzano come spugne fino a ridurle secche e derelitte. Con esse spariranno i sogni. A quel punto non ci sarà più bisogno di cercare, tutto sarà perduto, e tutto sarà stato inutile.

Non sempre le sconosciute sono davvero tali. Qualcuno le ha scalate, ciononostante rimangono nel mistero. Come rimangono ignoti coloro o colui che le ha salite.

C'era una punta di roccia nella valle dove nasceva il torrente. Proprio in fondo, l'acqua sbucava dalla roccia e da lì svaniva ogni traccia umana. Poco sopra balzava un'altra strana guglia. Non aveva nome, né vantava grande altezza, però era ben fatta, di conseguenza bella. Il Cercatore l'aveva vista da bambino, quando andava a pescare le trote di frodo coi bracconieri e con la dinamite, o col nonno a catturar le rane nel mese di marzo. O d'inverno, assieme al padre, a prendere volpi col cianuro. La vedeva, ma solo in età adulta riuscì a scalarla. Ci andò con un amico che adesso è morto. La guglia sembra una cote da falciatore. Sarà alta centoventi metri, forse qualcosa in più. Invece di percorrere il sentiero, si avvicinarono risalendo il corso del torrente. Nelle pozze saettavano le trote e gli rammentavano l'infanzia. Ogni tanto zampillavano in aria a prendere un insetto e un po' di sole.

Era il mese di luglio, faceva caldo, la valle bolliva. Dai mughi uscivano vampe di calore come se stufe accese aprissero le porte. I pini mugo tengono il sole stretto come nessun altro elemento. Traversare una mugaia in pieno luglio è tortura senza pari: oltre la stoica difficoltà di muoversi in una giungla ondeggiante rasoterra, c'è queste vampe continue che balzano fuori ad arrostire l'incauto. Fu il motivo per cui i due scelsero il greto del torrente, evitare l'afa e potersi bagnare il viso. Ogni tanto grandi anse si opponevano al passaggio. Allora dovevano togliere scarpe e calze e guadare. Dopo mezza giornata arrivarono alla cote. Cercarono il lato più vulnerabile per salire in punta. Tutt'attorno non esistevano segni di passaggio umano, solo le peste dei camosci e monconi di alberi sputati dalle valanghe in disfacimento. Il Cercatore teneva nello zaino una scatolina di latta e un foglietto da lasciare in vetta. Doveva recare la data di conquista e il nome imposto alla scheggia. Cominciarono a salire. L'impresa non risultò difficile, anche se in arrampicata niente è semplice. Un appiglio che salta, un sasso in testa, il temporale, un fulmine e sono guai.

Quel giorno filò tutto liscio, in poco tempo furono in punta. Lassù, come un ciuffo di capelli, c'era un grosso mugo e anche lui, nel suo piccolo, buttava calore. Ma la sorpresa non era quella. A demolire l'entusiasmo fu un cordino logoro, legato attorno al mugo. Un cordino di calata. Poco discosto sonnecchiava un mucchietto di pietre, segno inequivocabile che qualcuno era montato sulla guglia. Il Cercatore rovistò nell'ometto di sassi e ne trasse un barattolo di vetro contenente un foglietto. Lo aprì e lesse: "Siete in ritardo". Nient'altro. Sul fondo, un mozzicone di lapis aspettava che i successivi alpinisti ponessero la firma. O una bestemmia! Chi era salito per primo sulla scaglia? Perché non aveva, o avevano, lasciato un nome?

Al Cercatore sovvenne un caso analogo, accadutogli molti anni prima. Con un amico, quello che fu bracconiere, guardiacaccia e ancora bracconiere, andò a esplorare una remota cengia che circondava, come un anello nuziale, un monte altrettanto sperduto. Dopo una giornata di fatiche, arrivarono al punto dove la roccia precipitava nel vuoto. Lì vicino, sortiva un alberello con appeso un vaso di vetro. Gli alpinisti usano spesso quel contenitore. Lo aprirono, c'era un biglietto: "Qui finisce la cengia". Uniche parole, nient'altro. Anche questi sono segreti delle montagne. E degli uomini.

Non si è mai saputo chi furono i percorritori di quelle vie. I loro volti resteranno un mistero. Le montagne sanno, ma non rivelano. Può darsi che ormai siano morti, scomparsi da chissà quanto tempo, sepolti in qualche cimitero. Al Cercatore i due enigmi rodono ancora il fegato. Seguita a far indagini e domande per scoprire chi passò prima di lui. Finora non ha cavato nulla. Intanto quei volti s'allontanano. Slavati dal tempo, sbiadiscono sempre di più e con loro ogni speranza di rintracciarli.

Vi sono persone schive e sfuggenti che fanno le cose senza dir niente a nessuno. Agiscono per passione personale, circondandosi di pura ombra. Tacciono, e nel tacere creano curiosità e aloni di mistero che sfociano in leggenda. Del loro passaggio sulle montagne s'incontra qualche segno, una bava. Ma nessuno così specifico che aiuti a individuarli. Lasciano i biglietti senza autografo.

I cercatori solitari rimangono nell'oblio, al buio di se stessi, come certe montagne ancora da scoprire. Queste montagne nascoste si dicono "sconosciute". Il Cercatore le chiamava così. Ce ne sono ancora tante da avvicinare. Gli esploratori delle origini puntarono alle più alte, le belle sconosciute dotate di forme eclatanti, visibili da ogni punto. Così trascurarono vette minori prive d'importanza. Senza volerlo, crearono la fortuna di quelli arrivati dopo, dando loro la possibilità di scalare cime inesplorate, provare l'emozione senza pari d'avventurarsi sul nuovo.

Ma come si scoprono le montagne vergini e come accertarsi che siano tali? Ci soccorre in questo caso la sterminata vanità degli alpinisti, che s'affrettano a stendere appunti coi piedi ancora sulle cime, per puntigliose relazioni da mandare ad apposite riviste. Di concerto, e altrettanto espressamente, informeranno i compilatori di guide che stamperanno tutto in volumi, aggiornandoli ogni qualche anno. Basta leggere e informarsi. Di solito si raccolgono notizie direttamente sul posto, nei paesi sotto le montagne, chiedendo lumi ai valligiani. Alcuni sanno dove si celano le sconosciute, ma non lo dicono. Depistano, fanno spallucce, sorridono. Finché qualcuno dà una dritta. Sempre labile, ma da tenere in gran conto.

«In quella valle... Forse!» Dicono così, "in quella valle". L'intuito dell'interessato fa il resto. E poi l'esperienza, se ne ha.

Si capisce subito quando il terreno che porta alla cima prescelta è segnato da passaggi. Capita che la traccia sia visibile e indichi una montagna già frequentata. Ma nei suoi pressi può celarsi la sconosciuta, ad attendere qualcuno. È lì che guarda e nessuno se n'era accorto. A questo punto la certezza che una montagna sia vergine la si ottiene solo montandovi in cima. Soltanto lassù il segreto si svela. Durante la scalata è probabile accorgersi se qualcuno è passato prima. Magari, d'improvviso occhieggia un chiodo arrugginito. Che vuol dire niente. Può darsi che da quel ferro si siano calati, sconfitti da paura, incapacità, maltempo, buio incombente. La prova regina, che una vetta è di prima o seconda mano, la si trova solo in punta. Se appare un piccolo mucchio di sassi, in gergo chiamato "ometto", la cima è stata calcata. Se, al contrario, non vi è traccia di passaggio bipede, la montagna può dirsi sconosciuta e ricevere l'onore del nome.

I primi salitori hanno diritto e privilegio di battezzare la loro conquista. E farla registrare all'anagrafe dei monti, come si registra un bimbo appena nato. A differenza dei pargoli, le montagne sono nate da tempo, ma tante sono ancora lì, in attesa che qualcuno dia loro un nome. A dire il vero vivono bene anche senza. Sono gli alpinisti che devono sentirsi nominare. Comunque, trovarle oggi è più facile. Vi sono carte topografiche dettagliate e precise, indagate da satelliti e decifrate da strumenti che indirizzano al punto giusto. L'avventura, in questo modo, svapora lungo la via, ma tant'è. Meglio così che rischiare di perdersi. In quanto alle montagne dove nevica firmato, i segreti sono scomparsi del tutto e per trovarli non sono necessarie carte topografiche, basta seguire cartacce e rifiuti.

Spostamenti

Le montagne sono curiose, girano la testa, di notte si spostano. I vecchi dicevano che molto tempo fa gli alberi parlavano e le cime si muovevano. Ora gli alberi stanno zitti ma le montagne vanno ancora. Camminano di notte, per qualche attimo, ma non devono esserci umani nei paraggi. Se c'è qualcuno stanno ferme.

A segnalare pericolo d'intrusi vigilano maestosi corvi imperiali, che girano i corridoi del cielo come maggiordomi in livrea scura. Volteggiano giorno e notte. Dormono poco perché devono montare la guardia. Si danno il cambio e, ogni tanto, i più stanchi s'appisolano dove capita con la testa sotto l'ala. I corvi imperiali, neri e lucidi come velluto, hanno questo compito: scovare i camminatori notturni quando le montagne si sgranchiscono.

Così pensavano i vecchi. E lo raccontavano a bambini dagli occhi sgranati, seduti sulle panche delle stalle, nelle sere d'autunno e d'inverno.

Il maggiore dei fratelli usciva col fanale, a cercare il profilo del monte nel buio inchiostro della notte. La montagna era ancora là. Rientrava deluso.

«Non si è mossa» miagolava.

I vecchi gli spiegavano che le montagne stanno ferme se di notte qualcuno le spia. E rincaravano la dose.

«Magari adesso si sta muovendo, mentre tu sei qui. Ma se vai fuori, corre al suo posto e rimane immobile.»

Il bambino cercava allora di farsi furbo. Si accucciava dietro la porta e... l'apriva di colpo per vedere se si fosse spostata. Stava sempre lì.

I vecchi ridevano, e lo burlavano. «Sei troppo lento! E lei è più veloce di te, prova un'altra volta, magari domani sera.»

Le montagne, come le nuvole, sono animali, uomini, donne, bambini, vecchi con le barbe, delfini, balene. Uno scultore senza idee che vuol realizzare cose belle è sufficiente che guardi le montagne. Vi può trovare tutto, l'ispirazione non serve. L'ispirazione è dei dilettanti. Certe notti si muovono in gruppo, come per una fiera. Una mamma col bambino in braccio cambia posizione, è stanca, vuol girarsi dall'altra parte. Lo fa, e mentre si sposta non può sapere se c'è qualche viandante notturno. I corvi imperiali stanno all'erta. Se scorgono qualcuno cavano dal becco i loro *cra* e le montagne si bloccano all'istante. Restano immobili, come ai tempi della creazione. Qualche ritardataria torna di fretta al suo posto.

Un vecchio alpinista, barba candida e occhi da gufo, raccontava ai ragazzi che una volta, sul far dell'alba, non vide più la montagna che gli stava di fronte. Sparita, come se fosse andata via d'improvviso. Nel vuoto che s'era venuto a creare, vedeva le pianure, laggiù, lontanissime, e le luci delle città. Ebbe timore di sentirsi male e per non stramazzare si coricò sul terreno. Rannicchiato su se stesso, fissando quei bagliori, s'addormentò. Fu un sonno crudo, circondato di paura. Quando si svegliò, il sole scaldava e la montagna era di nuovo al suo posto. Ebbe l'impressione che fosse appena tornata da quelle pianure lontane, dove s'era recata a fare la spesa. L'alpinista concludeva ogni volta ammonendo i ragazzi: «State attenti che il mondo si muove. Non credete a quello che dicono. Gli alberi camminano, parlano e ridono. I sassi fanno le giravolte, le valanghe possono andare in salita e le montagne scappare».

Una volta adulto, il Cercatore ricordava quelle parole. Per questo metteva attenzione in tutto ciò che faceva. Osservava molto. Puntuali come il giorno e la notte, infatti, ogni tanto s'affacciavano le profezie del vecchio alpinista e le montagne s'allontanavano. Il Cercatore fece esperienza sulle proprie gambe. Camminava per ore verso una cima ed essa andava sempre più lontano. Scappava, come diceva il vecchio, il quale aggiungeva: «È solo perché si fermano che riusciamo a montare in cima. A un certo punto, quando son stufe di prenderci in giro, provano pietà e allora si arrestano e noi arriviamo su. Solo per questo arriviamo su». Così diceva il vecchio.

Il Cercatore sentiva, e continua a sentire dalle bocche degli alpinisti, le parole "conquista", "vittoria", "lotta con l'alpe". Insomma, voci di combattimento. Ma gli alpinisti non si accorgono che non conquistano un bel niente. È la montagna che si ferma e li lascia salire. Altrimenti sarebbero ancora lì, a sgambettare per vincere quello che il Cercatore definisce "miraggio metrico".

Il miraggio metrico nasce con le sue false distanze. Sorge di continuo: sembra di essere a una spanna dalla cima e non si arriva mai. Qualche volta le montagne si divertono, giocando scherzi beffardi a coloro che ambiscono la vetta. Come, ci si chiede. Semplice, la spostano più in là. Portano la cima più avanti, come un tizio che si toglie il cappello e lo posa su un tavolo distante. È uno dei segreti delle montagne, un trucco per non farsi raggiungere o, quantomeno, vender cara la pelle.

Se ne accorse il Cercatore, in molte occasioni, quando dava per scontata la meta. Vedeva la punta a portata di mano, quasi poteva toccarla. Accelerava i passi, e *zac*... d'improvviso s'apriva la voragine che separava la testa dal corpo. La vetta era andata più in là. Quante volte è dovuto tornare munito di corda e chiodi a superare l'inciampo.

Mai pensare di essere in cima finché il passo non calpesta aria! Quasi ogni volta le sconosciute negano la cima all'alpinista spostandola più avanti. Tra lui e loro c'è il vuoto, e sono rogne.

Un esempio famoso di questi scherzacci fu quello giocato dal Petit Dru al grande Walter Bonatti. La montagna lo lasciò trafficare cinque giorni e cinque notti, su difficoltà estreme. Era solo. Alla fine, stremato, le mani distrutte, giunse a quella che reputava la cima. S'affacciò per esultare, ma la cima non stava lì. Era scappata più in là e tra lui e lei s'apriva il vuoto. Che fare? Walter risolse a modo suo, attuando una soluzione folle che chi vuole potrà scoprire nei suoi libri.

Ma esistono amici che, in alcuni casi, aiutano il rocciatore a cavarsi da situazioni difficili quando delle cime non si conosce la via di ritorno. Sono i camosci. Quelli trovano sempre il percorso facile per scendere. Dappertutto. Basta seguirne le orme e ci si trova fuori dalle rogne. Ma se camminano su roccia nuda, come si fa a vedere le orme? Facile. I camosci, nei loro andirivieni, lasciano una pellicola di unto che aderisce alla pietra. Sono gli zoccoli a produrla. Passa e ripassa, questo unto forma una scia scura che si può notare e quindi seguire benissimo.

Una volta, il Cercatore scalò una parete vergine in una valle che, se esistesse il paradiso terrestre, si troverebbe proprio lì. Ci andò con un amico, gran rocciatore, ma a digiuno di quel che serve per tornare dalle vette. Arrampicata dura, ma il difficile non fu quello. Il difficile fu recuperare il basso. Nessuno dei due conosceva il monte, di conseguenza nemmeno la discesa. La leggerezza fu del Cercatore che non studiò prima la via di ritorno. Gli mancò tempo, minacciava neve, novembre era dietro l'angolo. Ma niente scuse. In questi casi non ci sono e non devono sussistere giustificazioni. La strada per tornare va studiata prima. Soprattutto se dalla parete non ci si può calare, per via degli strapiombi superati.

In vetta, dopo la stretta di mano, provarono a tornare, ma non ci fu verso. Ovunque si sporgessero, alitava il vuoto. Che fare? Il Cercatore aveva qualche esperienza più dell'amico e tentò di scoprire in silenzio tracce di unto. Che non vedeva. Eppure apparivano segni sul ghiaino di vetta. Guarda di qua, guarda di là, niente. Finché dietro una quinta un po' nascosta apparve l'inconfondibile untume marron chiaro.

«Andiamo» disse l'uomo «ora so la strada.»

E scesero, quasi a mani in tasca, sulla via dei camosci, fino a una forcella, dove transitavano i sentieri segnati.

«Se il camoscio non è spaventato vagli dietro, ti porterà a casa» così diceva il padre al Cercatore. Una volta glielo disse anche il nonno, quel vecchio alto come un larice che pronunciava tre parole all'anno. Lo disse solo una volta.

In quanto a muoversi, le montagne sono imitate dagli alberi. Anche quelli ogni tanto scorrazzano qua e là. Sono le nebbie a metter-gli gambe e spingerli. Vengono giù dai monti, le calíghe, o vi salgono, coprendo di vapori valli, costoni e vette di bambagia. Se vanno adagio, è più difficile notare che spostano alberi. Però ci si accorge. I fusti si muovono in senso contrario alla fuga delle nebbie, e vanno in giro. Certe volte, quando le dame bianche calano veloci verso il fondo, interi boschi partono di corsa e vanno in alto, fin dove cominciano le rocce. Se non c'è un punto di riferimento, sembra davvero che gli alberi camminino. Ma quando il muro bianco si squarcia e appare un masso, uno spigolo o altro, ecco che il bosco si arresta di colpo come se avesse sbattuto il muso. Allora si scopre che viaggiano soltanto le nebbie, misteriose regine del vuoto, nell'eterno vagare tra i picchi.

Vi sono certi larici solitari, piantati nei costoni come spine nel fianco dei monti, che trasmettono abbandono e solitudine. S'inchinano al passar delle nebbie ed è l'unico spostamento che fanno. Non camminano come gli altri perché son vecchi e stanchi. Si limitano a fare inchini. Su e giù con la testa, di qua e di là, come a riempire il foglio del cielo sulla carta carbone delle nebbie. Le cime dei larici sono quanto di più sottile e flessibile si possa trovare. Per questo scrivono molto. Piegano la punta a ogni alito di vento. Al passaggio solenne delle calíghe, pennellano la volta adagio adagio, come a preparare il fondo. Gli alberi sono uomini con pregi e difetti, virtù e vizi. A volte sono capricciosi, a volte dispettosi. E quando un albero fa dispetti, l'uomo deve stare molto attento.

Una volta il Cercatore intraprese un lungo giro tra i monti. S'inoltrò in zone remote e inospitali, dove perdersi costa poco. Aveva preventivato due giorni, invece ne impiegò tre. La prima notte la passò nell'antro dei bracconieri, al centro della Val Bosco Nero. È detta così perché la selva è tanto fitta che non vi passa il sole. La pioggia fatica a penetrare, e quando riesce vi rimane, spossata dallo sforzo. In quel posto dimenticato da Dio, l'umidità è regina, i sentieri scomparsi, nessun segnavia, percorsi impervi e isolamento completo. Il tutto sotto l'ala protettiva di un gigante di roccia dal nome ostile che sfiora i tremila, e rovescia l'ombra della sua parete settentrionale fino all'antro. Il Cercatore dormì poco e male. S'era levate le nebbie, i boschi camminavano nella notte. Tutto si agitava mentre sulle foglie morte ticchettava la pioggia d'autunno.

Il giorno dopo uguale: calíghe e pioviscola. Ciononostante partì. Calò verso i piedi del monte, risalì un canalone ostile, con tratti difficili su roccia malsana. Discese ancora un lungo tratto di ghiaione fino alla famosa Cengia delle Intorte. Si trattava di percorrerla verso destra per un paio di chilometri. All'inizio c'è pericolo, una scivolata e addio, poi diventa meno acida. Traversò, avvolto dalle nebbie, tutta la cintura di roccia attorno alle cime Laste e Gea. Mai tristezza e desolazione furono così presenti come in quei giorni. Solitudine e silenzio imperversavano dentro la natura chiusa in se stessa, ostile, umida e per nulla favorevole. Il Cercatore si domandò più volte: "Che ci faccio qui?", benché lo sapesse. Uno dei segreti delle montagne è il loro fascino, che trascina l'esploratore nei posti più inquietanti e pericolosi. Lo infila in situazioni drammatiche, gli fa superare punti di non ritorno da maledire aspramente il giorno che è nato. Questo è il volto della montagna, uno sguardo che ammalia l'appassionato per spingerlo in trappole a volte mortali. Il Cercatore traversò la cengia tra foschie disperate vaganti qua e là, come fantasmi in fuga, accompagnato da un pulviscolo di pioggia che alla lunga bagnava. Sperava che lo spesso drappo bianco diradasse un poco, in modo da trovare il difficile passaggio alle porte di Gea. Confidava nel grande larice secolare che, come un faro, dava la rotta ai naviganti per non perdersi. Nelle giornate buone, esso appariva lontano, all'orizzonte di un costone pelato dal vento. Si deve passare accanto a lui o da quel posto non si esce più.

«Cerca il larice» gli diceva il padre «quando verrai da queste parti senza di me.»

Col vecchio ci era stato spesso, ma sapeva che un giorno avrebbe dovuto cavarsela senza di lui. Quel giorno era arrivato. Tentò più volte d'individuare il larice ma era fuggito via. Le nebbie lo avevano spinto lontano, forse verso l'alto. Provò per ore a incontrare il passaggio, o meglio, il larice che doveva rivelarlo. Non ci fu verso. L'albero aveva messo le gambe ed era sparito. Intanto passava il tempo, le nebbie diventarono scure, la sera arrivò con le spalle bagnate di pioggia. Poi giunse la notte. Il Cercatore trovò una grotta e, avvolto nel sacco a pelo, cercò un sonno che non veniva. La sua mente era popolata di foschi presagi. L'albero era scomparso. Ricordò il Vangelo di Marco e il cieco guarito da Gesù, che spalmò sulle orbite vuote sputo e polvere. Una volta riacquistata la vista gli fu chiesto: "Cosa vedi?". "Vedo alberi che camminano." Quegli alberi erano uomini. E gli uomini sono alberi.

Il suo larice, quel giorno, aveva preso a camminare. S'era dileguato, facendogli perdere l'orientamento. Fu costretto a passare la notte nell'antro in attesa del giorno. Che arrivò, ma non era finita: la pioggia seguitava a percuotere quel mondo senza luce, costringendo il Cercatore a un altro bivacco. Dopo due notti nella grotta, avvolto da ansie di naufrago fitte come le nebbie, arrivò un breve dono di schiarita. Uscì per scrutare verso l'intaglio. Il grande larice tornava. Lo vide spinto dalle nebbie sfilacciate, camminare verso l'antico luogo di nascita e collocarsi di nuovo al suo posto. In quel preciso istante capì che la sosta forzata era finita. Riprese la via che il vecchio signore indicava da trecento anni. Passandovi accanto lo sfiorò con la mano in segno di gratitudine.

In montagna vi sono cose che si spostano. Alcune, quando partono, diventano proiettili. A volte, sui monti la gente cammina pestando sentieri comodi, privi d'inciampi, lisci come olio. Spesso rasentano pareti di roccia verticali. Vanno allegri verso la meta non rendendosi conto che dall'alto può calare la morte come un falco sulla biscia. Eppure marciano tranquilli senza pensarci né temere nulla. Quando si cammina sotto tiro, con spade di Damocle sulla testa, è saggio stare aderenti più possibile alla montagna. Lanciare ogni tanto occhiate verso l'alto e capire che roccia pencola sul vuoto. Può essere friabile, con pietre insicure che stanno incollate con lo sputo. Nel caso, occorre affrettare il passo e togliersi veloci dal pericolo. Che esiste anche nel caso di roccia sana. Può succedere, infatti, che di sopra i camosci o i corvi muovano una pietruzza la quale, rotolando, ne muove una più grossa. Quella più grossa dà l'abbrivio a una maggiore finché si crea una scarica di sassi che finisce in testa all'escursionista. Quindi, osservare sempre cosa pende sopra di noi e agire di conseguenza.

Accadono spostamenti, sulle montagne, che possono risultare fatali se il viandante si trova nei paraggi. O se per disgrazia vi si trova dentro. Si scatenano valanghe, frane, pietre, terremoti, alberi sradicati dal vento, fulmini, acque improvvise. Può capitare di ritrovarsi in una pacifica valle, sprofondata nella quiete dell'inverno: si guardano le cime innevate, illuminate dal sole, raccolte in un silenzio che sembra di marmo. All'improvviso, la pace si frantuma. I pendii di una certa zona ondeggiano, la montagna trema, nasce un rombo che prende voce di boato, monta in mille tuoni. La valanga è partita. Guai trovarsi in quel pendio sulla linea di scivolo.

Per muovere la neve basta un colpo di tosse, il battito d'ali del corvo, la temperatura che cambia, uno sternuto di vento. Le valanghe non calano soltanto dal ripido. Si staccano dappertutto. Il nonno avvertiva il nipote di non prendere confidenza: «Le *lavine* filano anche tra il bosco, quelle maligne vanno anche in su». Così diceva. Esagerava affinché l'attenzione fosse maggiore, conosceva il subdolo pericolo delle valanghe.

Nonostante tutti gli avvertimenti, in età adulta il Cercatore ci finì dentro salvandosi per miracolo. Sputato sdegnosamente dalla valanga, capì che, alla resa dei conti, l'esistenza è in mano al destino.

Una volta, in una stretta valle cucita alla pianura dalla statale, capitò un fatto che lasciò la gente senza parole. Verso mezzogiorno transitava un ciclista solitario dentro un traffico ridotto a zero. La strada si snodava per una trentina di chilometri sul filo di burroni e forre. Sopra di lei balzavano pareti di roccia alte fino al cielo.

Oggi quella via è stata soppiantata da una nuova, più sicura, ma a quei tempi era l'unica che collegava la montagna alle città di pianura. Il ciclista solitario aveva percorso metà valle quando una grossa pietra decise di lasciare il luogo d'origine. Venne giù da altezze dove di solito stazionano i corvi. Lo colpì dritto in testa, fracassandogli il casco. Il ciclista morì sul colpo. Bastava una pedalata in meno, una in più, oppure una curva presa meno veloce, o più veloce, e l'uomo sarebbe sgattaiolato via dalla traiettoria. Invece tutto concordò affinché si trovasse al posto giusto nel momento giusto.

Le montagne si muovono tra le nebbie ma si muovono anche i vestiti che indossano. E sono pericolosi. Per quanta attenzione si possa mettere, non sempre si riescono a evitare i cambi d'abito della Signora. Quando si toglie i veli, partono valanghe. Se batte le ciglia, calano i fulmini. Leva le scarpe ed ecco le frane. Perde un dente e rotola una pietra. Piange ed esplodono acque. Toglie il soprabito e romba il terremoto. Butta un guanto e si spacca un ramo che finisce in testa al viandante. Si soffia il naso e cade un albero. La montagna è una mitragliatrice spianata, sventaglia raffiche in tutte le stagioni.

Su certi crinali, ad esempio, tira sempre il vento. Viene a folate continue senza quasi interrompere la corsa. Muove il bosco coi suoi violenti urtoni, spingendolo su e giù. Le piante scosse con forza sono processioni di pellegrini che fanno avanti e indietro. Dietro il frascare insistente non hanno pace. Sui crinali battuti dal vento, lungo creste affilate e nei costoni percossi ai fianchi, nascono lamenti, voci, urla soffocate. Se un viandante si trova nei paraggi, viene addentato dalla malinconia. I cani della tristezza mordono l'anima. Il tempo passa, le cose vanno a perdersi, la vecchiaia avanza, tutto si sgretola: il vento nel suo fischiare comunica queste cose. Soprattutto in autunno, quando la vita s'arriccia come le foglie. Sotto le raffiche senza pace, uno si sente spellare le ossa. Allora, dopo che ha visto camminare il bosco, con le ossa tremanti e nude, torna a casa a rifugiarsi accanto al fuoco. Aspetta di pigliar sonno, cullato dal ricordo di ciò che è stato. Ripensa al fiato del vento che soffia nei flauti di roccia, li fa cantare. Percepisce l'autunno dei crinali, delle creste, dei costoni. Per un attimo ha l'impressione sia tornata primavera. Cullato da quella sensazione s'addormenta, udendo lontano il canto dei cuculi. Ma è solo illusione. Affinché torni primavera, la terra deve fare il suo giro, per ora lo ha fatto l'inverno. E si trova lì, dietro un larice, pronto a saltar fuori appena l'autunno si dissolve nel cambio.

Questi sono segreti delle montagne, illusioni di uomini, cicli di stagioni, pazienza e gioia di stare al mondo dentro le cose. La montagna, nei suoi spostamenti, offre visioni che fanno riflettere.

Il Cercatore ricordava un tempo lontano, quando andava per monti col nonno. Sovente s'imbattevano in grandi alberi rovesciati dal vento. Le radici aggrovigliate in aria cercavano ancora vita ma erano secche come serpenti morti. Il vecchio puntava un dito e diceva: «Vedi? Non aveva la base salda, non si era grampato bene alla terra. Per questo è caduto».

Ogni albero guarda chi lo guarda, quelli atterrati sembrano chiedere aiuto. Col dito ancora puntato, il vecchio partiva con la predica sulla vita futura del nipote. Avrebbe dovuto piantarla bene, la vita, all'inizio, quando era piccola, se voleva che rimanesse in piedi da grande. Per questo occorreva rinforzare la base, renderla come cemento. E ancora non era sufficiente. Anche le radici andavano irrobustite, altrimenti, pur crescendo in terra solida, potevano rompersi sotto le oscillazioni della pianta.

«La vita» incalzava il vecchio, «è come un albero. Da piccolo si piega, si doma, resiste a tutto. Una volta grande, alto e grosso, diventa pesante. Soprattutto a se stesso. Se non ha base solida e radici ben piantate, addio. Il vento preme sui grandi alberi perché trova posto e, se non sono stabili, li butta in terra.»

Il vecchio intendeva che da piccoli si sopporta meglio il dolore forse perché non ci si rende conto delle cose. Dopo le batoste si rinasce a nuovi entusiasmi immediatamente il giorno dopo. Da adulti non è così. Da adulti il corpo si stabilizza, diventa compatto, inflessibile. Diventa albero, muro dove picchiano i venti e le valanghe dell'esistenza. Se fondamenta e terreno non sono a posto, crolla tutto. Nel crollo, l'albero può travolgere e schiantare piante che vivono attorno a lui.

«Non si cade mai da soli» diceva il vecchio imbattendosi in un albero crollato. Ogni spostamento, in montagna, coinvolge altri elementi. Come nella vita. Il nonno raccomandava di non cadere. Soprattutto non travolgere altri, cosa difficile in ogni crollo. Per il proprio bene e quello altrui, il vecchio consigliava evitare più possibile cadute.

Ci sono, poi, spostamenti imputabili alla neve. Che non sempre sono valanghe. C'erano inverni nel passato dove lo spessore del bianco s'accumulava a metri. Poi sempre meno, fino a inverni quieti con neve giusta a soddisfare il Natale, gli sciatori e scaldare la terra. Per mezzo secolo è andata così. La gente pensava che i tempi delle grandi nevicate fossero scomparsi. E non tornassero più. Si sbagliava. L'inverno 2014 s'è presentato con il muso duro. Neve a metri, e senza pause. Tetti crollati, linee elettriche sfasciate, paesi isolati per giorni. L'inverno della paura era tornato, come ai tempi antichi. Vi furono giorni di angoscia. Nei villaggi dolomitici, dopo oltre cinquant'anni, vennero riesumati i Piovech, squadre di uomini coi badili a pulire i tetti. Una volta era la regola. Nel paese del Cercatore, fino agli anni Cinquanta, operava una numerosa squadra Piovech. Per emergenze, erano oltre cento. Sgomberavano neve da strade, sentieri, viottoli e tetti. Ora non è più così, la gente è in balia degli elementi. Un inverno scontroso e pieno di neve come quello del 2014 ha messo in ginocchio tutti. Specialmente in quelle zone di montagna dove prospera un turismo di lusso e la neve cade firmata. Rimasero senza corrente, privi di luce, riscaldamento e iniziative. Compreso Antonio Franchini, che villeggiava da quelle parti. La montagna aveva spostato le poltrone, chi non ne aveva di riserva s'era trovato col sedere in terra.

Un vecchio amico del Cercatore di nome Celio, uomo dolce dal destino tragico, diceva al ragazzo: «Ciò che è stato, prima o dopo torna. Tranne la gioventù, tutto ricompare. Vivi pensando al peggio, lavora con l'attenzione del non si sa mai. Poi, quello che viene, viene». Intendeva che al destino non si sfugge, era un uomo fatalista, ma anche pratico.

Una volta, ai primi d'aprile, lui e il giovane amico andarono a caccia di urogalli nella remota valle dove nasce il torrente. Là, i cedroni non mancavano ma c'era anche la neve. Il bianco fragile li obbligò alle ciaspole nella fatica di un giorno intero. Dove il torrente fa la grande ansa, c'era una casupola. Ora è in rovina, sono rimasti soltanto muri umidi e disfatti, travolti dall'oblio del tempo. Ricordano la loro storia perduta, nascosti da alberi, ortiche e felci.

Una volta, lì dentro, c'era la vita, uomini scolpivano tronchi per cavarne oggetti, bambini giocavano con l'acqua, c'era qualche mucca, le capre. Tutto intorno, solitarie vette rocciose vegliavano su quella famigliola cullata di notte dal canto del torrente. Poche cose per vivere, e la montagna regina che decideva di regalare o togliere senza alcun progetto. Dopo la prima guerra, le cose cambiarono, la famiglia emigrò, la casa restò vuota.

Alla dimora abbandonata, a quei tempi ancora accogliente, erano diretti il Cercatore e l'amico anziano. Il giovane temeva che le eccezionali nevicate avessero sfondato il tetto della baita. Era stato un inverno pesante. Lungo il cammino si preoccupava e lo manifestava al maestro.

«Preghiamo che non sia crollato il tetto» ripeteva.

«Prega tu» rispondeva Celio.

Il ragazzo insisteva: «Preghiamo che il tetto sia ancora a posto, altrimenti siamo fritti».

Celio mugugnava, di sicuro bestemmiava. Stava piovendo dal mattino, la vecchia neve spossata era poltiglia, le ciaspe si caricavano, diventando piombo. Il giovane aveva paura di trovare la copertura sfondata. In quel caso sarebbero stati guai. Bivaccare sotto un abete col tempaccio e bagnati fradici non era salutare.

«Preghiamo che non sia crollato il tetto» ripeteva come un mantra.

A un certo punto Celio si fermò. Guardò l'allievo con occhi truci e disse: «Scolta canaj, preghiamo pure, ma ricordati che se il tetto lo troviamo a posto abbiamo pregato per niente, se invece è crollato abbiamo lo stesso pregato per niente. E io per niente non voglio fare niente». Detto questo ripartì senza più aprire bocca.

La casupola sopra la grande ansa aveva retto ai colpi di un inverno brutale. I due trovarono riparo. Il vecchio accese un falò per asciugare i vestiti e avere compagnia. Il torrente rumoreggiava poco sotto, dividendo equamente alti muri di neve in disfacimento. Tutto quel bianco ormai molle e in fin di vita aveva spostato sentieri e riferimenti occultando le cose. Non fu semplice individuare il ricovero. Con le alluvioni d'autunno, l'ansa si era mossa da lì allungandosi a valle e ciò contribuì a depistarli. Alla fine si trovarono al sicuro tra quelle pareti silenziose che mezzo secolo prima udivano bambini chiamarsi a giocare.

Uno dei tanti misteri della montagna è quello di spostare cose, confondere immagini, mutare paesaggi. Lo fa a ogni stagione, ma d'inverno lo si nota di più. D'inverno si stenta a orientarsi anche là dove ci si è mossi per una vita. Il paesaggio sembra rimpicciolire, stringersi nel gelo, ficcarsi dentro la terra. La neve lo copre nascondendo dettagli e particolari. Le lontananze aumentano, perdono fisionomia, svaniscono. Il conosciuto diventa estraneo, quasi un mondo nuovo da scoprire, come se fosse appena balzato all'aperto. Il silenzio regna solenne sul mondo congelato. Solo ogni tanto viene rotto dal *cra* di un corvo imperiale, o dalla raffica sparata in un albero morto dalla mitraglia del picchio. Mai fare affidamento, quindi, sulle distanze conosciute. Sono segreti dell'inverno con la sua luce diafana, e le lune di zolfo, e vento di pulviscoli che nascondono le realtà sotto il cuscino bombato della neve. Attenti a muoversi nel regno bianco: tutto avanza davanti a noi, per non farsi prendere.

La montagna gioca spesso con gli uomini, si diverte a farli dannare. Giova stare all'occhio, sovente la Signora non tiene misura degli scherzi che inventa. Spesso nemmeno s'accorge. È grande, se sbadiglia fa uragano, si stiracchia ed è terremoto, piange e c'è il temporale. Si rimbocca il lenzuolo ed è la neve. E quando c'è la neve, le distanze vanno a fisarmonica.

Una volta il Cercatore era andato con due amici, ridottisi poi a uno, a scalare delle cime inviolate in una valle dove pochi esseri umani mettevano piede. Soprattutto nella stagione fredda. Decisero di tentare a gennaio, quando l'ambiente è più ostico e respingente. Soprattutto perché d'inverno quelle cime non erano mai state scalate, perciò, se fosse andata bene, c'era da guadagnarci onore e gloria, blasoni che ogni alpinista ambisce. Così partirono. Il primo giorno lo consumarono per arrivare sotto le due sorelle poste una accanto all'altra, salite la prima volta nel 1902, da austriaci e tedeschi. Dopo un bivacco penoso, al mattino i tre compari scalarono la più alta dal versante occidentale. C'era molta neve e bisognava pulire gli appigli metro dopo metro. Il Cercatore conosceva quelle cime avendole frequentate d'estate, ma ora era un'altra faccenda. Quando fu di trovar la via del ritorno, la montagna si mise a giocare. Sotto masse di neve mai viste, erano scomparsi riferimenti, tracce, ometti e ogni segno che potesse indicare il verso a discesa. Da nord saliva un rasoio di vento che scorticava la faccia, mentre il disco di un sole anemico s'affrettava a nascondersi dietro lo spallone estremo dell'ovest. Prima di sparire, illuminò l'ultima volta quel mondo irreale e gelido, distante da ogni calore umano. La neve si fece giallo oro e iniziò a spostarsi. Enormi gobbe e pendii carichi all'inverosimile si gonfiavano come se respirassero prima di voltarsi e farsi più in là. Le creste sembravano tutte uguali, bombate e rotonde, senza più filo, come un coltello con sopra un cuscino. Su tutto scintillava un pulviscolo agitato dal vento che luceva agli ultimi raggi come polvere di vetro. La montagna d'inverno era lì, pura e semplice, nella sua spietata realtà.

I tre naufraghi avevano calcato la vetta ma la festa del ritorno era ancora lontana. L'ultimo debole raggio s'accartocciò dietro il monte e l'aria diventò blu. Allora, soffi e sussulti e ansiti su cime e creste e panettoni di neve si chetarono con un ultimo respiro, come fa un cane prima del sonno. La natura andava a coricarsi. I tre, confusi e frastornati da quei luoghi mutanti, non trovavano la via per scendere. Prova di qua, prova di là, niente. L'aria blu stava diventando scura, la sera avvicinava una larga falce di cielo congelato. In quel momento la montagna cambiò posizione offrendo il fianco che cercavano. L'ombra dell'ultima luce dettagliò un canalino prima invisibile che si rivelò fondamentale. Mentre scendevano dentro un mondo ibernato nel silenzio indifferente dell'inverno, giuravano di non cacciarsi più in trappole simili. Dopo il bivacco in una grotta a fondovalle, il più giovane abbandonò il gruppo. Disse che ne aveva abbastanza. Cercatore e compagno si concessero un giorno nell'antro, accanto al fuoco: con qualche boccale di acquavite zuccherata e bollente e le faville che danzavano, ripresero coraggio. Questo bastò a farli sognare di nuovo. Decisero, infatti, di partire per la seconda vetta, mai salita d'inverno. La montagna è amante per la vita. Quando tradisce fa arrabbiare, e allora si giurano propositi di abbandono. Ma poi si torna a cercarla, la si chiama al telefono. Questo succede. Amare significa tornare. Tutto qui.

I due superstiti, quindi, andarono all'arrembaggio della seconda vetta. E pagarono di nuovo i capricci della montagna invernale. Questa volta persero la via già in salita. Non trovarono il lungo spigolo che, con un balzo verticale di un chilometro, mena alla cima nord. Credettero di aver preso quello giusto ma lassù, con la neve che copriva il mondo, tutto era giusto. Invece presero quello sbagliato. E furono altri guai. Per agganciarsi alla via originale, rischiarono l'osso del collo. Alla fine arrivarono in cima. Ma la faccenda non era chiusa. Occorreva scendere e non vi era traccia dei vecchi ancoraggi messi dal Cercatore cinque anni prima. Dove saranno stati? Metri di neve occultavano tutto. Allora sfidarono la sorte buttandosi a casaccio lungo un canalone. In montagna il casaccio non regala colpi di fortuna. Mai. È praticamente impossibile imbroccarla al primo colpo. Può succedere ma è così raro che non vale sprecarci tempo. A volte si tenta se va, ma non va. O va male. In quota si deve conoscere, ragionare, studiare e alla fine decidere. Scegliere su queste basi è il minimo. Sperare nella fortuna lassù, dove l'aria diventa sottile, è pericoloso. Anche patetico.

I conquistatori dell'inutile si trovarono così sul vuoto. Balze di roccia verticale di cui non vedevano il fondo s'opposero alla discesa. Furono costretti risalire al punto di partenza. Per provare altrove. Ma dove? Da che parte? Il Cercatore invocò orientamento guardando le cime a occidente affinché gli mandassero un segno che indicasse la via. Niente. Per tre volte tentarono la sorte lungo canali innevati che terminavano sul nulla. Provarono e vagarono finché dai monti più alti calarono le ombre della sera. Allora decisero senza indugio di scendere dalla via appena salita. Quella portava tracce evidenti, non potevano sbagliare. Fu un estenuante manovrar di corde e calate, e piantar chiodi cercando le fessure sotto la neve raspata a suon di piccozza. Bene o male, nel buio ormai solido, giunsero alla base, rifugiandosi nell'antro amico, dopo aver sacramentato per ore. Giuravano che mai più si sarebbero cacciati in guai simili. Lo dicevano anche due giorni prima. La montagna fa pronunciare giuramenti ma non li fa mantenere. Chi la ama veramente, finché ha gambe ci torna. Anche se essa, qualche volta, modifica i profili cagionando guai, gli amanti ci ricascano.

I due nell'antro accesero il fuoco e si buttarono nei sacchi a pelo senza toccare cibo. Ma il sonno tardava. Fuori era la notte dell'inverno, e qualcosa di frusciante cadeva dal cielo come un respiro. La neve veniva silenziosa a cullare i superstiti del tempo. In quel regno di solitudine e silenzio, dove i corvi tremavano di freddo e i camosci morivano nelle valanghe, il tempo si fermava, sepolto dal bianco uniforme e dal gelo. I due ascoltavano la neve sussurrare la sua canzone alla notte. Non la temevano, erano attrezzati, muniti di ciaspe per galleggiare sull'acqua solida dei fiocchi come Gesù sul lago. La montagna ormai s'era fermata, fino al prossimo sole non avrebbe effettuato spostamenti. Per tornare in paese, bastava seguire il corso del torrente, quello nessuno poteva deviarlo. Cullati da questo buon pensiero, s'addormentarono accanto al fuoco, dentro la caverna che da secoli ospitava i pellegrini dei monti, naufragati nel mare buio delle notti.

Molti anni fa, per via dei mutamenti repentini, successe un fatto tragico che coinvolse cinque fratelli boscaioli. Era sabato di fine novembre quando decisero fare un salto a casa. Tagliavano boschi lontani. Quel salto esigeva otto ore di marcia per gente allenata. Da un paese oltre le valli, dovevano scavalcare passi dolomitici su tratturi disagevoli. Ma non c'era ancora neve e conoscevano il percorso a menadito. Si prepararono pieni d'entusiasmo e brio. Potevano finalmente abbracciare i genitori. Chi li aveva, anche figli e mogli. Partirono sotto un cielo grigio col muso da neve. Alzarono gli occhi, fecero calcoli convenendo che valeva la pena.

«Ce la possiamo fare» dissero.

Erano uomini esperti, ma non tennero conto gli spostamenti della montagna. Confidarono nella memoria che rifletteva netta la mappa dei sentieri. Confidarono nella velocità di passi avvezzi alle salite. Ma la memoria ricorda il già visto, conserva ciò che ha conosciuto. E i passi rallentano in neve alta. Lassù quel giorno, e la notte che seguì, e il giorno dopo ancora, nulla fu come prima, nulla di conosciuto. Fu inverno d'improvviso in una zona mai vista. Iniziò a nevicare che erano già in alto. Potevano fare dietrofront ma ancora ebbero fiducia nella sorte. Soprattutto in loro stessi. Intanto la neve cresceva. Cresceva come mai era successo di vedere. Un fungo bianco s'alzava sul mondo a vista d'occhio. Loro andarono avanti. Traversarono schiene di valli, sprofondarono in boschi scheletriti, risalirono. Nevicava che, voltandosi, non vedevano le orme appena impresse. Iniziarono a procedere a strappi, sempre con maggior fatica e soste ravvicinate. Da quel momento partì il calvario. Erano troppo avanti per tornare, troppo stanchi per correre, troppo lontani dalla meta per sperare. Uno dei fratelli, il più giovane, ricordò che a lato del percorso, lungo un sentiero poco battuto, esisteva quella baita solitaria... Comunicò con gli altri e, tutti d'accordo, decisero di raggiungerla. Cercarono il sentiero come cercare il filo sottile della vita che parte da un albero tra le nebbie e si perde nel nulla. Non avevano fatto i conti con la montagna che si sposta. Non esisteva alcun sentiero, nemmeno la zona era più la stessa. Quella che conoscevano bene era andata via, scivolata chissà dove, finita in altri mondi. I fratelli non si orientarono più. Ma nemmeno si spaventarono. Era gente tosta, temprata a tutto, abituata ai sacrifici fin da bambini. Forse per questo parlavano poco. Uomini essenziali, laconici, duri e contorti come i carpini che tagliavano.

Repentina a volo di falco calò la notte con la sua coperta scura. Cinque naufraghi braccati dal maltempo, cinque fratelli nella tempesta bianca uniti dall'affetto trovarono rifugio sotto le ali spiegate di un abete bianco. Riuscirono ad accendere un fuoco, erano esperti, non ci volle molto. Stretti uno accanto all'altro, come un pugno chiuso, aspettarono la luce del nuovo mattino. Lentamente i vestiti asciugavano. A turno tagliavano rami per alimentare il falò. La neve cadeva inesorabile. La sentivano ticchettare sul bosco ormai sepolto, sulle fronde dell'abete bianco piegate dal peso. Nessuno parlava.

Si levò un vento fischiante che faceva turbinare il nevischio e roteare le fiamme. Ogni tanto, chi prima chi dopo, s'appisolava. Era una notte di tortura, irreale e gelida, piena di domande. Il più giovane disse: «Sono stanco». Non si sa a che ora ma disse così, che era stanco. Fu il segnale di cedimento, il suo destino iniziava quella notte.

«Non ci pensare, riposati, ti aiuteremo» lo rassicurò il più vecchio. Era convinto di poterlo aiutare.

Non parlarono più. Non c'era niente da dire. La notte li avvolgeva, la neve cresceva, stavano lì per resistere, niente rimorsi o rimpianti. I "se" e i "ma" sarebbero stati commenti ridicoli. Di quelli non ne facevano. La montagna conosciuta si era spostata, al suo posto era comparsa un'altra, completamente ignota.

L'alba s'annunciò dentro una caligine lattiginosa, lacerata dal fischio del vento.

«Dobbiamo trovare la baita» disse il più vecchio «o si mette male.»

«Deve essere qua intorno» disse il giovane «mi pare si voltasse più su.»

Partirono sprofondando alla cintola e nevicava sempre fitto. Il vento li scuoteva, la fuliggine bianca li accecava ma avanzavano. Il più giovane era convinto trovare la deviazione che menava alla baita. Cercava, facendo avanti e indietro con estrema fatica. Gli altri ispezionavano margini di bosco sepolto per lo stesso motivo. Dovevano trovare la casupola o era la fine. Vagarono ore sotto la neve e la sferza del vento senza approdare a nulla. Finché il giovane s'accasciò. Arrivarono da lui che rantolava sfinito. Alzò con fatica la mano a segnare un punto. La baita era poco distante, semisepolta ma ancora visibile. Piansero. Il più anziano caricò sulla schiena il fratello e, aiutato dagli altri, lo portò al sicuro. Tra quei muri asciutti e accoglienti si sentirono a casa. Erano salvi. Accesero il fuoco con legna del deposito e si misero in attesa. Ma il giovane non passò la notte. Morì di sfinimento prima dell'alba. I fratelli si disperarono e piansero. Il più vecchio restò col morto, gli altri ripartirono a cercar la via, trovare la discesa al paese. Sapevano essere alti, la baita lo diceva, occorreva soltanto imbroccare la linea giusta.

Giunsero a valle stremati, entrarono nel villaggio e avvertirono. Dilaniati di fame e fatica e dolore, crollarono uno dopo l'altro nelle braccia degli amici. Venne organizzata una squadra di soccorso per recuperare il morto e il vivo. Partirono. Ma anche loro, esperti dei luoghi e vecchie volpi, si trovarono a battere una montagna sconosciuta. Anche loro dovettero vagare a lungo, le tracce dei superstiti erano scomparse sotto la nevicata. All'inizio non fu difficile ma più s'alzavano più perdevano orientamento e forze, finché diventò arduo andare avanti. Erano parecchi, venti uomini, battevano pista a turno e avanzavano nonostante la sferza del maltempo. Non riuscirono a trovare la baita prima del buio, furono costretti a un penoso bivacco sotto gli abeti sepolti nel bianco. Accesero il fuoco, s'accoccolarono intorno e aspettarono il nuovo giorno. Che s'affacciò come quelli passati, da una finestra di caligine fra il turbinio dei fiocchi e il fischio del vento. Non finiva mai, nevicò una settimana, i soccorritori ebbero vita dura. La loro montagna non esisteva più, se n'era andata. Quella nuova non la conoscevano, agivano per tentativi, intuizioni che fallivano. La neve, del resto, aveva sconvolto tutto, mutato il paesaggio, nascosto i riferimenti.

Fu un vecchio boscaiolo a trovare la pista. Seguì senza convinzione le tracce di un cervo appena passato. Che lo portò alla baita. Chiamò gli altri urlando. Arrivarono. Chiamò il boscaiolo rimasto col fratello morto. Non rispose. Liberarono la porta dalla neve, entrarono. Il fratello più vecchio era steso sul letto di tronchi, morto anche lui, come il giovane. Probabile che gli avesse ceduto il cuore, ma questo per loro non era importante. Impiegarono il resto del giorno a preparare le *coze*[*] per trascinare a valle i fratelli. Trascorsero la notte pregando e piangendo gli amici morti che la montagna spostandosi aveva confuso e fatto sparire in un oceano di neve. L'indomani non fioccava più, cionondimeno fu impresa ardua portare in paese i corpi degli sfortunati fratelli.

Che la montagna confonda gli uomini con i suoi mutamenti improvvisi è fuori dubbio, lo provano molti episodi, alcuni noti, la maggior parte sepolti nell'oblio o rimasti ignoti. Un uomo venne travolto dalla valanga mentre traversava pendii d'alta quota. Non morì. Seppur ferito in maniera seria, ebbe lucidità di chiamare i soccorsi con il cellulare. Conosceva la zona ma la neve l'aveva cambiata, modificata al punto che l'escursionista credette trovarsi da un'altra parte. Agli uomini del soccorso alpino, infatti, dichiarò un luogo assai distante da quello dove effettivamente era bloccato. Lo cercarono lì senza trovarlo. Intanto lo sfortunato spirava dall'altra parte. Fu rinvenuto il corpo tre mesi dopo, a primavera.

Una volta il Cercatore, ormai adulto ma forse ancora non esperto a sufficienza in materia di spostamenti, fece un volo col parapendio. A quei tempi, la novità di volare appesi a uno straccio partendo da una vetta, un costone o qualsivoglia pendio, era di fresco arrivata in patria. A provare l'ebbrezza sconosciuta lo convinse un amico che teneva scuola di volo. Dopo un quarto d'ora di sommarie istruzioni e prove decollo, il Cercatore si buttò da un monte. Un balzo di mille metri. Era gennaio: freddo da ustionare la pelle e metri di neve. E c'era anche un sole gelido che splendeva sopra una giornata magnifica. Cose che potevano bastare al godimento

[*] Rudimentali slitte di rami assemblati a intreccio.

dell'anima. Ma il Cercatore bramava l'aria e si lanciò. Quando fu nell'azzurro capì che non era il suo sport. A quel punto c'era solo da concludere senza danni. Ricordava lucidi i dettami dell'istruttore: maniglia destra per girare a destra, sinistra per andare a sinistra, all'atterraggio tirarle entrambe. Intanto andava calando verso il basso. Si chiedeva quando avesse dovuto abbassare le maniglie, la neve non lasciava capire. Pareva sempre lì, alla stessa distanza, e non dava alcuna dritta. Subentrò il panico. Non vi era niente cui riferirsi, nemmeno un alberello. Solo una piana uniforme e bianca, accecata di sole anemico. Gli pareva essere assai lontano quando subì l'impatto e sprofondò. Per fortuna la neve era alta, non troppo solida e lo accolse con affetto. Ma dovettero estrarlo perché si era conficcato come un chiodo. Il punto d'atterraggio, dopo essersi allontanato, era balzato di colpo verso l'alto colpendolo in pieno: mistero degli spostamenti.

L'istruttore lo raggiunse. Disse che ci voleva un altro volo, per limare le sbavature, il resto bene. Disse proprio "limare sbavature". Il Cercatore si convinse alla lima e si lasciò di nuovo trasportare a monte in automobile. Altro decollo. Stavolta i miraggi della neve non lo avrebbero fregato, ormai conosceva il trucco. "Quando sembra lontana è vicina, devo tirare le maniglie" pensò. E le tirò ghignando. Ma la neve era lontana. Piuttosto lontana. Almeno dieci metri. Andò giù come un sasso. Per la seconda volta lo spessore del manto lo salvò. Per la seconda volta i misteri della montagna lo avevano ingannato. Questo bastò a farlo decidere: non avrebbe più limato nulla, sarebbe rimasto coi piedi per terra, a volte anche le mani. Ma quella remota faccenda deve avergli donato qualcosa. Quando racconta l'avventura, gli occhi lo tradiscono. Forse, nonostante gli spostamenti della terra, l'aria che lo isolò dal mondo per alcuni minuti gli aveva lasciato un bel ricordo. Un'emozione che dura ancora.

Sentieri

Oggi i sentieri di montagna sono logici, puliti, ben tracciati, segnati da bollini rossi. Ovviamente non tutti ma, come affermò Napoleone, bona parte sì. Si può dire che l'ottanta per cento dei sentieri siano ben fatti. Ciò non significa privi d'insidie e pericoli. E nemmeno di segreti. Di solito portano da qualche parte, spesso in vetta. Ma, prima di terminare lassù, dove il passo calpesta aria, girano un po' dovunque e presuppongono una meta. Quantomeno la fanno immaginare. A volte, come gli uomini, si perdono per strada, interrompono il percorso, non vanno da nessuna parte. Ma può essere piacevole lo stesso fare un tratto assieme a loro. Non è necessario raggiungere qualche punto, necessario è camminare.

I sentieri, che di solito calpestiamo senza farci caso, sono un'infinità di cose. Serpenti di memorie, scrigni di ricordi, tracce di anime passate finite chissà dove, voci. A ogni metro balzano come cavallette segni che rammentano qualcosa. I sentieri sono concimati dalle ombre di chi vi è passato, conditi dal sudore che cadeva goccia a goccia. Il suono dei passi è rimasto sul fondo, intrappolato fra polvere, pietrisco e terra. Certe notti saltano fuori tutti insieme, i passi, e si sente come un rombo, un galoppo di cavalli che gira per le montagne.

Frequentando sentieri, ogni tanto ci si imbatte in qualche baita solitaria, spesso in rovina, testimone del tempo che fu, di vite e culture scomparse. Le baite sono il nodo di un filo che cuce le valli assieme e va per boschi e costoni. Il filo sono i sentieri e si snodano in un dappertutto senza fine, lungo i fianchi dei monti. Ogni tanto questi fili bianchi hanno bisogno di un nodo per partire e fare i giri di cucito. Il nodo, quindi, sono le baite. Anche se diroccate e morte, valgono ancora come punto di partenza per cucire il tessuto dei pascoli.

Nelle baite abita la tristezza. Non ci sono più i pastori e gli armenti e le greggi che animano l'aria di suoni, muggiti, belati, fischi. Non esistono più. Lo strumento del pastore era il fischio, emesso senza usare dita, ché servivano a tenere le cose. Fischiava e partivano i cani a mettere in riga le bestie ribelli. Mai attrezzo da lavoro fu più semplice, uguagliato solo dal vento, che fa girare le ruote ai mulini. Dalle vette delle montagne, si scorgono in basso le casere abbandonate. Il tetto è crollato con gli anni, all'interno sono cresciuti alberi. Alberi di ogni tipo, alti e rigogliosi, superano i muri e fuoriescono all'aperto come bambini curiosi. Da lontano, quelle amate baite dell'infanzia sembrano vasi di pietra, coi fiori che spuntano e crescono da abbellire la montagna. Balconi sui monti impreziositi da vasi di fiori di malghe abbandonate, legate una all'altra dal filo antico dei sentieri.

Uno splendido vaso il Cercatore lo ammira d'estate, in una diruta baita dove bambino faceva il garzone. Ci sono più solo i muri. Dentro vi crescono alberi, spesso sorbi degli uccellatori, con le loro bacche rosso sangue. Un vaso quadrato, di pietre bianche, calcinate dal sole e sopra il rosso vivo dei frutti ardenti. Le vecchie casere abbandonate hanno trovato il modo di avere compagnia e abbellire la montagna di gerani. Sono diventate vasi di fiori. Viste da lontano è così. Ma quando le si osserva da vicino, comunicano un'estenuata tristezza. Una tristezza lunga e sepolta come il tempo trascorso, che le ha ridotte a ruderi perché l'uomo ha abbandonato la terra e gli animali. Ma sui sentieri rimangono i suoni e le voci di coloro che percorsero i monti in lungo e in largo. "Se ascolto sento il tuo passo esistere come io esisto" scrisse un poeta portoghese. E aggiunse: "La terra è fatta di cielo". Ed è così. È come se il destino degli uomini fosse piovuto da lassù. Come se tutte le fatiche degli uomini sui sentieri, a un certo punto, fossero tornate in alto, nel paradiso degli umili sul fondo del cielo.

Quando si cammina sui sentieri di montagna bisogna farlo senza fretta. Ogni tanto obbligarsi a soste, fermare il passo e sedersi un attimo. Guardare il terreno, fissarlo a lungo per udire i suoni del passato tornare come un eco. Laggiù, su quel terreno poco lontano dagli occhi è transitata la fatica. Prima quella silente dei lavoranti sul ripido, andata avanti per secoli. Poi, quella allegra e rumorosa degli escursionisti, che pur sempre di fatica si tratta.

I ciottoli sui sentieri antichi sono levigati come quelli dei torrenti e stanno piantati da millenni come chiodi in un tronco. Hanno visto la vita dal basso verso l'alto. Esistenze di fuggitivi che passarono sopra con scarpe chiodate, suole di legno, di gomma. Prima ancora percepirono la calda orma a piedi scalzi di uomini, animali selvatici, bestiame.

Ai tempi del lavoro, i sentieri erano tenuti puliti e sicuri, eppure qualcuno si perdeva lo stesso. E non era sempre causa la nebbia. Succedeva quando uno sfortunato calpestava a piedi nudi l'erba del perdimento. È una fogliolina piccola e furba come un occhio di lucertola, abilissima nell'occultarsi tra i sassi o le altre erbe. Se toccata anche solo con un dito, fa perdere l'orientamento. L'effetto dura molte ore. Non a caso alcuni smarrimenti di persone risultano ancora inspiegabili, visto che i dispersi conoscevano la zona alla perfezione. Una volta ritrovati non seppero dare spiegazione della loro momentanea assenza. Appena uno tocca quell'erba misteriosa non capisce più niente, va fuori pensiero e fuori sentiero. Così brancola alla cieca nel buio della mente. Alcuni non sono più tornati per aver pestato l'erba del perdimento. Li hanno trovati morti giorni dopo, o mesi, o anni dopo, solo gli scheletri, sbiancati dal tempo.

Una volta un boscaiolo la calpestò e si smarrì. Vagò tre giorni e tre notti, poi l'effetto passò e ritrovò la via. Camminava scalzo nella rugiada per guarire un fastidioso eczema. La rugiada guarisce molti malanni e attenua l'eccessiva sudorazione dei piedi e, una volta, quando qualcuno soffriva quel problema, lo facevano camminare scalzo a mattina presto, nella rugiada. Forse era un placebo ma si credeva così e così si faceva. Questo boscaiolo, sfinito e disperato, ritrovò la via ma, sfortuna sua, era scalzo, e sfortuna doppia, di lì a poco calpestò un'altra volta l'erba maledetta. Fu l'ultima. Si perdette di nuovo e in paese non tornò più.

Trent'anni dopo alcuni speleologi esplorarono un budello che aprì d'improvviso la bocca silenziosa nel fitto di un bosco. Il vento rovesciò alcuni alberi e la voragine apparve. Sul fondo trovarono uno scheletro e lo tirarono all'aperto dentro un sacco. Tutti dissero che forse era lui, il boscaiolo perduto, però mancava la prova. La ebbero nella catenina che portava al collo, riconosciuta dalla vedova ormai settantenne.

Sui sentieri di montagna a volte compaiono croci, lapidi o semplici frasi scalpellate sulla stessa roccia. Spesso ricordano persone cadute, finite nei burroni, morte di sfinimento, colpite da pietre o saette. O soltanto perché decisero di farla finita.

Più di un secolo fa, un uomo s'impiccò a un carpino a piombo sulla curva dell'unico sentiero che menava in una valle di pascoli magri. Il corpo penzolante rimase in aria tre giorni e quelli che passavano se lo trovavano sopra la testa. Ma non dicevano niente per paura di essere sospettati. Tiravano dritti guardandolo dondolare un'ultima volta. Un segreto della montagna è anche questo: nessuno può chiamarsi fuori da quel che succede sopra una certa quota. I paesi sono piccoli, chiusi a riccio, blindati da sospetti e paure. Tutti possono trovarsi d'improvviso colpevoli o innocenti. Regna un'omertà di pietra non scalfibile da utensili normali. Soltanto una lama, affilata e temibile, forgiata nel vanadio, riesce a insinuarsi in qualche mente per aprirla e farla parlare. È la vendetta, figlia distorta dell'odio declinato a tornaconto. Solo per questo alcuni parlano. L'uomo impiccato sarebbe rimasto nell'aria fino a cadere a pezzi se non fosse intervenuta l'autorità ordinando di toglierlo dal posto.

Chi è morto su un sentiero lascia gli ultimi passi dove è caduto.

Quei passi sprofondano nella terra, e vagano per meandri e forre come sepolti vivi. Certe notti di plenilunio si possono sentire risuonare là sotto come ombre solide e lontane. Le lapidi, le croci, le rocce scalpellate portano incise laconiche spiegazioni dei fatti. "Il giorno così e colà, qui precipitò a morte il tal dei tali." Il tempo ha corroso e sbiadito quelle testimonianze di fatti lontani. La montagna, come il mare, ha una salsedine che smangia la vita. E la morte. Lima, consuma, rende più piccolo. Soprattutto nei sentieri si può notare l'azione degli elementi. La salsedine dei monti liscia il velluto ai bordi, spiana buche riempiendole, leviga pietre, le lucida, non permette a niente di respirare e farsi rigoglioso. I sentieri vengono spazzati dal vento come una ramazza, che pulisce erbacce, stecchi, le farfalle morte e le cartacce dei camminanti. I fiori s'inarcano sui fianchi con l'ordine di profumarli come sposi prima di nozze. La pioggia li lava, il sole li asciuga, la neve li nasconde ma lascia all'inesperto possibili tracce. Anche sotto due metri di neve, il sentiero manda il suo fiato caldo verso l'alto. L'alito dei passi autunnali provoca una depressione sul manto bianco che riporta la traccia perfetta del percorso. Basta seguirla e si va giusti. A patto che non intervengano i temibili spostamenti.

Lungo le stagioni anche i sentieri cambiano d'abito. Quando vola la ruggine dei faggi, l'oro degli aceri, l'azzurro degli ontani, i percorsi si fanno colore, tappeti soffici che accolgono. Camminare sulle foglie nei sentieri d'autunno è inoltrarsi in un arcobaleno infinito, pieno di curve e saliscendi. Un serpente a squame colorate che si snoda per boschi e costoni fino alle cime dei monti. In alto, dove prevale la roccia, i colori li porta il vento rubando agli alberi le foglie più belle. Le trascina lassù a folate, e poi le soffia via e le riporta su. Par di vedere fiamme volanti, epifanie di arcobaleni infranti che tornano a ricomporsi senza tregua. Finché l'inverno cala l'asso di gelo, vince la mano e la neve copre tutto.

Sul fondo di una piccola valle, irrorata da un torrente misterioso e schivo, un tempo i cavatori estraevano marmo rosso. Lo cavavano da grossi blocchi rovinati dal monte qualche milione di anni prima.

Rotolando per arrivare al greto, quei massi ebbero modo di scrollarsi di dosso imperfezioni e difetti, perdendo nella corsa scorie e pezzi instabili. Giunsero al torrente belli sani, essenziali e puliti. I cavatori avevano a disposizione blocchi quasi pronti, solo da riquadrare e mandare in paese con una grossa teleferica.

Per arrivare alla cava dei massi caduti, gli operai dovevano percorrere un sentiero da brividi, tuttora esistente e sconsigliabile. Correva sull'abisso, alto da vertigine, tagliato nel monte così stretto che le spalle toccavano la roccia. Circa a metà, balzava un ponticello di pietra largo due spanne che cuciva le labbra di una spaccatura senza fondo. Laggiù ululava il torrente. Né sentiero, né ponte avevano la benché minima protezione. Nemmeno una stesa di corda. Nulla. Eppure i cavatori passeggiavano su e giù come fosse un'autostrada.

Un giorno il cavatore più anziano fu colpito da un blocco che gli maciullò la gamba sopra il ginocchio. Era un tipo silenzioso e schivo, gli piaceva scalare le montagne. I cavatori dissero che non aprì bocca, nemmeno durante il trasporto a valle in teleferica. All'ospedale rimase tre giorni, poi morì. Gli avevano amputato la gamba, ma non bastò a salvarlo. Questi sono i fatti.

Un mese dopo, verso sera, quando le perforatrici tacevano e ogni rumore dormiva nella valle, e il torrente cantava la canzone, i cavatori sentirono passi sul sentiero. Stavano seduti a farsi la fumata prima di andare a casa. Fumavano a testa bassa ricordando l'amico. Qualcuno diceva: «Mi sembra di vederlo». E lui si fece vivo. Quasi ogni sera, quando i rumori tacevano, e la quiete del cielo regnava sul bosco, durante la sosta prima di partire, gli operai udivano quei passi. Colpi sonori che giungevano fino a loro. S'avvicinavano quasi a sfiorarli ed era una grande emozione. Non tutte le sere l'amico si faceva sentire, forse era stanco. O triste. La presenza tornò per anni, fin quando giù nella valle si esaurirono i blocchi.

I cavatori allora salirono al monte da dove erano rotolati i sassi milioni di anni prima. Aprirono una cava nella quale, per sei stagioni, lavorò anche il Cercatore. Con lui c'erano i vecchi scalpellini che gli insegnavano il mestiere. Ogni tanto raccontavano la storia dell'amico con la gamba maciullata e i passi che tornavano la sera. «Era lui» dicevano. Il Cercatore era scettico. Eppure cose grandi accadevano al di là delle pietre e dell'ombra. Incuriosito, una sera percorse il sentiero a picco sul torrente e andò a sedersi nel punto dove i cavatori sentivano i passi. Rimase raccolto alcune ore, ma nessuno venne a calpestare il terreno. A notte fonda se ne andò con grave rischio di cadere, illuminando il tratturo con la pila. Non aveva udito nulla se non il belare dei barbagianni e il ringhio del torrente nella forra. Ribolliva laggiù, nei meandri e nelle caverne, mandando un fiato gelido come una minaccia. Sospesi sull'appicco dondolavano i vecchi larici sereni, e i carpini, aggrappati alla roccia, stridevano come digrignassero i denti. Dal monte più alto saltò fuori la luna come sparata da un cannone. Brillò la palla d'oro nel cielo cupo e il Cercatore spense la pila. Voleva fare un tratto a luce naturale, quel tenue chiarore che pioveva da sopra. La valle lo stringeva ai fianchi come una mandibola, se allungava la mano poteva quasi toccare l'altra parete. Prima del ponte si fermò a concentrarsi. Fu lì che gli si accapponò la pelle. Quella notte sul ponte camminava qualcuno. Sentiva passi andare e venire. Ebbe un sussulto, chiamò: «Chi è? C'è qualcuno?». Silenzio. Accese la pila, ispezionò il ponte lungo otto metri. Nulla, solo quei passi che facevano avanti e indietro. Dal burrone saliva l'aria come portasse un lamento. Voleva voltarsi e darsela a gambe, ma era giocoforza passare di là. Quando mise piede sul ponte, i passi si fermarono come ad aspettarlo. Poi risuonarono di nuovo davanti a lui, come volessero accompagnarlo di là, su terreno sicuro. Una volta dall'altra parte accelerò ma il camminatore invisibile non lo seguiva più. S'era fermato, il suo posto era là a traghettare anime perdute.

Quello ormai abbandonato di cava vecchia è il sentiero più misterioso che si possa incontrare. Forse non il solo ma ce la mette tutta per essere inquietante e far paura. Eppure a primavera s'ingentilisce di profumi. I fiori di stecco crescono copiosi e tappezzano la parete opposta. Non fosse per il vuoto che lo circonda, si potrebbe procedere a occhi chiusi, solo con l'olfatto. A giugno, fioriscono i gigli di Sant'Antonio, quelli bianchi. Quei fiori dall'aspetto gentile e sempre con le orecchie basse. Sono profumatissimi e sembrano illuminare il sentiero. L'inverno chiude quel tratturo sotto vetro come dentro una bottiglia, rendendo impossibile ogni approccio. Ma una volta un gruppo di soccorritori fu costretto a percorrerlo in febbraio. Un loro amico era scivolato dalla strada fino giù al torrente, sopra il sentiero dei cavatori. Morì sul colpo, e difficile fu andare a raccoglierlo. La squadra dovette procedere a colpi di piccone e chiodi da ghiaccio. Trascinarono la salma nel sacco fino a uscire dal girone dell'inferno. Giunsero in paese a notte fonda. La prima persona che incontrarono fu la mamma del ragazzo che attendeva notizie. Chiese se era vivo. Le dissero di no.

Ogni sentiero ha fisionomia propria, carattere, stile, andamento. A seconda di chi lo percorre, può suscitare simpatia o antipatia. Vi sono percorsi che proprio non si digeriscono. Altri invece, seppur duri e impegnativi, riescono gradevoli, stimolanti a ogni passo. È una questione di empatia. E di come uno è cresciuto, vissuto, cosa sogna e che pretende. Poi ci si deve mettere allenamento alla fatica, al sacrificio, allo stoico sforzo di sorridere salendo il ripido.

Dei sentieri rimane l'eterno mistero. Il segreto della loro nascita, di quel che hanno visto, vissuto, aspettato, incuriosisce. Sono testimoni del tempo passato, sempre meno di quello a venire. Oggi esistono molte possibilità di scegliere sentieri vip, percorsi da processioni di domenicanti e weekendisti. Sui vecchi tratturi di montagna si cammina poco o niente. Non ci va nessuno, la massa viaggia su percorsi di moda, circumnaviganti rifugi e ostelli. Salvo rare eccezioni, è così.

I vecchi sentieri abbandonati hanno impronta di memoria, voce di uomini, passato che racconta storie. E sono disagevoli. Hanno sentito piedi scalciare, lisciare, battere. I piedi sulle pietre lasciano segno come l'unto dei camosci. Sono firma, garanzia di passaggio, realtà di tempi andati. Imprimono l'orma dei pensieri di chi vi deambulò. I piedi sono come la penna per lo scrittore: il concetto parte dal cervello, corre lungo il braccio, la mano, e finisce sulla punta dello strumento che scrive. Così i passi. Quel che frulla nella testa del camminatore scivola lungo il corpo, le gambe, le scarpe e si imprime sul sentiero come sulla pagina scritta. Una pagina lunga millenni e chilometri senza fine.

Robert Walser non scriveva una riga se non camminando ogni giorno sugli amati sentieri. *La passeggiata*, libro indimenticabile, è il prodotto di lunghe peregrinazioni. Se ci fossero ancora, basterebbe seguire quegli itinerari per leggere i suoi libri. Sono incisi sulle pietre, la terra, le foglie. Ma non esistono più i percorsi di Walser, ingoiati dall'urbana mandibola del mattone, rimangono, però, i libri. Lo scrittore svizzero, internato nel manicomio di Herisau, morì con la faccia nella neve, il giorno di Natale, mentre percorreva un tratturo.

Si potrebbe fare un lungo elenco di scrittori che devono ai sentieri una bella fetta d'ispirazione. Bastano due: Erri De Luca e Mario Rigoni Stern, camminatori di montagna. E di parole che hanno lasciato traccia. Uno dei libri più belli di Mario Rigoni Stern si intitola *Sentieri sotto la neve*.

Sui sentieri abita la vita minima, quella che dall'alto della testa non si vede. Ma basta sostare, sedersi o inginocchiarsi, e appare un mondo nuovo, vivace, brulicante, insospettabile. Formiche laboriose fanno via vai trascinando carcasse di insetti che pesano dieci volte loro. Seguono percorsi misteriosi senza mai intralciarsi o sbattersi contro. Una processione continua che va e viene, una di qua, una di là. Viaggiano mosche, lombrichi, rospi, topolini. E non di rado la vipera che cerca il pasto.

Spesso si vedono coleotteri fare baruffa, cervi volanti che si scornano come i loro omonimi a quattro zampe, le corna incrociate nella lotta per vincere un po' di tempo migliore. Quel tempo che dura poco e a breve li porterà nel nulla. Le foglie morte s'arricciano, avvicinando i bordi come una persona che si chiude in se stessa. Ma se piove o le sfiora la rugiada del mattino, si aprono di nuovo, allargano le labbra in un sorriso, come chi ha ritrovato la speranza.

Ma così non è. L'epifania è breve, illusione di primavera fuori data, un tornare impossibile dalla vita spenta. Perché indietro non si torna, e avanzare è solo retrocedere. Eppure sui sentieri brulica un fervore di andata e ritorno, quiete e movimento, ordine e disordine. A volte scoppia la guerra. Le lucertole ingaggiano battaglie, le formiche attaccano, i cervi volanti si battono, ali di farfalle morte vibrano sul terreno scosse dal vento.

Il popolo dei sentieri è in perenne conflitto, come gli uomini delle città, delle nazioni, dei continenti. Tutti impegnati a battagliare viso a viso, occhi negli occhi, senza guardare altrove. D'improvviso rimbombano passi, uno scarpone calca il suolo con tonfo ritmico, e poi un altro e altri ancora. Quello che si trova sotto viene calpestato, pressato, frantumato. Le beghe dei coleotteri finiscono. Le ali delle farfalle non vibrano più. I cervi volanti sono morti spiaccicati, le corna incrociate nella lotta. Laggiù, sul sentiero, è successa un'ecatombe e coloro che calavano i passi nemmeno se ne sono accorti. Ogni metro di percorso che gratifica l'escursionista, per altri esseri può diventare tragedia e morte. Non vi è gioia personale se non a scapito di altri, siano essi uomini o animali, uccelli o insetti, pesci o alberi.

Compagni di viaggio nei sentieri sono prati, boschi, rocce, fiori. Sopra di loro il cielo. Camminanti senza pace sostano all'ombra di una pianta e la guardano. Come a testimoniare il passaggio, qualcuno estrae un serramanico e incide sulla corteccia il suo nome, spesso quello di un amore. Non di rado vi aggancia la frase importante. È una brutta abitudine, gli alberi soffrono due volte. Una per il dolore di essere scorticati vivi, l'altra nel constatare la superficialità degli uomini, la loro scarsa sensibilità. Ma quelle incisioni diventeranno testimonianze, storie di vite passate, in quel caso, passate di là. Gli uomini guardano, scrutano, indagano e poi scrivono commentando ciò che hanno visto. O creduto di vedere.

I sentieri sono quaderni riempiti di parole, suoni, profumi, aliti. Lunghi quaderni, sinuosi e ripidi. Sulla corteccia di un pino cirmolo, in una valle dimenticata, stava la confessione di un omicidio senza colpevole. Era stata uccisa una donna e mai trovato l'assassino. Il quale confessò la colpa incidendo il volto antico del cirmolo, ma quando si arrivò a lui, l'uomo era morto da tempo. "Il coltello nel cuore di Maria, non è la morte di Gesù bensì la mia. Fulgenzio Gaita fu Giacomo. 28 maggio 1913." Questo aveva scritto. Scolpito a fondo sulla pelle rugosa del cirmolo, che cresceva solitario in un luogo impervio e pericoloso. Di là non passava nessuno e Maria era morta pugnalata.

Molti anni dopo, davanti a quell'incisione, un boscaiolo collegò il fatto. Saltò fuori che Fulgenzio aveva una storia con Maria, la quale era rimasta incinta. Le ordinò l'aborto ma lei disse no. Allora la fece abortire con una coltellata. La verità era sul cirmolo, ma anche da qualche altra parte. Stava in un quaderno trovato in casa di Fulgenzio, infilato in un vaso di coccio. Dopo la scoperta dell'incisione, venne perquisita la casa abbandonata. Oltre al quaderno, nel vaso c'era il coltello, una lama intarsiata da artigiani maniaghesi, il manico d'osso. Fulgenzio confessava il peccato in poche pagine, lasciate affinché qualcuno le trovasse dopo la sua morte. Che avvenne trentasette anni dopo a Manosque, in Francia, il 9 agosto 1950, quando l'omicida ne aveva settantasette. Ecco perché i sentieri sono libri di storie, romanzi verità sinuosi e incredibili, sui quali hanno camminato la vita e la morte.

Certi sentieri si potrebbero fare a occhi chiusi, annusando il profumo dei fiori che accostano corolle e petali sui bordi. Piovono odori buoni, gocce aromatiche che s'adagiano sulle vie dei passi come foglie d'autunno. La montagna irrora i sentieri di sorprese olfattive. I sempreverdi spargono odor di resine. A novembre le rocce calano il profumo di mandorla dei camosci in amore. A mezza estate, quando il sole arroventa i boschi e tutto cuoce nella pentola a pressione dei monti, la passiflora annuncia l'autunno col suo cattivo odore di erba marcescente. Tutto alla fine si raduna sui sentieri. I quali raccolgono pazienti odori, sapori e voci come il palmo della mano accoglie l'acqua dalla fonte.

Dietro ogni curva può celarsi la sorpresa che balza d'improvviso come l'abbaio del capriolo nel bosco. Quando si cammina in montagna durante i mesi buoni, è da tenere d'occhio il passo. Può scattare la vipera che sta intorcigliata a prendere il sole. È bestiola timida e discreta, di norma fugge al minimo rumore. Ma se dorme coccolata dai raggi, può darsi che non senta. Allora, una volta calpestata, le viene facile scattare a mordere. Occorre tenere l'occhio basso onde evitare spiacevoli sorprese. Le vipere stanno sui sentieri anche perché passano i rospi e se li mangiano. Ma anche topolini, rane e altre buone prede votate a pasto. Sui sentieri di montagna gli animali trovano da mangiare ma devono aver pazienza. La manna viene da primavera a tardo autunno. Poi la neve cadrà silenziosa a coprire il bosco e tutto sparirà. Finiranno via vai e corse, finiranno le lotte dei cervi volanti, le battaglie dei coleotteri, l'andirivieni delle formiche e il vibrare delle farfalle morte.

In virtù della sua lunga e tragica esperienza alcolica, Celio, amico del Cercatore, verso il termine della vita impazzì. Diceva di essere medico veterinario e voleva aprire cliniche per curare i camosci feriti dai cacciatori. Dopo un anno ne aveva aperte cinque, ma solo nella sua mente devastata dal delirio. Tutte in famose località turistiche. Aveva ucciso centinaia di camosci e ora pagava il fio. Nella follia i poveri animali tornavano a presentargli il conto. Lui si era intenerito, o forse spaventato, e voleva rimediare il mal fatto. Finché gli restarono giorni, curò camosci nelle sue cliniche immaginarie. Quando raccontava dei suoi pazienti, gli cadevano lacrime. Gli occhi un tempo duri erano cambiati, rivelavano una dolcezza senza fondo. I veri occhi di bambino, che aveva sempre tenuti nascosti, tornarono alla luce. Spogliati dai bagliori cinici della recita, adesso sorridevano tranquilli. Nella follia lasciò apparire quello che era: un uomo buono e dolce. E complicato. Era stato formidabile camminatore, ma solo per avvicinare gli obiettivi, senza curarsi d'altro, né dare peso a ciò che stava intorno. Con la pazzia tutto cambiò. Scoprì la vita minima dei sentieri, quella che brulica sotto le scarpe e nessuno vede. Fu un'altra ondata di rimorsi pieni di colpe. Da quel momento pose attenzione a non calpestare le formiche. E tutti gli esseri minuscoli che camminavano sotto di lui.

Tale atteggiamento creò al Cercatore un problema senza soluzione. Nello schivare insetti, l'amico sprecava una quantità di tempo inaccettabile. Non esisteva meta che non raggiungessero in ritardo. Andavano assieme lungo i sentieri e per il Cercatore era una penitenza. Non riusciva a farlo accelerare. E non bastava. Vi era un'altra attenzione che il matto praticava per non danneggiare gli esseri minimi. Precisamente, non annegarli. Quando gli urgeva la pipì, controllava che al suolo non ci fosse nessuno, né insetti né altri animaletti. Dissipava il getto spargendolo a zig zag evitando di mandarlo solo in un punto. Diceva che per quelli laggiù, e segnava il sentiero, una pisciata era alluvione, potevano essere travolti e annegare tutti.

«Nessuno pensa, quando piscia, che uccide tutti quanti» ripeteva.

Il Cercatore, non senza cinismo, gli rammentava di quando, tempo prima, pisciava sui rospi che invadevano i sentieri, o sui formicai in pieno fermento. L'uomo sembrava riflettere un attimo. I suoi occhi s'intristivano preoccupati, poi risoluto negava, come se quei ricordi lo inquietassero.

«No, io non ho mai pisciato addosso ai rospi e neanche alle formiche. Sarai stato tu.»

Era passato da uccisore di grandi animali, cervi, camosci e caprioli, a scrupoloso difensore di quelli minimi, gli inermi che non potevano difendersi e morivano ogni giorno sotto il passo dei giganti, o annegavano nelle pisciate. Allo stesso modo di Nietzsche che, a Torino, impazzì, abbracciando un cavallo frustato dal cocchiere, anche l'amico passò dal cinismo alla pietà in un secondo. In ultima, era diventato minuscolo anche lui, povero diavolo, un essere minimo dal cuore grande. Ma aveva conservato la dignità e la esprimeva in tutto il suo splendore di folle. Forse l'aveva soltanto ritrovata. Nel mondo dei furbi, dove la dignità viene sconfitta da vanità e falsi atteggiamenti, l'amico del Cercatore s'ergeva una spanna sopra tutti. C'era voluta la pazzia per liberarlo dalla recita e farlo apparire quello che era. Morì di alcolismo, preoccupandosi fino all'ultimo istante dei suoi camosci. E di non pisciare sui percorsi.

Sulla montagna i sentieri vanno alti, ombre sinuose in fuga verso cime e approdi verticali. Come le infinite rotte sul piatto mare, che puntano all'orizzonte lontano, viaggiando senza traccia se non la momentanea scia della nave. Per affrontare sentieri senza dolorosi inciampi, occorre attivare la bussola che sta dentro di noi. Non è uno strumento meccanico ma cerebrale. Per i tratturi di montagna occorre cervello. Non esiste bussola se non l'esperienza, che si acquisisce adagio, lungo un tempo piuttosto ampio. E non si è mai certi di nulla. A dire il vero oggi esistono strumenti detti GPS, orientati da satelliti, che conducono per mano il camminante in ogni dove, senza rischio che si perda. Ma, sui fili verticali dei monti, permangono pericoli oggettivi, e sorprese, e l'incognita sonnecchia pronta al balzo. Lo stesso sulle piste orizzontali di mari e deserti. Contro gli inciampi che arrestano il passo non vi è bussola che tenga, né strumento che li possa evitare. Il viandante rimane sospeso al tenue filo del caso, sperando non s'accanisca. Colui che cammina è spada di Damocle di se stesso, sia all'andata che al ritorno. E ogni tanto qualcuno si perde.

A volte, però, non sono i camminanti a smarrirsi ma i sentieri. Quando un percorso non viene più frequentato, la natura se lo riprende, come una mamma toglie il figlio dalle difficoltà e se lo rimette in grembo. Certi sentieri ormai scomparsi occhieggiano qua e là, col loro volto antico e sconosciuto. Balzano improvvisi come ricordi venuti da lontano, e pongono quesiti. Il viandante che li scopre si fa domande: "A chi serviva quel sentiero?", "Chi vi passava? E perché?". I sentieri sommersi mandano messaggi come chi si perde in mare e lancia SOS con speranza che qualcuno lo raccolga. Sono indizi per farsi ritrovare, forse calpestare ancora. Come riconoscere i sentieri ingoiati dal bosco, sepolti dalle frane e dall'oblio? Non è facile. Emanano voce flebile, fatta di segni. Voce che si fa largo fra l'intrico della vegetazione e il peso del tempo che li schiaccia. Escono all'aperto con fatica, intimiditi dal lungo riposo, come emergere da una cicatrice. E cos'è la traccia di un sentiero se non una lunga ferita inferta al suolo vergine? Ma la natura torna sempre a guarire le ferite della terra. Abbraccia e avvolge l'incisione, coprendola con la garza degli anni, una fascia protettiva che chiude il percorso in un bozzolo verde. Ogni tanto, qua e là, appaiono indicazioni, quegli SOS silenziosi e inconfondibili. Nell'intrico sbuca un tronco di mugo mozzato cent'anni prima dal pennato. Occhieggia la sponda di un muretto. Una scalfittura a mo' di freccia incide il sasso, indica la via. Non di rado emerge una lapide pennellata di muschio antico. In quel punto il destino fermò i passi a qualcuno. Qualcun altro desiderò ricordare quei passi interrotti e vi piantò un cippo a memoria. Entrambi sconosciuti, il morto e il posatore, stanno lì, dentro il mistero del tempo, che ingloba tutto e rende assurda ogni ricerca.

I vecchi sono morti e non ci sono archivi. "Il Signore dà, il Signore toglie" sta scritto su uno di quei sassi a memoria, sul sentiero sepolto dai secoli in una valle remota. Sotto c'è un nome: "Sebastiano", null'altro. Chi fu quel Sebastiano? Com'erano fatti i suoi giorni? E i suoi occhi? E perché finirono su quel sentiero? E in quel punto? Nessuno saprà mai. Forse è meglio così. La verità a volte è deludente o implacabile, o patetica. Lasciare che quel nome resti leggenda nel mistero è cosa buona. Forse anche giusta. La selva intorno al cippo è cresciuta forte e rigogliosa, mangiandoselo intero. Occorre urtare vegetazione, spostarla con forza per dargli aria e vedere il piede. Soltanto dopo aver raspato il muschio, che lo vestiva come una corazza verde, s'è potuto leggere la scritta.

La natura copre, ingloba e fa sparire. Un albero da solo è capace di tirarsi dentro le cose, fasciarle, portarle al cuore e non essere più viste. Un chiodo, un fil di ferro avvolto intorno, un'ascia piantata, dopo molti anni scompaiono. L'albero gli cresce addosso, gli mette vestito, gli fa il giro tirandoli dentro fino a inghiottirli. Risucchia ogni cosa, persino i sassi. Non di rado i boscaioli sbrecciano la scure imbattendosi in oggetti dentro i tronchi, soprattutto schegge di granata.

Ancora adolescente, il Cercatore costruì una scala per raggiungere i rami di due ciliegi cresciuti appaiati. Tra un fusto e l'altro incastrò delle pietre a mo' di pioli e salì fino in cima. Arrampicò con cautela, le pietre traballavano. Si rimpinzò di ciliegie e tornò giù. Il giorno successivo ripeté la manovra e poi ancora, finché vendemmiò tutti i frutti. Da quel momento la scala di pietre rimase lì, a collegare l'energia dei ciliegi, che se la passavano l'un l'altro. Forse volevano favorire il contatto o anticiparlo. L'anno dopo rispuntarono i frutti sui rami e l'adolescente tornò sugli alberi. S'accorse con stupore che le pietre stavano saldamente fisse tra i due fusti, come cementate. Crescendo, i ciliegi le avevano imprigionate così strette da farne corpo unico con loro.

Passavano gli anni, i due alberi ingrossavano, le pietre rimpicciolivano. Diventavano sempre più strette e loro sempre più larghi. Piano piano, anno dopo anno, tutto cambiò. Oggi, i ciliegi sono uniti da un bacio inseparabile e le pietre sono scomparse. Dormono chiuse lì dentro e non vedranno più la luce del sole. Fino a quando qualcuno non li taglierà, facendoli a pezzi, sbrecciando scure e motosega. Oppure quando il tempo li abbatterà, e farà di loro polvere. Allora le pietre della scala torneranno a vedere la luce, a sentire il sole e la pioggia sulla buccia, a respirare l'aria del creato. Ma sarà passato tanto tempo. È già passato tanto tempo. Questo succede sui sentieri, dov'è più facile che gli uomini accostino oggetti agli alberi.

Sul sentiero che portava a un bosco vergine, parecchi anni fa, il Cercatore e tre soci boscaioli impiantarono una teleferica. Per mandar giù la legna. Legarono il capo a monte attorno a un grosso faggio e a valle piantarono un palo del diametro di mezzo metro. In diverse stagioni assai faticose, lanciarono carichi di legna lungo la bava d'acciaio che univa i lati della valle. Alla fine, il bosco vergine violentato smagrì e convenirono di lasciarlo in pace. Passò il tempo. I quattro sciolsero la società e ognuno seguì il proprio destino. Lasciarono la teleferica in loco per evitare il fallimento, rimandando lo smontaggio a un domani che non arrivò mai. Venticinque anni dopo, il Cercatore passò sul sentiero della teleferica.

Il bosco era ricresciuto, esibiva alberi grossi e alti, tanto che volendo si poteva tagliare di nuovo. Ma boscaioli di quella tempra non ce n'è più. E se qualcuno è sopravvissuto, non va certo a fare legna in un posto così impervio e scomodo. Il Cercatore s'avvicinò al faggio portante la vecchia teleferica. I numerosi giri d'acciaio che avvolgevano il tronco erano scomparsi, tirati dentro per mezza spanna dalla pianta stessa. Si vedeva soltanto il cavo da nove millimetri schizzare diretto dal tronco, come un getto di fontana. E poi filare giù inclinato verso il fondo.

Nella mente dell'uomo si radunarono greggi di ricordi silenziosi. Memorie tristi tornarono dai monti. Tante cose erano cambiate da allora. I soci boscaioli erano morti. Tutti e tre. Lui aveva percorso sentieri diversi, alcuni lisci. Altri, e furono tanti, impervi e acuminati. Sul fondo di uno trovò una luce che lo guidò. Alla fine era tornato al bosco dei suoi tempi, provando ancora una volta la dolce malinconia dei ritorni.

Le teleferiche, fino a pochi anni fa, erano sentieri nel cielo. Non di rado il Cercatore udiva un sibilo improvviso tagliare il vento. Alzava il capo e vedeva ombre veloci fendere l'arco del cielo. Erano carichi di legna che filavano fischiando verso l'approdo finale, dove si schiantavano lanciando pezzi come proiettili. Vederli traversare l'aria goffi e pesanti come uccelli preistorici creava nello spettatore un senso di mistero. A quelle altezze il cavo non si vedeva perciò pareva proprio che i carichi volassero. Da dove partivano? Dove arrivavano? Chi lanciava quei grossi botoli nell'aria? Questo era il mistero. Gli veniva istintivo puntare l'occhio in alto per individuare i misteriosi falconieri. Dove stavano? Più il tempo passava, più diventavano invisibili e lontani, finché spossato, il Cercatore non decideva di andarli a stanare. Non di rado falliva.

Mentre avvicinava il mistero, infatti, i boscaioli introvabili apparivano da soli. Passavano volando appesi al cavo con le carrucole. Era il balzo finale verso casa, giornata finita. Si vedevano sagome umane sbucare dal nulla, farsi alte sulla valle, sospese a un filo che non si notava. Mettevano paura solo a guardarle.

Oggi si vola con deltaplani e parapendio, allora si volava sulle teleferiche. La montagna è anche volo, sospensione in aria o caduta libera. Sono volati verso il basso alpinisti d'ogni rango, sfortunati sognatori caduti dalle pareti che stavano scalando. L'ultimo guizzo di vita nell'aria dei monti fu un grido. Poi il nulla. Ora calcano altri sentieri, nella memoria, nel ricordo degli amici, di coloro che gli vollero bene.

Succede a volte, ma molto raramente, di battere un sentiero e a un certo punto sentirlo respirare. Improvviso, dalla terra esce un sussurro come un fiato che stenta, o ancora rumori strani, sibili, ronzii. O il russare di un vecchio che non si sveglierà mai. Il camminante blocca il passo incuriosito, e un poco spaventato. Cosa sono quei rumori? Quelle voci che vengono da sotto? Possono essere tante cose, ognuna ben connotata e precisa. Api sotterranee, ad esempio. Le api dei cunicoli si ammassano qualche metro sotto la superficie del suolo, a costruire gli alveari e organizzare al meglio l'esistenza. Emettono un ronzio profondo e cupo, molto prolungato. Sembra una preghiera notturna, laggiù nel buio. Guai all'incauto che tenta di rovistarvi col bastone. Verrà circondato da una nube di api che escono dal buco una per volta come pallottole.

Da bambino, durante le fienagioni, il Cercatore ogni tanto s'imbatteva negli alveari sepolti. Dopo la prima lezione, subìta nel tentativo poco furbo di rubare il miele, imparò ad avvertire gli adulti. Se la vedessero loro. Questi, muniti dell'attrezzatura apposita, confondevano le api bruciando zolfo e resina. E poi lavoravano di piccone fino a raggiungere i telai naturali grondanti l'oro liquido. Era un prodotto assai prezioso per l'economia delle famiglie. A volte quei tesori si palesavano proprio sui sentieri. Il cupo ronzio che usciva dal buco li rivelava. Da lì iniziava l'estrazione. Il miele apparteneva a colui che per primo aveva udito le api sotterranee. Poteva darsi che chi scopriva l'arnia sepolta non avesse alcuna voglia di vedersela con le api. Allora delegava un altro il quale, per l'imbeccata, gli doveva un po' di miele. Così funzionavano a quei tempi le api dei sentieri.

Ma ci sono altri rumori, che possono venire dal sottosuolo, sopra il quale uomini distratti battono i passi del loro andare. Uno di questi è il borbottio dell'acqua.

Esistono sorgenti ombrose e schive che preferiscono camminare sepolte, come le talpe. Ogni tanto attraversano i sentieri perché è inevitabile. Quando era giovane, il Cercatore ricevette un consiglio da un amico bracconiere che mai dimenticò. Spesso il ragazzo si perdeva sulla montagna, e più di una volta fu costretto a dormire all'addiaccio. Chiese al vecchio come ovviare a quegli inciampi.

«Quando ti succede, va sempre in giù» disse il bracconiere. «Prima o dopo troverai un sentiero che traversa.»

Voleva soprattutto dirgli di insistere, di affrontare la vita tirando dritto, a un certo punto l'occasione buona l'avrebbe incrociata. Così fa l'acqua-talpa. Dalla sorgente va verso valle e ogni tanto taglia un sentiero. Se non è troppo fonda la si può sentire. Fa un suono di chiacchiera al chiuso come comari che parlano senza smettere. Ogni tanto, d'improvviso, una di queste comari cambia tono e l'acqua fa un suono diverso. Forse c'è stata un'incomprensione o un diverbio tra loro. Subito risanato, visto che dopo un po' la voce dell'acqua-talpa torna normale. Fino al prossimo diverbio, di lì a qualche minuto, a scadenze regolari. È difficile che l'acqua sepolta venga alla luce. Se ne sta laggiù, nelle viscere del mondo, e corre finché non s'infila in qualche torrente che la porta al mare. Ma gli uomini dei sentieri a volte la raggiungono. Scavano buchi, tolgono pietre fino a liberarla in modo che chi ha bisogno possa dissetarsi. Però è difficile arrivare laggiù a bere. Ci vuole un recipiente, un bicchiere, una borraccia, infilare il braccio, tendere il collo e tentare di pescarla. La talpa liquida è così, non vuole venir su, bisogna andarla a prendere. Per questo certe persone più sensibili la trovano stringendo un rametto tra le mani.

Una volta il Cercatore, dopo una giornata in montagna sotto la sferza di luglio, aveva finito l'acqua. Il cammino per tornare era lungo. A pomeriggio inoltrato, un sentiero senza bollini rossi gli rivelò un gorgoglio sepolto. Veniva dal fondo della terra ed era come un brontolio soffocato. Stanco di fatica e sete, decise di scavare. Appuntì un ramo con il suo Opinel e attaccò. Mano a mano che avanzava, doveva rimuovere pietre e radici che cocciutamente difendevano l'amica. A ogni spanna guadagnata, pareva che l'acqua andasse più giù. Stava per desistere quando la sentì vicina. Cavò una pietra ed ebbe l'amara sorpresa. La talpa liquida stava più bassa, protetta da una fessura di roccia, come un salvadanaio dove non entrava la mano. Figurarsi la borraccia. Di allargare il pertugio picchiandoci un sasso, nemmeno pensarci, troppo compatta. Con la bocca di malta e la sete che lo innervosiva, si mise a sedere. Aveva l'acqua a ottanta centimetri e non poteva bere. Poi gli venne l'idea buona. Infilò nel taglio la manica della camicia, la spinse col bastone finché toccò il getto e s'inzuppò. La ritirò e la strizzò in bocca. Ripeté l'operazione una decina di volte. Era fresca come mai aveva sentito acqua fresca in vita sua. Siccome su quel tratturo non passa mai nessuno, con gli anni il foro dell'acqua fonda si è riempito di nuovo. I detriti lo hanno tappato e la talpa liquida brontola lontano. Ma il Cercatore sa dov'è, se dovesse aver bisogno la troverebbe ancora. Anche se tutto ciò è improbabile. Oggi esistono zainetti pieni d'acqua e sali minerali: permettono di bere da una cannuccia, e prima di finirli si può camminare due giorni. Ma non si sa mai. Meglio tenere a mente le sorgenti d'acqua, anche quella sepolta, che viaggia nel sottosuolo e ogni tanto incrocia i sentieri e fa udire la sua voce.

Meno aggressiva delle api, l'acqua del sottosuolo emette un fiato tenue, come se giù in fondo respirasse un essere silenzioso e triste. Le cavità della terra amplificano quel fiato e non occorre accostare l'orecchio per sentirlo. Balza su ombroso e cupo come per scrutare la compagnia o conoscere chi s'è fermato ad ascoltare. Allora al viandante viene istintivo chiedersi: dove andrà a finire quella ninfa che a un certo punto, nel viaggio sottoterra, per un attimo butta la voce sul sentiero? Cosa vede, cosa tocca, cosa guadagna e cosa perde a correre laggiù, prima di gettarsi nel fiume che la porta al mare? Da dove viene? Chi l'ha sepolta lì sotto? Perché non fila alla luce del sole, come le sorelle? Nessuno lo sa, né può saperlo. Ed è meglio così. Potrebbe capitare che molti chilometri più a valle essa sbuchi all'aperto e si faccia carezzare e bere, come tutte le altre. Così il viandante è portato a dire: "Questa è acqua generosa, di buon carattere e gusto. Non come le acque fantasma, quelle ombre che corrono sepolte nella terra, per non darsi agli uomini assetati. E farsi sentire solo ogni tanto, quando tagliano il passo dei sentieri". Invece, l'acqua bevuta dal viandante è la stessa che molti chilometri più a monte teneva la voce sepolta, lavando le viscere al sottosuolo. Succede anche a certe persone, considerate antipatiche dai vicini, perché vivono appartate e silenziose, invece sono anime gentili e buone, sepolte dalla loro timidezza.

È giusto sapere che i sentieri li tracciano le stelle. Ogni tanto una punta la sua matita sulla terra lontana e questa gira e si fa segnare. Poi gli uomini trovano i segni, dato che hanno andamento logico. Allora li seguono. È così che nascono i sentieri. Le stelle tremano alle notti gelide, alle calure dell'estate, nelle albe di primavera, sopra le foglie d'autunno. Per questo alcuni sentieri vanno a zig zag o a tornanti, o dritti. Le stelle si emozionano, tremano lontane, le loro dita di luce vagano qua e là sulla terra. Ogni tanto stanno ferme creando rettilinei. Ma succede raramente. Sui sentieri e nella vita, sono rari i tratti piani o dritti.

Regina dei sentieri è la vipera vecchia. Li percorre di continuo, perché scivola più veloce, senza inciampi né fatica. Le vecchie vipere non hanno voglia di stanchezza. Stentano a farsi largo negli intrichi, hanno poca forza e poca voglia di sforzi. Allora seguono i tratturi lisci, su e giù, in attesa che sbuchi un topo per mangiarselo. Ma, se non vengono calpestate, non fanno niente, anzi fuggono al minimo rumore o tonfo di scarpone.

Altre regine dei sentieri sono le formiche. Vanno in processione una avanti all'altra, se possono non abbandonano le tracce degli uomini. Ogni tanto il camminatore s'imbatte nei grossi cumuli dei formicai, a lato del sentiero. Stanno lì, a montare la guardia, e se hanno il vertice a punta vuol dire che l'inverno sarà freddo e molta neve. Se invece è arrotondato l'inverno sarà mite. Così dicevano i montanari del tempo, per i quali studiare le formiche dei sentieri era fondamentale. Significava indovinare gli inverni e prendere i dovuti accorgimenti.

Se le stelle tracciano i sentieri, la luna li porta a spasso. La sua luce li trascina via. I bracconieri viaggiavano a lume di luna, ché non potevano accendere nessun fanale. Diceva Celio, il vecchio bracconier,e a un imberbe Cercatore: «Con la luna basta stare fermi, i sentieri ti corrono sotto i piedi fino a trovarti in cima alla montagna». Era giovane, non badava alle fantasie del maestro. Oggi che è quasi vecchio ha capito. La luce della luna ha il potere di far muovere i sentieri come scale mobili, mentre blocca il viandante nel suo fascino di remota lontananza.

Una volta le cose importanti, quelle da vedere, le costruivano i sentieri. Sempre là avvenivano fatti di ogni sorta, alcuni allegri, altri tragici, rimasti nel mistero. Ci sono testimoni. Le grida, i canti, le risate, l'orrore degli stupri, le urla di dolore e di morte stanno infilate nei muschi, nei licheni, tra gli alberi che videro, nelle forre che rimandarono l'eco. Questi i testimoni. Gli archivi dove hanno deposto gli atti sono i sentieri. Quelli raccolgono tutto. E conservano.

Quando vento e pioggia hanno la luna storta, spazzano i boschi, li scuotono, lavano le rocce. Sui sentieri cadono gli odori delle montagne bagnate. Camminandovi sopra se ne ricavano benefici, calma, tranquillità. Più che dalla vita si impara dalla morte. Quanti amici marciarono giovani su quei sentieri? Oggi non ci sono più, camminano in altri mondi. Il Cercatore li vede uno a uno, sfilano davanti al ricordo, in processione, come le formiche. Dalla loro scomparsa ha ricevuto un messaggio: non buttar via il tempo, goditi i giorni, falli durare, dormi poco, non fare discussioni. Non cercare la vita tra le cose morte, gli amici scomparsi, la giovinezza passata, non spiare vecchie fotografie.

Sui sentieri non ci dovrebbero essere indicazioni. Nemmeno sapere dove portano. Uno cammina, arriva davanti a un bivio e sceglie: di qua o di là. Poi torna e percorre il sentiero che la prima volta aveva scartato. Per conoscere anche quello, confrontarlo con l'altro, trarne conclusioni. Come nella vita: si va a casaccio, si prova, si tenta. Si fallisce. Spesso si prendono sentieri sbagliati. Anche i sentieri hanno bisogno di cure, di una guida che li conduca, altrimenti si perdono. E fanno perdere chi ci sta sopra. Però bisogna avventurarsi, non tirarsi indietro, andare pur sapendo che ci sono pericoli. Ogni tanto sui sentieri cadono pietre. Piombano dalle altezze, mosse da camosci, corvi, dai gracchi. È fortuna se non vanno a bersaglio. Ma sono segnali, avvertimenti. Sono il "memento homo" del cammino: in basso la vipera, in alto la pietra. Tra i due, le nostre esistenze brevi, fragili, indifese. Tra i due, la data di nascita e quella di morte, in mezzo, tutto ciò che è successo.

Sotto le foglie dei sentieri si nascondono le cose minime e sono importanti. Una dopo l'altra hanno formato la vita, lo spazio di tempo chiamato durata, che produce accadimenti. Sotto le foglie dei sentieri ci nascondiamo noi. Altri passeranno a calpestare. Gli autunni porteranno nuove foglie, per nascondere vecchie anime stanche di cammino. Il Cercatore vorrebbe ancora l'amico bracconiere, per farsi dire alcune cose, ma non c'è più. A sua volta gli racconterebbe dei luoghi abbandonati, dove non cantano le voci di un tempo. Tornano ancora le stagioni, coi profumi di primavera e le cose fiorite. Ma i meli selvatici non ricevono innesti per renderli migliori. Torna l'estate senza odor di fieno, con le montagne ancora a vegliare il mondo, i sentieri alla moda puliti e battuti, quelli di fatica sepolti da erbacce e oblio. Torna l'autunno col sole anemico e le foglie arrugginite.

Siamo foglie. Alberi spogli, che tremano al vento, i primi freddi, le giornate corte, nell'attesa di un Natale che ci consoli. Tornerà l'inverno, con notti lunghe, restie a dare il cambio al giorno. Gli occhi in alto per scrutare il cielo. Nevicherà? Allora nevicava per mesi e la neve durava. Erano così vicine le nevi una all'altra da sembrare eterne. Di eterno non vi è nulla tranne il cammino del tempo. Sotto la neve i sentieri riposano, non sentono il peso degli uomini che d'estate battono il passo. Al contrario di quel che si crede, non scompaiono, rimangono visibili, grondaie sinuose che offrono traccia sicura sulla neve.

Finisco questo quaderno alla baita del Ghiro, il 7 agosto 2014, alle ore 23.40. Mentre l'Italia sgomita nelle ferie, io quassù, da solo, sto bene, ma è difficile. La solitaria vita di un eremita poco deciso è ardua. Da un lato la bellezza del luogo, con unici interlocutori gli animali del bosco, gli uccelli e i corvi imperiali che lasciano cadere i loro *cra* come sassi sulla testa. Dall'altro, il richiamo della gente, della fama, della visibilità. Due forze che tirano la corda con questo vanitoso in mezzo a farsi dilaniare. Ma prima o dopo resterò quassù, magari per sempre, sepolto sotto un larice (le ceneri) coi cervi che mi fanno la cacca sopra. E i cinghiali che raspano per cavarmi fuori perché gli sto sul cazzo e la neve che eviterà tutto questo, coprendomi e tenendomi al calduccio.

I sentieri, come i sogni, sono bave misteriose che appaiono all'improvviso sulle montagne. Le montagne ultimamente perdono pezzi, intere pareti, scivolano a valle e si rovesciano. Qualche cima piega la testa come a pregare e poi viene giù, con un rosario di frastuoni, l'intera chiesa. Perché ogni tanto le montagne si lasciano andare, rovinando a valle? I geologi esprimono teorie complicate, probabilmente giuste. Ma forse sono i rumori a buttarle giù. I frastuoni di voci e chiasso che fanno i camminanti riuniti in comitive, gruppi, processioni, eserciti. Questa gente si porta dietro la città con tutto l'armamentario e quel che ne consegue. Sui sentieri di montagna, ma in tutti i luoghi dove impera la natura, si dovrebbe parlare sottovoce. Meglio sarebbe stare zitti e guardarsi intorno. Allora si scoprirebbero cose che sembra vengano da altri mondi. Invece sono dentro di noi, vegliano in attesa di sortire, lievi come spiriti assopiti.

Sui sentieri delle montagne, specie le domeniche d'estate o nelle ferie d'agosto, c'è il caos. Gente che urla, chiama, vocifera, schiamazza. Fa pic-nic attorno ai laghetti con radio a pieno volume. Le montagne sentono i frastuoni, non possono tapparsi le orecchie. Quei suoni che in città sono la norma, in ambiente silenzioso e naturale risultano sgradevoli. I rumori vanno su, insinuano le pieghe delle rocce, premono ripetendosi come un'eco senza fine. Alla lunga minano la solidità delle pareti che un po' alla volta s'ammalano, mollano la presa e saltano giù. Ecco perché ogni tanto crolla qualche pezzo di montagna o la montagna intera.

Pure i sentieri soffrono della gazzarra maleducata e delle voci ad alto volume. Loro non possono staccarsi da se stessi e correre a nascondersi. Stanno lì, battuti da scarpe e scarponi a ogni ora, impregnandosi di chiacchiere e schiamazzi che gli piovono addosso come chiodi. Allora ogni tanto si ribellano, dicono basta impennandosi a zig zag con nervosi colpi di reni. Ma anche sul ripido qualcuno ha fiato per gridare, urlacciare e rompere l'incanto della montagna.

Il Cercatore racconta spesso la storia di un amico, un cacciatore solitario, che beveva e viveva malamente, chiuso nel suo mondo di fantasmi. Piccoletto e agile, forte come l'acciaio, quando frequentava le osterie era un ciclone. Sbraitava, cantava, provocava osti e avventori con urla e bestemmie. Non si può dire li spaventasse, essendo una spanna, ma di sicuro si faceva notare. E se qualcuno non lo badava, gridava più forte. Così tra i suoi simili. Ma quando entrava nel regno incantato dei monti era un'altra persona. Più che parlare emetteva frasi alla stregua di fiati appena percettibili. Aliti sottili da non udirlo a un centimetro. Sui tratturi camminava leggero da sembrar sospeso a due dita dal terreno. Guardava la natura ammutolito di meraviglia senza proferire parola. Sempre, come fosse la prima volta. Spesso se interpellato restava muto, alle domande non dava risposta. Poi, come si destasse da un sogno remoto, chiedeva in un sussurro: «Che hai detto?». Capace di silenzi che potevano durare giorni, viveva immerso nel suo estasiato contemplare.

Camminando per boschi e valli assieme al Cercatore, agiva come fosse solo. Sovente commentava il paesaggio parlando con se stesso. Non volle mai rassegnarsi alla motosega, il cui rumore assordante e aggressivo violentava il bosco. Così diceva: «Violenta il bosco». Tagliava legna con la manéra, come i boscaioli del tempo andato, senza lamentarsi né avere fretta. Secondo il suo pensiero, il canto delle manére non faceva danno alle orecchie degli alberi, la motosega sì. E poi con la scure se ne taglia di meno. Nel tempo che occorre ad abbattere un albero come un tubo da stufa, la motosega ne tira giù venti. Il bosco soffre e rischia l'estinzione. Così ragionava l'amico del Cercatore, alto come uno gnomo, svelto e furbo come la martora, turbolento in paese, taciturno in montagna.

Sorge spontaneo chiedersi: se si fosse sbronzato sui monti, avrebbe fatto baccano come in osteria? Nient'affatto. Successe più volte che lui e il Cercatore, andando a camosci, portassero scorte di vino. Entrambi individui di buona fiasca, non lesinavano bevute nelle notti d'attesa dentro gli antri illuminati dal fuoco. L'atteggiamento dello gnomo non mutava. Sempre contemplativo, sempre silenzioso. Anche sbronzo, attento a non far rumore, per non perdere il minimo dettaglio della natura. Era uno che ascoltava e taceva. I suoi simili, maschi e femmine, lo innervosivano. Quando li aveva vicino, annusava in loro qualcosa che lo faceva reagire. Allora cercava di allontanarli sbraitando. Percepiva un odore. Percepiva l'alito di falso. Quel sentore intollerabile d'ipocrisia che emanano gli esseri umani quando battono pacche sulle spalle chiedendo "Come stai?" e ridono. Odore di ambiguità che li segue dappertutto, anche in montagna. Spesso, o quasi sempre, imbattendosi in chiassosi battaglioni di gitanti, quell'odore si può sentire; sovrasta il profumo dei fiori e del pino mugo. La gente, nella maggior parte dei casi, non lo percepisce. E non s'accorge nemmeno del frastuono che produce andando in giro. Sono abituati così. Educati malamente in nuclei familiari ricchi di cattivo esempio. Non si rendono conto, nemmeno gli passa per la testa di parlare sottovoce. Ma tant'è. Vi sono problemi ben più gravi della cagnara nei luoghi naturali. Perciò si sorvola.

Non andrebbero male dei cartelli sui sentieri con la scritta "Parlare sottovoce". A tutela della montagna esistono tabelle che proibiscono di cogliere fiori o accendere fuochi. Allo stesso scopo ci potrebbero stare cartelli che esortano al silenzio. Chissà, forse i gitanti abbasserebbero i decibel e magari comincerebbero a vedere quel che hanno intorno. E dopo un po', potrebbero imitare lo gnomo, che sentiva i loro odori e nei boschi taceva. Non imitarlo nel bere, ma nel contemplare in silenzio la natura.

Lui che non voleva udire altro che le voci della montagna una volta fu costretto al rumore. Questo tipo solitario, casinista in osteria, muto sui monti, si ruppe una gamba facendo legna nei boschi della Bécola. Era novembre. Il suo compagno corse in paese a dare l'allarme. A quel tempo non esistevano cellulari, dovette pedalare di gambe. Intanto, lassù, lo gnomo era rimasto solo. Questa volta osservava il bosco in maniera diversa, con quella brutta frattura che pulsava. La zona era impervia, per fare in fretta il soccorso alpino decise di intervenire con l'elicottero. Tramite indicazioni del socio, il mezzo atterrò vicino all'infortunato, su una gobba rotonda, pelata dal vento. Balzarono gli uomini e corsero dal ferito. Dopo averlo fissato in barella, lo portarono verso l'elicottero. Quando furono vicini, lo gnomo si agitò. Afferrò il braccio di un soccorritore e disse: «Non potrebbe far meno casino quell'affare là? Spegnetelo!». Si riferiva all'elicottero. Il frastuono che usciva dal mostro pronto al decollo era una cosa intollerabile. Non lo reggevano le sue orecchie e, peggio ancora, massacrava la pace del bosco. Tale richiesta ovviamente non venne accolta, e quando il mezzo si alzò, un fracasso pauroso squarciò la montagna, scosse la selva piegando alberi e spazzando foglie. E pensare che quell'omino invisibile amava il silenzio, se poteva faceva tutto senza clamore, tranne all'osteria dove, a contatto coi suoi simili, si agitava diventando casinista.

Morì in solitudine rattrappito sulla panca, nella casetta in cima al monte, una notte di maggio. All'alba cantarono i forcelli, come per rendergli omaggio. Non arrivava a cinquant'anni. Aveva finito il tratto a lui concesso e si era fermato.

I sentieri che intarsiano le montagne rappresentano le esistenze. Si può dire che le percorrono. Quando arriviamo in vetta gettiamo lo sguardo a valle scoprendo che quei sentieri siamo noi. Vaghiamo quasi alla cieca, tra salite e discese, curve e inciampi, tratti all'ombra e altri in luce. A volte si fa dietrofront, altre è un andare in equilibrio su creste affilate sospese all'abisso. Capita di sfiorare persone che ci vengono contro, altre camminano con noi. Poi, d'improvviso, distanze in solitudine, sotto i temporali. E cadute. Sui sentieri si può cadere, alcuni riescono a poggiare le mani, altri si rompono la faccia. Tutti cercano di rialzarsi e proseguire, molti rimangono stesi. Per quelli termina la corsa. Può capitare in ogni punto. Alla fine, all'inizio, a metà, in salita, in discesa. O dietro l'incognita di una curva. Lì c'è il capolinea, lì c'è la morte. Diceva ancora quel poeta portoghese: "La morte è la curva della strada...". Ma, se può confortarci, esiste una rivalsa: quando si muore, muore con noi la morte. La fosca Signora è un'ape, se punge muore anche lei. Considerazioni che non consolano e a volte sono tutt'altro che metafore.

Alcuni amici del Cercatore infatti sono morti davvero sui sentieri delle montagne. Uno si arrestò poco sotto la vetta. Era sindaco, stimato e amato, al suo paese arroccato sui monti. Un altro, mentre portava a spalla la bombola del gas nel rifugio che gestiva. Un altro ancora nel burrone, forse colpito dal sasso. Un vecchio amico, prima di andarsene, quando sentì che stava arrivando al termine, si accomodò ai piedi di un larice, la schiena ben aderente. Era andato a funghi, lo zaino pieno accanto al corpo. Pareva che l'albero gli tenesse la mano. Nell'ultimo istante, il larice lo aveva accompagnato.

Non si può elencarli tutti, ma sono parecchi gli amici del Cercatore morti sui sentieri. Quello dell'esistenza e quello che percorrevano al momento. Due percorsi, una vita; soltanto quella, breve o lunga, sempre difficile, conclusa d'improvviso in un determinato punto, all'aria aperta. Ecco una bella morte, direbbe Jean Valjean dei *Miserabili*.

Un tempo, quando si viveva di storie e i vecchi le narravano alla sera accanto al fuoco, molti sentieri erano protagonisti. Non tutti, solo alcuni. Protagonisti negativi dalla fama cupa per non dire orrida. Ogni vecchio raccontava aggiungendo qualcosa di nuovo, soprattutto di suo, in modo che le storie diventavano epiche, incredibili, non di rado allucinanti. Da bambino il Cercatore ascoltava attento, come tutti i bambini che sentono cose nuove. Non immaginava che un giorno quelle storie gli sarebbero tornate utili.

Il sentiero delle messe da morto era uno dei temibili. Si snodava silenzioso in fondo alla valle, dentro una gola tetra, sempre in ombra. Raramente il sole lambiva le pareti arcigne di pietra saldan, lungo le quali, per un buon tratto, stava scalpellato il sentiero. A un certo punto balzava un ponte ad arco che traghettava il percorso e le anime dall'altra parte. In una forra ancor più tenebrosa, di sotto mugghiava il torrente. Su quel ponte stazionavano i morti. Guai agli incauti che osavano passarlo dopo mezzanotte. Venivano afferrati e lanciati nell'orrido come pupazzi. O peggio, divorati. Qualcuno era stato inghiottito davvero, ma dalla piena, e mai più trovato. Ma i racconti di stalla lo volevano e lo davano sbranato dai morti. Da quella versione non si usciva. Qualcuno era finito nel burrone per imprudenza o volontà. Anche in quei casi era stato scaraventato dagli zombi assassini e cannibali. Robe da far accapponare la pelle. Specialmente a un bambino.

Un altro sentiero temibile nella memoria del Cercatore era quello dell'ombra scura. Dopo una lunga salita, s'incuneava nella valle dietro al paese, marciando sempre sul vuoto. Quando arrivava in fondo, si diramava in una raggiera di tratturi che partivano ognuno per proprio conto. Era come se il sentiero padre conducesse i figli per mano fino a lì e poi li liberasse, che andassero dove volevano. E questi sentierini si sbizzarrivano, correvano a zig zag a toccare baite e vette e zone selvagge dove l'umano di oggi difficilmente mette piede. Così i remoti sentierini sono scomparsi, divorati dalla selva e dall'oblio. Ma non il principale. Quello dell'ombra scura rimane molto battuto nella buona stagione perché dà accesso a tre rifugi. Di conseguenza, per ovvie ragioni, ha perso quasi tutto il suo fascino di terrore.

Oggi la gente cammina senza conoscere e senza bisogno di ricordi. Ma, ai tempi delle storie, quel sentiero era molto temuto. Chi lo percorreva di notte lo faceva a suo rischio e pericolo. Poteva darsi che a metà strada, d'improvviso davanti al camminatore, si parasse l'ombra. Una vaga ombra a sembianza umana, molto alta. Se era chiara, tipo uno straccio di nebbia, non recava problemi. Ma se era scura come un tabarro da minatore, iniziavano i guai e finiva la ragione. Quella forma imprecisa, color della pece, sollevava lo sfortunato nottambulo e lo portava chissà dove, riconsegnandolo alla società completamente pazzo per le cose orrende che aveva visto. Ogni tanto nel paese fioriva un matto nuovo e allora si diceva che aveva percorso il sentiero dell'ombra scura e lei lo aveva preso. Questo si diceva.

Un altro tratturo micidiale, ai tempi delle storie, menava su un monte inquietante. Lassù vi era una baita solitaria dove si diceva balzassero di colpo, nel cuore della notte, voci e lamenti. Ma questo era problema minore, voci e lamenti non fanno male a nessuno. Il pericolo stava sul percorso. Lo chiamavano "trui della busa" che significa "sentiero della fossa". Antiche leggende raccontavano che d'improvviso, su quel tratturo impervio, poteva aprirsi una voragine sotto i piedi del viandante, che veniva fulmineamente inghiottito. Poi la tomba si richiudeva, la terra tornava ordinata, e nessuno si poteva accorgere di nulla. Lungo quel sentiero correvano storie da far tremare i polsi. Dopo anni, a chilometri dal luogo, affioravano corpi sui greti dei torrenti. O soltanto scheletri, alcuni dei quali avevano addosso qualche oggetto che li connotava.

Un vecchio carbonaio raccontava al Cercatore questa storia. Stava percorrendo con un socio il sentiero della busa. A un certo punto si apre la voragine e inghiotte l'amico. Lui che gli era dietro si tuffa, lo afferra per le caviglie, al volo, e cerca di tenerlo. Stava steso a pancia in giù sul bordo di quel pozzo senza fondo, le mani serrate a sostenere il compagno. Il quale gridava: «Non mollarmi». Ma non erano le sue grida a impressionarlo, bensì altre. Quelle che salivano come lamenti disperati dal buio profondo dell'abisso. Uomini e donne urlavano come se qualcuno o qualcosa strappasse loro la carne e l'anima. Invocavano aiuto nel loro antico dialetto, era gente del paese, diceva il carbonaio. Ne udiva le invocazioni: «Iudéine par la mordhe de Dio! Iú sui Jacon, sui Carle, sui Mafalda, sui Píare! Vegní a tone, no in podón pí. Fi di na messa!». Così raccontava il carbonaio. Mentre teneva il compagno per le caviglie, dal fondo abissale captava quelle voci. "Aiutateci per l'amor di Dio! Io sono Giacomo, io Carlo, sono Mafalda, sono Pietro. Venite a prenderci, non ne possiamo più. Fateci dire una messa!" Le anime di quei disgraziati invocavano aiuto, forse per avere pace. O forse volevano uscire dall'inferno che le aveva inghiottite per sempre. Con sforzi oltre i limiti per non finire dentro anche lui, stava riuscendo a tirare su l'amico quando la terra, come una mostruosa tagliola, scattò chiudendosi su se stessa strappandoglielo di mano. Fece appena in tempo a mollare la presa o sarebbe stato trascinato anche lui.

Così raccontava il carbonaio a un giovane Cercatore. Ogni volta concludeva dicendo: «No podíe fi nia, adès agn Toni le ladhó cal thigolèa». "Non potei fare nulla, adesso anche Antonio è laggiù che urla." In effetti un carbonaio scomparve davvero in quel periodo e mai si seppe dove fosse finito. Poteva darsi che l'avesse spinto il socio nella foiba del Cornetto, come successe al povero Raggio. E poi, addentato dai cani del rimorso, si fosse aggrappato alla leggenda dei sentieri assassini per confessare e liberarsi la coscienza almeno in parte. Così alleggeriva un po' di peso, se si può alleggerire una cosa simile. Il Cercatore ha sempre nutrito questo dubbio. Dubbio per non dire sospetto, alimentato da certe frasi del carbonaio. Spesso, infatti, il vecchio gli ripeteva un discorso che lo lasciava perplesso: «Prima di morire devo confessarti una roba». Così diceva. E continuava: «Se per caso dovessi morire all'improvviso, vai da mia nipote e ti dirà tutto». Morì all'improvviso, come temeva. Dopo molti anni, il Cercatore ricordò le parole del vecchio e andò da quella nipote per informazioni. La signora lo guardò con sospetto, farfugliò che non sapeva niente, che niente le aveva lasciato, solo debiti. Detto questo lo buttò fuori casa senza preamboli. L'atteggiamento della nipote non fece altro che alimentare il sospetto nel Cercatore: quella donna doveva davvero sapere qualcosa.

I sentieri assorbono passi, conservano transumanze d'uomini, si bevono l'anima di chi li ha percorsi. Bestie comprese, perché anche loro hanno l'anima. Tutto si impregna di memoria, altrimenti la terra non avrebbe senso e verrebbe dimenticata. Sul mare, le scie delle navi e delle barche e di tutti gli scafi che lo solcano catturano le storie dei naviganti, le offrono fino a sbronzare le onde di avventure, drammi, tragedie, ritorni. Le scie sono archivi millenari, come i sentieri, sanno tutto perché hanno visto tutto.

Sui sentieri e sul mondo, piove il canto del cielo, che risuona per le valli e le montagne, e arricchisce gli uomini che sanno ascoltare. Uomini che sanno ascoltare ce ne sono pochi. Tanti, invece, quelli che fanno baccano nei luoghi dove si dovrebbe andare in punta di piedi e silenzio. Di conseguenza, anche quei rari che sanno ascoltare devono subire il fracasso di coloro che portano sulle montagne ciò che fanno in città e tra le mura domestiche.

Il Cercatore ricorda in modo indelebile come ricevette la consegna del silenzio. L'arte di tacere gli fu insegnata dal padre in tre secondi: uno per ogni calcio nel sedere ricevuto. Era un bambino di nove anni, il giorno del silenzio consigliato. Si trovava a caccia col genitore sul picco della Bécola, chiamato così perché da lontano pare un becco d'aquila pronto a strappare brandelli di carne a chi passa sotto. Quel naso adunco proteso sul vuoto fa molta impressione e fa anche pensare a quanta gente ha mangiato prima di trasformarsi in montagna. La leggenda lo vuole cattivo nelle notti di plenilunio, quando il picco chiude la bocca di scatto e chi è dentro è dentro. Insomma, lui e il padre stavano là sotto quando comparve nel cielo un pallone gigantesco. Si stagliava nel blu come qualcosa di fuori luogo e fuori tempo e avanzava con arroganza come se volesse comandare il cielo. Era una mongolfiera di quelle che il bambino aveva visto qualche volta sui libri di scuola. Al suo apparire, si mise a gridare indicandola al padre. Di fronte, in una zona chiamata "le orecchie del gatto", c'erano i camosci, non si poteva gridare. Suo padre lo sollevò a calci in culo e, mettendo l'indice sulle labbra, sibilò: «Che non succeda più». Alzando lo sguardo verso il pallone disse: «Impara da quell'affare lì. Vedi che cammina senza fare rumore? Bene, da oggi in poi fai come lui». Poi si chetò e seguì col binocolo il transito della mongolfiera. Vedeva l'equipaggio, disse che erano quattro. Quando fu poco oltre le loro teste si volse al piccolo e disse: «Gè sbaròne?», "Gli spariamo?". Imbracciò il SuperExpress e lo puntò verso quella immensa vescica navigante. Il bambino disse: «Non spարargli, hai detto che sono quattro, se si sgonfia cade e muoiono». Il padre lo guardò con pietà. Disse: «Volevo sentire cosa rispondevi, speravo dicessi "sparagli" ma vedo che non hai coglioni. Tu non diventerai mai niente». Puntò di nuovo il fucile e lasciò partire un colpo. La mongolfiera non si scompose minimamente. E nemmeno si sgonfiò. Seguitò imperterrita il suo andare silenzioso, finché non sparì sul fondo di montagne lontanissime.

Quel giorno il ragazzino imparò che si deve volare tacendo. E imparò un'altra cosa. Durante il volo qualcuno tenterà di tarparti le ali. Se hai fortuna prosegui, altrimenti vieni giù. In ogni caso, prima o dopo si scende da ogni cielo, dal più alto al più basso. La mongolfiera non poteva stare lassù per sempre. Poteva risalire una volta scesa a terra, ma un giorno non si sarebbe alzata mai più.

Col tempo si scompare da tutto, anche dai sentieri. E anche loro spariranno. Non più battuti dai passi, calpestati dalle suole, affilati da voci chiassose, unti e bisunti dagli odori di città, si lasceranno andare all'oblio. Le erbacce cresceranno folte e tenaci, alberi nuovi metteranno radici, arbusti prenderanno piede, il pino mugo si spanderà a raggiera. Tutti assieme uniranno le forze per divorare i sentieri e farli sparire. A quel punto sarà tornato il bosco e regnerà sovrano sui sentieri scomparsi. Tutto sembrerà finito. Ma non è finito niente. Spesso sorge qualche maniaco, appicca un incendio e in pochi giorni di fuoco divorante nemmeno del bosco rimane traccia. Anche il fulmine può innescare incendi ma è più raro.

Il vero pericolo per la montagna, comunque, è l'uomo. Non si rende conto che distruggendo la natura distrugge se stesso. Soprattutto negli ultimi anni, dimostra giorno dopo giorno di aver smarrito il sentiero. E con lui il senso della ragione. I sentieri più belli e importanti non si percorrono a piedi ma con la ragione. Sono i più difficili da affrontare eppure sono a portata di mano e ben segnati. Se l'uomo non ritrova il sentiero della logica e della ragione, quelli della montagna spariranno presto. Morirà l'intera montagna. E i pascoli e i prati e le foreste e gli animali che stanno nel ventre delle foreste non ci saranno più. Non rimarrà nulla, se l'uomo non cerca il vero sentiero e lo percorre con umiltà e senso della misura.

Nell'esistenza degli uomini tutto è sentiero. C'è un punto di partenza, segue un tratto da fare e infine l'arrivo. Qualsiasi cosa combini un essere umano, non fa altro che percorrere un sentiero. Il suo. Se rimane fermo a letto dalla nascita alla morte, ha seguito un sentiero d'immobilità. Il destino si può chiamare sentiero, lì succede tutto. Nasce a ogni passo calato dalla vita e a ogni batter di ciglia può celarsi la sorpresa che balza fuori. Bella o brutta, la sorpresa è sempre in agguato.

Una volta, da ragazzo, il Cercatore si spezzò una gamba. Scivolò dalla scala sul fienile e la tibia fece *crac*. All'ospedale, col gesso fino al ginocchio, disse al padre che era stato il destino. E concluse: «Se non fossi salito lassù...». Il padre, uomo cinico e tagliente, disse alcune cose: «Se non salivi lassù era destino che non salissi lassù. E magari finivi sotto un camion. Allora diventava destino la tua fine sotto un camion. Se ti salvavi era destino che ti salvassi». Sul comodino stava un bicchiere d'acqua. Allungò la mano e disse al figlio: «Vedi? Se prendo questo bicchiere e lo bevo, era destino che lo bevessi. Se lo lascio dov'è, era destino che restasse dov'è. Ogni secondo che passa tiene dentro di sé il destino. Ma per chiamarlo così, bisogna aspettare ciò che succede in quel secondo. E poi nel minuto, nelle ore, nei giorni, nei mesi e negli anni». Detto questo afferrò il bicchiere d'acqua e lo tracannò. «Ecco» disse «adesso è diventato destino che lo bevessi. Ma ricordati, anche mentre aspetti ciò che succede, diventa destino che tu debba aspettare.» Se ne andò lasciandolo solo, ripetendo che tutto è destino, anche avere un figlio deficiente.

Tornò due giorni dopo a prenderlo con la moto e portarlo a casa. Percorsero uno squallido sentiero d'asfalto, trenta chilometri sotto la pioggia, senza dire una parola.

Da quei ricordi lontani è passato molto destino. Il Cercatore ha quasi finito la strada, un insieme di sentieri accosti, contorti e complicati, ardui da potare. Parecchi da dimenticare. Quelli che non dimentica li tiene sul cuore. Sono sentieri di montagna, la montagna degli incanti, delle scoperte, dei misteri. Dei segreti che lo formarono quando era bambino. La montagna della fatica, della miseria, del vivere essenziale, dove a Natale bastava un pezzo di torrone per saltare in cielo. Quei sentieri non ci sono più. L'erba di un certo benessere, anche se non proprio erbaccia, li ha coperti lo stesso facendoli sparire. Ma il Cercatore sa dove sono, li ricorda perfettamente, se chiude gli occhi li vede uno a uno. Ci fosse necessità saprebbe rifarli.

Ora gli rimangono solo i vecchi sentieri, che ancora lo portano a cercare segreti. Perché i segreti delle montagne non si esauriscono mai. Durano finché ci sono uomini che hanno voglia di cercarli. Li cercano con maggior dolcezza quando l'autunno esala il suo respiro. Quando giunge lieve ma pungente il freddo. E lo si avverte nelle narici, sulla pelle, nell'aria. Ad annunciarlo non sono i golfini poggiati alle spalle delle signore. E nemmeno le lagne della moltitudine riguardo temperature anomale e piogge. È qualcosa di più intimo e profondo, che avverte dentro chi si apre all'ascolto. Ma oggi non è così. Le montagne pagano tempi duri, periodi bui, spesso tutto è più offuscato. Anche i sentieri sono cupi. Marrone e grigio i colori che guidano il passo. Lugubri e immobili. L'autunno sta perdendo la luce. Sui sentieri rami spezzati, pigne frantumate, sassi sporchi di terra, robe che non parlano né osservano. Ma c'è vita in ogni anfratto, in ogni fremito della natura. E pace. E silenzio. La montagna è questa.

I cinque sensi della montagna

La montagna ha i cinque sensi, come gli esseri umani. Forse anche sei e magari qualcuno in più. Di preciso non si sa, ma potrebbe essere.

Che ha i sensi è facile accorgersene. Basta frequentarla e osservarla con attenzione. La montagna se ne sta lassù, immobile nell'eternità della pietra, solenne regina del tempo, seduta sul mondo da miliardi di anni. Circondata da boschi e pascoli, laghi e torrenti, attende che tutto finisca. Sembra morta invece è viva, si muove. Mangia, beve, ascolta, vede, tocca e sente odori. Percepisce. Quel che può accadere lo intuisce prima. La percezione è il suo sesto senso.

Ne ha molti ancora, che non vuol rivelare, ma ogni tanto si tradisce mandandoli fuori. Il legame con altri mondi è uno di questi sensi. La montagna avvicina mondi e misteri con i quali comunica. È l'antenna che capta voci remote, sussurri lontani. L'uomo no. In verità, alcuni esseri umani riescono a varcare i confini di quei regni arcani, ma solo per qualche attimo. Sono molto sensibili e rari, quegli uomini, e durano poco. Spesso usano male il dono, sprecandolo nel silenzio. Lo sapessero porre a buon fine potrebbero aiutare i loro simili. Invece aiutano se stessi a farsi male, corrodendosi di autodistruzione. La solitudine affina le menti e allo stesso tempo le consuma. Anche questo appartiene ai segreti delle montagne.

Il Cercatore ha quasi sempre avuto a che fare con irregolari: gente che se ne fregava della vita e della legge. Un tempo frequentava un bracconiere venti anni più grande di lui. Fu un maestro come lo furono altri disgraziati. Uomini di valore, umili e ignoti, difficili da dimenticare. Tipacci nel senso buono, che marchiarono la sua gioventù impostandola in un certo modo. Quell'uomo fu importante come pochi. Per insegnare usava metodi spicci, a volte poco ortodossi, ma di sicura efficacia. Questo "bracciante di caccia", che interpretava la passione come un lavoro da quindici ore al giorno, riusciva a indovinare la direzione che prendevano animali e uccelli. Non sbagliava colpo. Era un essere imperscrutabile, uno che bazzicava confini dove la massa umana non accede. Visse come se non fosse presente, annegando la vita in notti solitarie di alcol e fantasmi.

Una volta si trovava col Cercatore, seduto su un colle chiamato "dei larici". Era un gobbone pieno di larici. D'autunno s'incendiavano che parevano di fuoco. I due aspettavano un vecchio cedrone che li faceva dannare da giorni. A un certo punto, nel cielo, invece dell'urogallo si profilò la poiana. Teneva tra le grinfie una biscia. Forse era la vipera, chi può saperlo. Il rapace si stava allontanando. Il Cercatore afferrò il binocolo per cogliere la scena da vicino. Senza scomporsi il bracconiere disse: «Non agitarti, verrà di qua». Invece andava di là, verso quel cielo incendiato di larici. Dopo un lungo volo, improvvisamente virò. Puntò dritta verso i due che guardavano dal colle. Passò a pochi metri sulle loro teste. Il Cercatore vide a occhio la serpe torcersi lasciando l'ultima vita negli artigli della poiana. Il rapace lanciò un'occhiata storta verso il basso, come a chiedersi: «Chi sono quei due?». Poi se ne andò lontana fino a diventare un puntino all'orizzonte e sparire. Lo stakanovista del fucile aveva visto giusto. Prendeva i camosci aspettando. Scoperto il branco, individuava il maschio vecchio e diceva: «Vado lassù perché quello andrà lassù». E il camoscio andava lassù.

Un'altra volta, lui e il Cercatore erano a galli forcelli in una remota plaga a nord di un monte dal nome di pietra solida: Duranno. Avevano condotto a buon fine la battuta e intiepidivano le ossa al tenue sole di aprile su materassi di mughi. Laggiù, in un lembo lontano di valanga, apparve un puntino scuro che andava qua e là. Era un forcello. Sul bianco della neve ridotta a marmo, lo si vedeva nitido come talpa su un lenzuolo. Faceva avanti e indietro gonfio di piume aspettando qualche femmina. Il Cercatore provò a farlo salire imitando il soffio di un rivale. Niente. Non si spostava. Seguitava il suo va e vieni indifferente a ogni richiamo. Il bracconiere pregò l'allievo di non insistere: «Fermati, viene su lui, non chiamarlo più» disse.

Passò mezz'ora. Il vento portava in alto le paglie sparse nelle radure scongelate. Un sentore rancido di erbe morte veniva alla luce con lo sciogliersi delle valanghe. L'odore acre saliva a solleticare le narici. Uccelli bardati a festa cantavano alzando il volume. Ogni tanto un cuculo solitario faceva sentire la voce.

Era la primavera dei monti dimenticati, la magia irripetibile di quegli anni. Da tanto tempo il Cercatore non vede quella valle. Non ci è più andato. In nessuna stagione. Vi sono ricordi laggiù che pesano come piombo. Più di tutto gli manca quella primavera di gioventù che veniva avanti. E andava a conoscere le montagne ai piedi delle quali, in aprile e maggio, i forcelli sentivano l'amore. Questo succedeva laggiù, nella valle dimenticata, dove un giorno sulla lingua della slavina faceva la ruota un gallo con la coda a lira.

Cercatore e bracconiere continuavano a fissarlo col binocolo. Osservarono il suo tormento per un'ora. Improvvisamente l'uccello si fermò come avesse udito qualcosa più in alto. Dopo aver scrutato il cielo, prese a camminare a testa alta rimontando la lingua di neve fino ad arrivare presso i due. Lo avevano a pochi metri. Era venuto a piedi, come previsto dal bracconiere che leggeva il pensiero degli animali. E che non lesse invece quello della grande Signora il giorno fatale in cui si mosse verso di lui. Eppure avrebbe dovuto capirlo, la vita che conduceva nell'alcol era ad alto rischio. La morte lo colse a tradimento in casa, sulle scale che menavano al piano alto. Nessuno sa se le stava scendendo o salendo. Ma questo è un dettaglio senza importanza. Dormiva lassù, sotto il tetto, come una rondine nel nido, in una camera piena di bottiglie vuote. Lo trovarono rannicchiato dietro la porta. Più che rannicchiato, incassato come un cuneo nella fessura del tronco.

Che c'entra lo stakanovista bracconiere coi cinque sensi della montagna? C'entra. La montagna manifesta i suoi poteri a gente come lui, iniziati inconsapevoli, esseri speciali, uomini e donne, con un piede in altri mondi. La solitudine e il dolore, che accompagnano sovente questi disgraziati, fanno emergere in loro istinti sconosciuti. Poteri che li portano ad avvicinare e comprendere il regno animale, vegetale, sotterraneo e dell'aria. A costoro, la natura rivela segreti che i normali neppure osano pensare. Ecco perché costoro c'entrano coi sensi affinati della montagna.

C'era una vecchia che la sera del Vajont, quando il monte Toc scivolò nel lago provocando duemila morti, per tutto il giorno brontolò che era venuta l'ora.

«Preghiamo» diceva ai nipoti. «Questa notte viene giù il Toc.»

I ragazzini vivevano con quella vecchia fatta di corame e pazienza, assieme al nonno, marito di lei, e una povera sordomuta, sorella del nonno. Uno dei bimbi era il Cercatore, al tempo della tragedia aveva tredici anni. Quella notte un pezzo del Toc si staccò e fece tutti quei morti. La vecchia aveva sentito giusto. Come avevano sentito gli animali domestici, cani, vacche e capre, che nelle stalle strappavano le catene mugolando di terrore. Così andò quella notte nella casa dei vecchi ricordi.

Le montagne hanno forza e la regalano senza chiedere nulla. Così come la regalano il mare, i deserti e il cielo. Le montagne sono state create affinché gli uomini possano conoscere la propria anima e diventare migliori. Non fossero distratti da cose superflue, potrebbero riuscirci senza fatica. Ma preferiscono rimanere come sono e forse conviene loro così. Le montagne conservano i ricordi di chi le ha frequentate e amate come l'acqua conserva la memoria delle cose bagnate nel suo andare. I torrenti levigano sassi e sponde e creano sculture raspando i tronchi nelle anse e ogni tanto alzano la voce. Segnano la montagna con scriminature argentate come se la pettinassero. La pioggia conosce ogni foglia che tocca, quando le foglie vanno per terra, lei le dimentica. Perché a quel punto diventa neve e si posa sui rami a dialogare con l'inverno.

Questi segnali che fanno vivere e battere il cuore ai monti si percepiscono appena. In un'epoca confusa e indifferente alla natura, gli uomini non sanno più coglierli. Invece sono vivi. Forse vogliono riservarsi di farlo in tempi migliori, quando torneranno ad ascoltare la grande madre. Ma bisogna andare per ordine e parlare dei sensi della montagna. Cominciamo col tatto.

Il tatto

La montagna ha mani lunghe con dita affusolate che sfiorano, toccano, carezzano. A volte mollano schiaffi. Più raramente, ma accade, impugnano clave e tirano colpi che possono annientare. Sono tante le dita della montagna e molte cose tastano e afferrano, tirano a sé o lanciano lontano, muovono o tengono ferme.

Le cime degli alberi sono punte di affusolate dita. Abili esecutori, gli alberi suonano lo strumento dell'anima, dando vita a concerti di flauti, pianoforti, violini, trombe. Certe giornate di primavera si possono vedere gli alberi suonare il vento e, standο attenti, ascoltare le voci che ne traggono. E così, nelle altre stagioni, si possono udire le sinfonie del bosco che muove le mani sugli strumenti della natura. Le dita degli alberi annusano l'aria, si piegano, oscillano nell'intento di toccarsi, come amanti che si cercano prima di stringersi e darsi un bacio.

Quando il cielo è grigio e comincia a fare freddo e l'ultima foglia è caduta, l'autunno cede il passo all'inverno. In quel momento misteriose nebbie s'allargano basse a coprire la montagna. Allora le dita degli alberi scrivono storie su quei fogli bianchi, come un bambino disegna i vetri appannati mentre fuori cade la neve. Storie che si possono leggere stando fermi in piedi o seduti su un sasso, fissando intensamente la punta di un albero. L'indice della pianta si muove qua e là, traccia parole, frasi, scrive pagine su pagine. Mentre i fogli pieni se ne vanno per il cielo a disfarsi e far piovere racconti sulla terra, quelli bianchi corrono agli alberi a farsi riempire di nuovo. Così si accumulano resoconti d'inverni e primavere, romanzi d'estati e autunni. Anni volati via, dissolti nei silenzi assolati dei monti e nei geli siderali che tutto stringono e induriscono. Non resta che attendere. Aspettare i giorni che verranno fino a quando tutto finirà.

La voce della montagna è strana, spesso dura come quella degli uomini. A volte è soltanto un respiro silenzioso come i suoi inverni. In quei momenti la pace entra nel cuore degli esseri umani direttamente, senza ausilio d'orecchi. Allo stesso modo, il tatto della montagna non di rado è delicato, leggero come un fiocco di neve. Le sue mani si muovono senza far male, mentre proiettano sul terreno figure in movimento piene di grazia. La montagna fa il gioco delle ombre cinesi. Intorno agli alberi saltano e ballano animali inesistenti, personaggi senza corpo, figure eteree scaturite dalle dita mobili della foresta.

Una volta, d'estate, il Cercatore si trovava su un pascolo d'alta montagna. Non c'era filo di vento, né alito d'aria, né fiato per muovere una paglia. L'erba corta e rada pareva fil di ferro tanto era inchiodata nell'immobilità senza tempo. I soffioni stavano fermi come bocche di cristallo e le punte dei larici sembravano spilloni conficcati nel cielo terso, fisse in una rigidità innaturale. Era un pomeriggio assolato e strano, circondato di mistero. La montagna stava riposando, dormiva con le braccia sotto la testa e nessuno veniva a disturbarla. Finché non arrivò il corvo. Un corvo imperiale, col ritmico *puff puff* delle ali, mosse quell'aria di vetro e si adagiò sul dito indice del larice. La punta lo accolse con un inchino. Pareva lo stesse aspettando. Da lassù le loro sagome si proiettavano sulla corta erba assetata. Il corvo puliva le piume del petto stirandole per lungo col suo forte becco. Ma laggiù, sul prato senza vento, l'ombra dell'uccello pareva beccasse insetti. La sua testa si muoveva come quando i volatili trovano cibo. Era un gioco di ombre sul prato, fantasmi dell'aria che venivano in terra. Visione che di lì a poco diventò reale.

All'improvviso, il corvo notò qualcosa. I suoi occhi di mirtillo brillarono prima di lanciarsi a beccare cavallette. La magia terminò inaspettatamente con quel volo e quel pasto. Ma pochi istanti prima, le mani della montagna sfioravano l'erba e l'aria, che adesso s'erano fermate. Il dito verde del larice aveva ospitato il corvo, il sole ne aveva proiettato le ombre sul prato facendole vivere senza corpo. Laggiù giocava soltanto colore scuro del nulla. Il tatto della montagna aveva mandato una carezza.

Ma esistono tante mani che la montagna usa per tastare, sfiorare, stringere. Una di queste sono i fiori e le erbe dei prati. I quali di notte, quando nessuno li vede, s'inchinano verso il basso a toccare, annusare, sfregare il viso nell'umido della terra. Per rigenerarsi, darsi forza, prendere slancio. Occorre piegare la testa se si vuole rialzarla con speranza. Si deve andare indietro a prendere la rincorsa per spiccare il balzo.

La montagna col suo tatto grandioso, delicato o potente a seconda dei casi, insegna a comportarsi. Basterebbe osservare. Manda in giro le sue mani infinite a fare opere e azioni che, se gli uomini imitassero, sarebbe una fortuna. I rami della betulla insegnano a non essere testardi, cocciuti e indomabili, bensì a cedere per non venir frantumati. Quando la neve cade, bagnata e pesante, la betulla sente che le sue braccia stanno per spaccarsi. Allora le abbassa con umiltà, scarica la neve e le rialza al loro posto. Agisce al contrario del carpino, che se le lascia spezzare per l'orgoglio di non cedere.

Quando le erbe dei pascoli drizzano il collo, e bevono i temporali e il sole d'agosto, oscillano alla minima brezza. In quel momento si spostano a destra e a sinistra a sentire chi hanno vicino. Assaggiano cose, scambiano saluti, stringono mani. Il tatto della montagna si manifesta in vari modi, in questo caso allunga le sue dita a capire se tutto è a posto. Basta stendersi nell'erba con le mani sotto la nuca per sentire sul corpo la sua curiosità. Quasi invadente, la montagna manda il tatto a conoscere chi si adagia su di lei. Si viene sommersi di fiori, steli, bacche, petali che si piegano sull'intruso a carezzarlo e fargli il solletico. Può essere all'inizio una sensazione fastidiosa, ma chi resiste qualche minuto verrà gratificato.

C'è un tatto misterioso fatto d'aria che si manifesta assai poco. Consiste nel soffiare direttamente sulle persone. Sono tocchi inequivocabili, di conseguenza inquietanti, che lasciano a chi li riceve una certa paura. Di solito sono dita d'aria a palpare il prescelto, ma possono essere anche solide come mani aperte che premono. Queste esperienze sembrano più che altro segnali, come se la montagna volesse avvertire di alzare la guardia, stare attenti a qualcosa che ci potrebbe capitare.

Poco tempo fa, il Cercatore si trovò a passare la notte in un albergo speciale, dotato di ogni lusso. È un sasso ciclopico, alto come un palazzo, che da un lato sporge parecchi metri evitando alla pioggia di entrare. Si trova al centro di un praticello nella remota Valle dell'Inferno, un intaglio di boschi e rocce che, a dispetto del nome, è un paradiso in terra. Accanto al masso, trilla con voce di moccioso la fresca acqua di un ruscello. Sopra il blocco la superficie è piatta e vi cresce un tappeto di mughe dal verde intenso. Un tempo, sotto quel roccione si riparavano dai temporali pastori e boscaioli. D'estate vi dormivano. Tracce di loro sono ancora lì a rivelarne il passaggio. Segni scarabocchiati malamente sulla pietra con tizzoni spenti, qualche cuore trafitto, nomi di uomini che amarono donne. Tutte persone ormai scomparse, traslocate all'altro mondo le cui anime vagano lungo la Valle dell'Inferno coscienti di essere in paradiso.

Allora, quella notte, il Cercatore si coricò sotto il grande masso, e successe una cosa alquanto strana. D'improvviso cominciò a piovere come se il cielo fosse rovesciato di colpo sotto sopra. Poco prima c'era la moneta lucente della luna che guardava giù, e illuminava i boschi rendendoli fasci d'argento. Con gli scrosci arrivò un vento di braccia solide che piegava gli alberi quasi a spezzarli. Sopra il masso le mughe si torcevano fino a sporgere dal bordo come frange di capelli su di un viso. Il tutto sarà durato sì e no venti minuti, poi vento e pioggia se ne andarono lesti com'erano arrivati e la luna comparve di nuovo a illuminare i picchi. Una quiete assoluta calò sulla radura, e un silenzio senza tempo dondolava nella polvere dorata del cielo. Solo ogni tanto qua e là, il Cercatore udiva un gocciolio sommesso, proveniente dai rami nudi, spegnersi sul terreno bagnato. Novembre stava per finire, foglie sugli alberi non ce n'era più. Stavano per terra in attesa di tirarsi addosso la soffice coperta della neve.

Fu dentro quel silenzio e quella pace che l'uomo sotto il masso venne toccato per due volte dal tatto della montagna. Si trattò di segni brevi, ma forti e nitidi da spaventarlo. Dal sacco a pelo tirò fuori un braccio per tastare la temperatura. Non faceva freddo. Per questo la neve stava ancora lassù, nelle remote lontananze del cielo, pronta a calare sulla valle in qualsiasi momento. Ogni tanto un barbagianni cigolava stentoreo come avesse la voce arrugginita. Forse era stanco. Si trovava vicino ma pareva cantasse ai confini del mondo.

In quell'attimo il Cercatore sentì sulla spalla destra un soffio netto come uno schiaffo. Fu aria gelida a toccarlo. Pensò a un colpo di vento ma non poteva essere. Era troppo corto, soprattutto localizzato in un sol punto. Si mise in ascolto. Intanto rifletteva sullo strano tocco ricevuto. Era come se un essere invisibile si fosse avvicinato alla sua spalla e vi avesse soffiato sopra. Il Cercatore aspettò prima di convincersi che era solo un buffo di vento. Ebbe ragione attendere. Di lì a poco, infatti, il fenomeno si ripeté. Stava ancora col braccio fuori quando il soffio tornò ad abbattersi sulla spalla. Allora si rizzò in piedi spaventato, col sacco a pelo in fondo alle gambe come pantaloni calati. Non dormì più. Aspettò l'alba in attesa che tornasse la carezza gelida ma non tornò.

L'indomani, ancora frastornato, salì a una forcella lontana per scalare un picco ancora vergine. Quando fu a un metro dalla cima, con la mano destra strinse una presa per risolvere l'ultimo passaggio. Mentre tirava, l'appiglio si mosse insieme a un blocco grande quanto un forno a microonde. Il sasso ruotò appoggiandosi alla spalla del Cercatore. Rischiò di cadere. Ora si trovava messo male. Se lasciava andare la pietra, gli finiva sui piedi facendolo precipitare. In montagna il confine tra gioia e tragedia può apparire in un secondo. Con l'altra mano stringeva un appiglio solido, ma quanto poteva starci? Poco. Passavano i secondi, cominciava a stancarsi. Ancora una volta pensò di far cadere il blocco ma era troppo rischioso. Gli avrebbe spostato i piedi dagli appoggi e sarebbe volato giù. Sentiva il freddo del sasso sulla spalla nuda e quello della paura nell'anima. Ricordò il soffio della notte precedente. Era stato un segnale, qualcuno voleva avvertirlo: il pericolo sarebbe calato sulla spalla come un corvo maligno. Non sapeva che fare. Cominciò a tremare. L'unica soluzione era spingere verso l'alto e ricacciare il blocco nel suo nido. Non era facile. Premeva e sentiva le pedule perdere aderenza e scivolare. Per due volte provò, per due volte fallì. Mancavano pochi centimetri ma erano quelli necessari.

In un attimo la situazione si fece tragica. Non ne poteva più, urgeva decisione. Radunate le ultime forze e ciò che rimaneva di concentrazione, con uno stacco spinse verso l'alto la spalla, superò quei due centimetri fatali e il sasso con un *croc* si adagiò nella sede che lo cullava dalla creazione. Un ultimo balzo e si fiondò in vetta col cuore che batteva il tamburo della paura. Ci restò un bel po' prima di calarsi in corda fino alla base. Seduto in punta, pensava al soffio ricevuto la sera prima. Mani d'aria gelida lo avevano toccato. Senza dubbio la montagna lo avvertiva. Valutò parecchio quel fatto.

Alla sera, sotto l'arco dell'albergo di pietra, rifletteva ancora su quanto era accaduto. Intanto sortì la luna dai monti. Arrivò da dietro il masso come in derapata. La radura diventò luce, il sasso un castello d'argento. Era una notte febbrile, agitata da ombre fruscianti. Di quelle notti dove l'inquietante morso di luna piena trasforma ciò che sta intorno in qualcosa di vivo e misterioso. Animali, alberi, sassi, ruscelli e rocce rivelavano segreti gli uni agli altri. Tutti vantavano le loro ragioni. Ragioni diverse, contrastanti, a volte astruse. In questo modo il Cercatore subiva l'impotenza di sentirsi a un millimetro da rivelazioni favolose e irripetibili, e la certezza che quel millimetro la montagna non lo avrebbe mai concesso. Intanto sparpagliava il suo tatto a cercare e mettere a fuoco le cose di quella notte senza tempo. La luce della luna frugava ogni piega, ogni anfratto, illuminava ogni vetta, come se una mano gigantesca strappasse il lenzuolo nero della notte, afferrasse il pennello e dipingesse tutto d'argento.

Il chiarore navigante del grande faro è uno degli strumenti che la montagna usa per manifestare il suo tatto. Qualcuno potrebbe obiettare che la cosa viene dal cielo non dalla montagna. Certo, tutto piomba da lassù, pioggia, vento, neve, luce. Ma poi quelle cose le prendono le montagne, i mari, i deserti, le pianure e le usano per esprimere i loro sensi. La mano liquida della pioggia è tatto di montagna, umido e fresco. Carezza boschi e volti e impregna la terra. E picchia sugli ombrelli. Quando vuole uscire d'inverno, mette abito nuovo, si trasforma in neve e tocca le cose coi suoi guanti bianchi e soffici.

L'aspetto più delicato del tatto sono le ombre. Più soffici della luce pallida che piove dalla luna. Verso sera, poco prima del tramonto, le ombre delle montagne si mettono in cammino come fantasmi vecchi e stanchi. Dove andranno? Probabilmente a trovare se stesse, come a farsi l'esame di coscienza. Le ombre della sera vagano lente a toccare l'ultimo pallore delle cime. Nel loro cammino a testa bassa, perlustrano ogni luogo, anfratti e costoni, paesi e valli senza dimenticare un millimetro di terra. Ogni cosa che toccano vibra e si liscia sotto la mano di velluto. Dopo un po' le stesse cose diventano scure, come se il cielo tirasse addosso al mondo un lungo lenzuolo nero. Col calar del sole, le montagne diventano fantasmi. Ombre di se stesse che vanno raminghe per le valli. Il volto cerca il suo corpo per dare e ricevere segreti e rifugiarsi ancora nel mistero della creazione. Quando la lunga pennellata di buio giunge al termine delle vette, arriva la notte a versare inchiostro sui boschi addormentati e sugli uomini. A quel punto le montagne si ficcano sotto la coperta scura e prima di addormentarsi si mettono in ascolto. In quell'istante stanno usando l'udito. Ma lo usano anche di giorno, perché dormono poco. L'indomani le ritroviamo sedute nel salotto buono del mondo ad attendere avvenimenti. Con le unghie di pietra, tastano la volta del cielo, spesso la graffiano che si sente stridere come quando la cote affila la falce. E si divertono a disfare nuvole. Se le sprovvedute passano sopra di loro, le pigliano per la barba e le scuotono, le sfaldano e poi le sfilacciano come fili di fumo. Spesso le tengono imprigionate. Per questo le cime sono sempre coperte di nubi.

Qualche volta le montagne allungano il braccio e vanno a prendere per le orecchie i fulmini e se li tirano addosso per avere compagnia. Ma i fulmini sono ribelli furiosi, vengono giù di malavoglia. E scagliano pugni. Spesso chi sale una cima la trova col volto annerito e nota il solco bruciato dalla saetta. I sassi sono frantumati e per molti giorni permane nell'aria l'odore di zolfo della loro furia. Ma le montagne non hanno paura dei fulmini. Quei colpi roventi sono bazzecole, perciò seguitano a tirarli giù. Sono come quelle nonne che invitano a casa i nipotini sapendo che gli devasteranno il salotto. Ma poi tutto torna in ordine, salotto e cime, e di quei passaggi non si ricorderà più nulla fino all'incursione successiva. Poi i bimbi cresceranno, si faranno uomini e non sfasceranno più i salotti. Sfasceranno le montagne che non muoveranno più le dita perché i bambini cresciuti gli avranno tagliato braccia e gambe.

Ma questo è un altro discorso e c'entra poco col canto del mondo e i sensi della montagna.

L'udito

La montagna sente. Ha orecchie buone alle quali non sfugge nulla. Qualche volta sente così bene da mettersi a piangere. Un tempo rideva, oggi piange.

Quando l'aria trema nel sole, pare si volti con la testa per ascoltare meglio. O nascondere le lacrime. Se i boschi oscillano verso l'alto, premuti da venti a tramontana, in quel momento la montagna sta portando le mani alle orecchie per concentrarsi. Gli alberi sono braccia. Ma anche occhi, periscopi che scrutano il cielo e la terra. E orecchie che sentono i suoni, e nasi che fiutano l'aria.

La montagna è questo: un cuscino di muschio che può udire tutto, imprigionare voci d'uomini e canti d'uccelli. È una spugna che beve. E spesso si gonfia di rumori volgari, per questo piange. Viene frustata da suoni arroganti e maleducati e sente male. Non dappertutto. Solo là, dove la neve cade firmata, e funge da materia di scivolamento.

Ma esistono luoghi remoti circondati da montagne che odono ancora voci buone e umili. Voci di esseri umani che la rispettano e le vogliono bene. Sarà ancora per poco. Arriveranno presto gli uomini da scivolamento, da sfruttamento, macchine da soldi che sbriciolano ogni cosa che toccano. Allora, anche quelle vette piangeranno, si lasceranno alle spalle i suoni buoni per cedere alla malinconia.

Scriveva il poeta Esenin: «Piange la montagna la sua perduta innocenza, piange i suoi canti dispersi, i coscritti e le ragazze primitive... e le sagre e i dolciumi, e l'odore di fieno e di stalla».

Succede sempre più spesso che le montagne si sgretolino. Alcune crollano per intero o gli cadono le cime, come a un larice spezza la punta il vento. Vi è un logorio che le mina, le percuote, le estenua fino al cedimento. Questo dicono i sapienti, quelle schiere di tecnici che sanno cosa si muove nel cervello umano e nel cuore dei monti. Invece non è così, la ragione dei crolli è diversa. Sono il chiasso, la volgarità, la maleducazione degli uomini a tirarle giù. Quelle grida raccolte in comitive domenicali, acuminate, stridule, insistenti. Voci da imbonitori di sagre che trapanano, forano, fanno leva, scuotono. Le montagne sentono male, ricevono l'insulto dell'arroganza che le sfianca fino a farle crollare.

La montagna è fatta d'orecchi. Sono buchi, anfratti, forre, caverne degli spiriti, fenditure, spacchi e canaloni. E via così fino ai muscoli più sottili, tempestati di forellini che vanno dalla base alla vetta.

Tutto quel vuoto trattiene i suoni, viene temprato da voci, riempito da urli e richiami. Se non sono formulati sottovoce, come preghiere, o visti nel pensiero, come desideri, i suoni si fanno dinamite. E non c'è speranza. Come l'acqua d'inverno gela in una brocca e la frantuma, così le cattive voci, le urla volgari, i clangori, le uscite maleducate raggelano la montagna, la spaccano. Lei prova dolore, delusione, stanchezza. Dove il suo cuore è più vulnerabile, cede e crolla. Si lascia andare al suolo e incontra i suoi piedi che tremano.

Celio, il vecchio amico del Cercatore, alcolista inveterato e filosofo senza studi col dono dell'intuizione, guardando tre operai gettare bitume in un ruscello disse: «Vedi? Dove arriva l'uomo, sporca l'acqua». Pronunciò quella frase oltre quarant'anni fa e mai parole furono così profetiche. Non si riferiva al fatto in sé, in quel caso l'insulto all'acqua limpida. Si riferiva in generale all'ignoranza, alla poca sensibilità e alla violenza degli uomini che dove mettono mani distruggono tutto. E non solo con le mani. Sono le parole, le voci dai suoni affilati, dalle punte avvelenate a fare i danni. Un vecchio proverbio recita: "Ne uccide più la lingua che la spada". È così. Le montagne sentono il male del mondo, ogni tanto non ne possono più e si lasciano andare. Ecco perché crollano. Ma se odono tutto, ascoltano anche qualcosa di bello.

Una volta, quando era bambino, il Cercatore faceva il garzone di malga sui pascoli alti. C'erano rumori buoni a quel tempo. I campanacci delle bestie risuonavano nell'aria dell'estate, ogni tanto il temporale batteva il tamburo. Gli uccelli cantavano al mattino e quando il sole a piombo piegava l'erba i campanacci tacevano e tutto si adagiava nel silenzio. Qualche volta, altissimo nel cielo da essere invisibile, ronzava monotono un aeroplano. Quel suono rendeva il silenzio e la lontananza più remote del nulla, come se laggiù, sulla terra, tutto si fosse addormentato. O fosse morto incenerito dalle braci roventi del sole. La montagna sentiva quelle belle cose. La pace assoluta che metteva in ordine il creato le arrivava all'orecchio e lei sorrideva. In quei momenti diventava splendente, allegra, serena.

Quando le cose vanno bene la montagna lo dice, fa vedere che è contenta. Lo manifesta evitando di far paura a chi la guarda. Perché ogni volta che si guarda una montagna si prova un senso di inquietudine, per non dire sgomento. Di notte, quando infuriano i temporali e i lampi squarciano il buio e il tuono fa cantare i vetri alle finestre, si possono vedere le montagne tremare. Temono gli incendi innescati dai fulmini. Divampano improvvisi dopo il colpo, e possono distruggere interi boschi. Il fuoco incenerisce i vestiti con i quali le montagne si fanno belle bruciando le mani che vanno a tastare le cose. Ma c'è un altro pericolo che le minaccia, ed è una piaga più grave dei fulmini. Una piaga infetta difficile da seccare. Sono i piromani, gente sciagurata che se la gode a incendiare i boschi. La montagna sente i loro passi avvicinarsi, percepisce quel che sta per succedere e non può difendersi. A volte quei delinquenti mettono mano al fiammifero per cinico interesse. Un incendio infatti muove la macchina dello spegnimento, che coinvolge mezzi e uomini in gran numero. Da tutto ciò, qualcuno può trarne beneficio. Quando percepiscono le intenzioni dei piromani, le montagne cercano aiuto, invocano la pioggia, la neve. Invece arriva il vento a soffiare sul fuoco. Quasi sempre arriva il vento. Le disgrazie si portano dietro gli aiutanti. I piromani devono però sapere una cosa: le montagne hanno registrato tutto, i loro volti sono stati ripresi dalla grande telecamera del creato. Le loro brutte facce stanno ordinatamente accatastate nell'archivio. Prima o dopo verranno ripescati uno per volta e la pagheranno cara. La montagna non dimentica e ha tempo d'aspettare. Più che altro ha pazienza. Intanto lancia maledizioni.

Qualche anno fa, agiva indisturbato un piromane che seguitava a rovinare un'intera valle torturandola coi suoi roghi. In due anni ne appiccò nove. Questo si venne a sapere dopo, quando confessò. Fu merito della montagna se venne beccato con le mani nel cerino. Era un giorno di novembre, quando erbe e boschi, se accesi, ardono come benzina. Da una scarpata vicino alla statale, sotto una rampa di pini scuri, provenivano richiami d'aiuto. Nello stesso tempo si levavano fiamme e crepitii che salivano veloci verso i pini. Qualcuno corse verso il malcapitato, che rischiava essere arso vivo. Urlava e non poteva muoversi, aveva una gamba spezzata.

Così fu beccato il piromane. Gli trovarono addosso due bottigliette di CocaCola piene di benzina, della miccia e alcuni accendini. Tentò di disfarsene lanciandoli via ma i soccorritori se ne accorsero in tempo. Mentre faceva il suo sporco lavoro, un sasso rotolò dalla scarpata, lo prese in pieno e gli spaccò lo stinco. Intanto il fuoco era partito, nessuno lo fermava più. Nel frattempo arrivò la forestale che stazionava nei paraggi. Prima messo in salvo, poi messo alle strette, il piromane confessò. Non poteva fare altrimenti, era stato colto sul fatto. Però poteva tacere sugli altri otto incendi. Invece palesò anche quelli, forse per riscattarsi, pagare il conto agli uomini e alla natura. Quel tipo gestiva una piccola impresa di bonifiche boschive e, guarda caso, otteneva sempre le commesse del dopo incendio. Allora si indagò a fondo, era chiaro che la cosa partiva da più in alto. Ma tutto si arenò. Gli inquirenti non approdarono a nulla giacché il piromane si avvalse dell'omertà di non rispondere. Confessò unicamente le sue colpe e non pronunciò altra parola.

La montagna lo aveva sentito arrivare, lo conosceva. A un certo punto, stanca di dolore, si era vendicata punendolo a quel modo. E svergognandolo agli occhi dei paesani. Fu costretto a pagare una grossa cifra, niente in confronto ai danni che aveva fatto.

La montagna percepisce tutto. Con le sue orecchie di caverne e anfratti, fessure e forre, registra i suoni, li valuta e li ricorda. Nei vecchi paesi arrampicati sui monti, a ore precise suonano le campane della sera. Quando appare l'alba suonano ancora. Annunciano il giorno, le feste comandate, battesimi, matrimoni e funerali. Segnalano gli incendi. La montagna intorno conosce una per una quelle campane. Le ascolta da secoli, ne valuta il suono per capire cosa accade laggiù, dove sta aggrappato quel pugno di case. Sa chi muore e chi nasce, chi si sposa e chi annuncia una vittoria. Guarda la vita delle formiche che vivono ai loro piedi.

Ogni tanto dai borghi esce una di quelle anime. Si stacca dal paese come una scheggia sotto l'ascia del boscaiolo, parte dal ceppo e frulla in alto. Un'anima solitaria va a cercare la montagna, a toccarne la cima. A volte sono due, tre a salire. Spesso dalle città muovono gruppi interi di gente. Sono messi male, sbraitano nervosi, iracondi. La montagna sente i loro passi, li ascolta, capisce che intenzioni hanno. A volte non sono buone. È provato che l'anima degli uomini non sempre è disposta al bene. Così la montagna ascolta tutti i pensieri di chi le si avvicina. Pensieri interessanti, che spesso diventano progetti, che a loro volta diventano realtà. E la montagna paga le conseguenze.

Una volta, oltre cinquant'anni fa, uno di quei gruppi cittadini apparve d'improvviso in una valle solitaria dove il tempo s'era fermato. Non si può dire che fosse una valle dimenticata. Per dimenticare qualcuno occorre averlo conosciuto e frequentato. Quella valle nessuno la conosceva, perciò non poteva essere dimenticata: era ignota. Finché il gruppo non la scoprì. Vide montagne possenti con vette acuminate e acque che sbucavano come lucertole dai muri. Dalle cosce rocciose delle pareti cadevano ruscelli che andavano a rinforzare torrenti di cristallo. I quali muovevano mulini, segherie, magli e torni. C'erano boschi dappertutto. Lassù esisteva un oceano verticale di boschi. Da ogni lato si voltasse l'occhio, apparivano chiome verdi che calavano ai torrenti dove immergevano i piedi a rinfrescarli. Il gruppo guardò poco le montagne e niente i boschi, l'attenzione la rivolse all'acqua. Le montagne fiutarono guai, il gruppo di cittadini rappresentava pericolo. Lo percepirono immediatamente. Dopo qualche tempo, infatti, le orecchie di anfratti e caverne e gole e fessure, udirono rullio di perforatrici, rombo di mine, l'ansimare monotono dei camion. E un vociare ininterrotto di uomini indaffarati. La montagna veniva attaccata, esplosa, divelta, smembrata. Lei sentiva. Sentiva il corpo sbriciolarsi sotto i colpi della dinamite, vedeva i magri resti allontanarsi da sé su centinaia di camion stracolmi. Figli strappati alla madre, deportazione di corpo e anima. Sentì quei piedi antichi che da milioni di anni andavano a toccar i torrenti, bagnarsi sempre di più. Qualcosa di freddo li avvinghiava, imbeveva l'abito. L'acqua saliva a toccarle i polpacci, i ginocchi, i fianchi. A quel punto capì che stava per staccarsi, sarebbe rovinata in quel mare d'inchiostro che gli uomini avevano alzato di sotto. Allora cercò di gridare, farsi capire, tentò di fermarli. Ma non ci fu verso. Vedeva pezzi di lei staccarsi ogni giorno e franare in quel mare buio. Udiva gli uomini affermare che non sarebbe successo niente. Erano gli stessi del gruppo venuto in avanscoperta alcuni anni prima. Proprio loro. La montagna mandava segnali ma quelli non sentirono. Forse sentirono ma non ascoltarono. Eppure chiamava, gridava, tremava di paura. C'erano ogni giorno terremoti. Terremoti corti e intensi. Come una mula si scrolla il terriccio dal pelo, la montagna si scrollava pezzi di dosso. Udiva le voci preoccupate e poi angosciate di quelli laggiù, che abitavano in valle. Sentiva animali muggire, abbaiare, tirare le catene, starnazzare, belare. Avevano terrore di qualcosa, volevano fuggire da quel posto. I bracconieri tiravano fucilate per avvertire: c'è pericolo. La montagna parlava, cercava di far vedere quel pericolo segnato dai cacciatori. Ma nessuno ascoltò. E così una notte, dopo un ultimo scossone, si staccò dal cielo e sprofondò nel lago. L'acqua si rovesciò nella valle come svuotare un mastello e duemila persone morirono in pochi minuti. Così finirono le vite, l'abbaio dei cani e le fucilate. Così finì tutto.

Ormai sono passati molti anni. Cinquantadue per dirli assieme. La ferita della montagna, giallastra e putrida come una piaga infetta, è ancora là, a mostrare al mondo quel che gli uomini sanno fare. La montagna lo sapeva, aveva gridato al mondo, ma nessuno le dette retta. Dopo mezzo secolo, la natura paziente ha guarito le ferite della terra. Attorno alla piaga s'è creato un orlo come negli alberi sbrecciati. Sono tornati i boschi. Crescono compatti e fitti, uniti in un abbraccio inestricabile, come per nascondere il paesaggio lunare lasciato dalla rasoiata. Dove non ci sono alberi crescono felci. Fanno ondeggiare i capelli verdi dappertutto e il muschio, la più umile piantina del bosco, fa loro da cuscino affinché si presentino bene. Laggiù, nella valle rimarginata, aleggia sempre l'umidità della morte, per questo trionfano felci e muschi e i boschi sono scuri come i brutti ricordi.

Una persona muove passi sulla montagna e questa li sente vibrare nel cuore. Rimbombano dentro le caverne del sottosuolo come un ritmo di tamburo. Mai credere che lei non senta. Capisce se quel passo è lieto o triste, ma qui entriamo nella percezione, il sesto senso. Ode un albero cadere, minato dalla vecchiaia, e milioni li sente crescere. Sono i boschi figli della montagna, prole fortunata e disgraziata. E poi animali e insetti, uccelli, acque, uomini. Tutti sulla montagna. Un tempo lontano udiva il ritmico *toc toc* della scure, che i boscaioli facevano cantare dall'alba al tramonto. E il suono delle campane dei paesi le saliva dritto in faccia. Qualcuno è morto, è nato un bimbo, brucia una casa, arde un bosco, emigra un figlio. Così pensa la montagna quando sente le campane. Spesso è solo la messa ma le campane fanno *din don* e lei sente la festa.

Una volta negli anni giovanili, il Cercatore stava arrampicando una cima. La giornata era limpida, il sole appena caldo e niente vento. I colpi di vento deconcentrano gli scalatori come lampi accecanti. La scalata, facile e dritta, esigeva attenzione. Il mese di maggio rendeva allegro il Cercatore. Ma c'era un "ma". A ogni passo che muoveva, la parete rimandava il suono come un rimbombo. Udiva il colpo sordo degli scarponi fiorire dal ventre della roccia come un eco sotterranea. Non era mai successo. Cos'era? Non lo sapeva, ma aveva una certezza: la montagna sentiva i suoi passi, i suoi rumori e rispondeva colpo su colpo ripetendoli uguali. Erano suoni fondi, soffocati, inquietanti. Provò a parlare a voce alta, a gridare frasi. Dopo un attimo, da sotto la pietra ritornavano le voci. Spuntavano come fiori dal prato. Erano brontolii confusi, mugugni lontani. La montagna dava retta, dialogava col Cercatore, rispondeva perciò sentiva. Voleva dire qualcosa? Forse. Ma cosa? Lo scoprì tempo dopo.

Finì la primavera, l'estate iniziò con le piogge. Diluviava giorno e notte. Lungo i pendii correvano ruscelli, dai costoni rotolavano acque lucenti, dalle cime saltavano cascate trascinando detriti e rumori. Pareva un autunno di alluvioni. Venne una notte strana, piena di scrosci e lampi. La montagna, che a maggio rendeva le voci, sotto la scorza era vuota. Per questo mandava rimbombi e suoni. La sua pelle, per un fenomeno misterioso, si era staccata dal corpo e sollevata di qualche spanna. Era diventata una cassa armonica, una tavola di risonanza alta quattrocento metri, larga altrettanto. Un immenso violino di roccia che a toccarlo mandava suoni. L'acqua delle piogge si infiltrò dentro la pietra scollandola. Così una notte, e per fortuna fu di notte, l'intera parete rovinò in basso con un urlo che solo la montagna che cade può emettere. E lassù, in quella valle, conoscevano l'urlo dall'ottobre del '63.

Il Cercatore s'accorse del crollo al termine delle piogge, quando brillò il sereno. Il mondo farcito d'acqua fu asciugato dal sole di luglio e allora tornò alla roccia che parlava. Per salirla di nuovo. Ma non c'era più. Si trovava in fondo alla valle, scomposta e frantumata, raccolta in uno sterminato cimitero di blocchi, alcuni come palazzi. Prima di morire aveva ascoltato e poi risposto, per avvertire che stava cedendo. Le montagne sentono, soprattutto sanno ascoltare. Ogni tanto parlano, rispondono per avvertire. Ma bisogna intendere bene, avere orecchio, saperne captare la voce.

Molti inverni fa, forse venti, il Cercatore e un amico andarono a scalare una cascata di ghiaccio. La lingua gelata scendeva per duecento metri da una vetta arcigna. Quando furono accanto alla cascata, la montagna sentì che uno dei due era dubbioso. Era il Cercatore. Aveva paura. Quella mattina non voleva saperne di calzare ramponi e impugnare piccozze. La montagna gli stava comunicando qualcosa. Qualcosa di oscuro, indecifrabile, minaccioso. Per questo erano sorti dubbi. La cascata stava incollata alla roccia come una colata di muco. Un lungo sputo lucente all'apparenza solido. Invece la montagna sentiva battere il cuore fragile della cascata e lo comunicò al Cercatore. "Non avvicinarti" diceva, con la sua voce di silenzio. Dall'alto ogni tanto veniva un *toc* come un picchio che batte. Era l'unico suono in tutta la valle. Il Cercatore disse che non se la sentiva. Raccattò gli attrezzi e tornò sulla strada, suscitando il disappunto del compagno, che a malincuore lo seguì.

Non passarono dieci minuti e l'aria tuonò. Stavolta era una voce possente. La cascata stava crollando. Quell'enorme tibia di ghiaccio si fratturava in migliaia di pezzi sparpagliandosi alla base della parete come blocchi di zucchero. Era andata bene. Ancora una volta, l'udito della montagna aveva sentito l'impercettibile insicurezza della cascata e lo aveva comunicato. Il compagno del Cercatore era un ragazzo perbene, grande alpinista e ghiacciatore. Dopo aver rischiato la vita su pareti e cascate di ghiaccio, terminò il sentiero causa un incidente in moto. E non fu nemmeno colpa sua. Spesso il destino preserva indenni gli uomini da pratiche ad alto rischio per consegnarli alla morte là dove meno se l'aspettano.

Ogni tanto, quando passa in rassegna la sua vita, il Cercatore ricorda lo sfortunato amico. Si chiamava Maurizio. Si potrebbero riempire altre pagine con l'udito della montagna ma è tempo di far spazio agli altri sensi, altrimenti si potrebbero offendere.

Il gusto

La montagna apre la bocca, ingoia, mastica e digerisce. D'inverno manda avanti la lingua ad assaggiare i cibi. Le valanghe sono lingue. Corrono dalle creste a fondovalle spezzando alberi e rocce per sentire che gusto hanno e riferire. A volte raspano avide i pendii fino a snidare i prati e assaporarne le erbe congelate. Mettono tutto a frollare sotto il frigo di neve e a primavera, durante l'estate, e nel tempo che verrà, la montagna mangerà tutto. Un poco per volta, piano piano, senza fretta, gli assaggi vengono sbriciolati, ridotti a humus e inghiottiti dal terreno.

Lei ha una bocca grande. Anzi, infinite bocche. Non di rado mangia gli uomini. D'inverno, ad esempio, succede che uno scialpinista venga investito, trascinato e ucciso dalle valanghe. Anche più di uno. Quasi sempre si trovano morti. È molto difficile sopravvivere all'assaggio della valanga. Ma la montagna non può consumare il pasto fino in fondo. I corpi vengono estratti e consegnati alle famiglie per la sepoltura. Qualche volta, seppur di rado, non si trovano più, e allora lei lentamente li divora. Dopo averli inghiottiti li consuma adagio fino a digerirli nel suo immenso stomaco. A volte restituisce le ossa, dopo molti anni, come un rapace sputa il bolo, un batuffolo coi resti del cibo ingoiato.

Ci sono stati periodi nella storia del mondo in cui gli stessi uomini, con la loro stupida ferocia, hanno fornito cibo umano. Nella Prima guerra mondiale, e nella Seconda, le montagne hanno inghiottito milioni di soldati e il numero esatto dei mancanti all'appello è tuttora sconosciuto. Le montagne di quegli anni ingrassarono, banchettarono di uomini morti fino all'indigestione. Dove non bastarono pallottole e granate, fu il freddo ad abbatterli. E loro deglutivano.

Per due volte, il Cercatore, nel suo peregrinare sui monti, s'è imbattuto in resti di soldati caduti. Il primo lo trovò in un anfratto di roccia. Dall'elmetto e dagli oggetti sparsi dedusse che era un tedesco. Con ogni probabilità ucciso dai partigiani. C'erano solo ossa bianche e le sue cose. E brandelli della divisa. Ma questo è stato già detto. Un'altra volta fu nei luoghi dove la Prima guerra artigliò più feroce con la complicità del gelo, che su quei monti mordeva come un cane rabbioso. In un ghiaione nel gruppo del Cristallo, l'acqua delle brentane* aveva smosso una quantità di materiale mai vista prima. A margine del mare di ghiaia vangata dalla piena, emergevano un teschio e ossa umane. Doveva essere un soldato visto che accanto spuntava l'acciaio arrugginito di un fucile. Però poteva darsi che fosse un bracconiere dei tempi antichi. Chissà. L'amico che accompagnava spesso il Cercatore, trovandosi più in alto, non s'accorse di nulla. E il Cercatore nulla riferì. Coprì i resti con pietre

* Alluvioni.

di un certo volume, in modo che le bestie della montagna non venissero di notte a prendere le ossa del morto. Reputò fosse meglio così. Lo sconosciuto avrebbe riposato ancora nella sua tomba naturale, al cospetto delle maestose vette dolomitiche. Il ghiaione se lo era mangiato chissà quanti anni prima, forse novanta, o di più. Ora restituiva le ossa come si fosse pentito di averle tenute nello stomaco tanto tempo.

A volte però, dove le quote estreme non permettono il respiro e l'ossigeno è scarso come la fortuna, la montagna anziché mangiare, digiuna e conserva. I corpi di sfortunati alpinisti vengono trovati intatti nel grande congelatore delle altezze. Il freddo siderale preserva i corpi e gli oggetti, anche i più delicati. Salva tutto fin nei minimi particolari.

Nel 1999, poco sotto la cima dell'Everest, fu rinvenuto il corpo dell'inglese Mallory che, assieme al compagno Irvine, aveva guidato la spedizione britannica nel 1924. Non tornarono più. Vomitato dalla montagna, l'alpinista era intatto. Salvo una gamba spezzata dalla quale usciva la tibia come un pugnale dal fodero, pareva fosse salito il giorno prima. Riposava da quasi ottant'anni in braccio alle nevi eterne, sotto il cielo vitreo degli ottomila metri. In tasca, accuratamente avvolte, teneva lettere della moglie perfettamente conservate, leggibili come appena scritte.

Sopra certe quote la montagna non ha fame, di conseguenza non mangia più. Però conserva. Il grande freddo uccide tutto e tiene da conto tutto. Lassù i raggi del sole sono così deboli che si staccano dal corpo della stella e cadono sui giganti di pietra piegati in due e già morti. Gli uomini che azzardano vette di ottomila diventano bocconi in attesa di essere ingeriti. E mai digeriti.

Le montagne, a volte, allestiscono frigoriferi ai loro piedi. Sono ghiacciai. Anche quelli conservano i corpi ingoiati chissà quando. Ogni tanto sputano qualcuno o qualcosa. Il più famoso rigurgito di ghiacciaio in epoca recente è la mummia del Similaun. L'acqua solida sbadigliò voltandosi sul fianco. Dalla bocca dell'eterno sonno rotolò un cacciatore vissuto cinquemila anni prima. Era intatto.

La montagna lo aveva deglutito ma non assimilato. Rimasto imprigionato per cinquanta secoli, tornava a vedere lo stesso cielo sotto il quale aveva camminato.

A volte il ghiaccio rende all'umanità notizie antiche, serve sul piatto gelido ricordi struggenti, storie malinconiche perdute nel tempo. Storie di uomini divorati dalla bocca sempre aperta della montagna.

C'erano una volta due giovani che si amavano. Lui faceva la guida alpina, aveva venticinque anni. Lei ricamava e ne aveva ventidue. Si sposarono nel loro paesino aggrappato alle Alpi, dove volavano i gracchi e tuonavano i ghiacciai. Era estate. Rimasero insieme cinque giorni. Durante una scalata il giovane cadde e morì. Non venne mai trovato il corpo. Qualcuno ventilò se ne fosse andato via, fuggito dal paese e dalla moglie. Lei sapeva che non era così. Suo marito non l'avrebbe mai lasciata. Per niente e per nessuna. Da quel giorno, col tempo buono saliva ai piedi della vetta che s'era mangiata il suo uomo. A pregare e chiedere le venisse restituito. Mano a mano che invecchiava, saliva sempre meno.

Passarono sessant'anni. Una mattina di primavera la montagna restituì quello che aveva tolto. A ridosso del paese, il gelido sarcofago del ghiacciaio s'aprì e versò qualcosa sul terreno. Era il corpo di un giovane. Perfettamente conservato, addosso la divisa da scalatore, calzava pedule da roccia. Una vecchia, udita la notizia, volle andare a vedere. Aveva passato gli ottanta ma la memoria ricordava un volto. Lassù, poco sopra il villaggio, dopo sessant'anni rivide quel volto. Il suo uomo era rimasto intatto, fermo a ventotto primavere, senza vecchiaia addosso, senza rughe e senza luce negli occhi. Solo velato da un'ombra di sorpresa. Come non s'aspettasse lo spintone della morte che lo separò dalla parete e dalla donna che amava. La vecchia abbracciò il marito, tornato dai mondi gelidi del ghiaccio che lo avevano conservato giovane. Si mise a piangere. Col suo ragazzo tra le braccia, che sembrava un figlio, un po' di gioia tornò alla sua vita. Mai avrebbe pensato di rivederlo. Soprattutto come allora, giovane, bello e forte.

La montagna è capace di questo: inghiottire uomini e dopo un tempo deciso da lei, ritornarli alla gente, ai parenti, agli amici, che li vedano ancora una volta. Ma succede di rado. Chi era presente quel giorno, accanto alla vecchia che stringeva il suo ragazzo, giura che per un attimo tornò giovane anche lei. Assieme, uniti in quell'abbraccio struggente, erano di nuovo gli stessi che la donna teneva sul petto, chiusi in un medaglione d'oro. Qualcuno afferma proprio questo. La storia era così bella, nella sua drammatica tristezza, che un regista ne cavò un film.

Ci sono altri modi con i quali la montagna esercita il suo gusto. Complici mutamenti climatici, incuria di boschi e pascoli abbandonati, ogni tanto, qua e là, si spalancano fauci che inghiottono. In questi casi non sono valanghe le lingue che assaggiano, bensì le piogge. La montagna manda l'acqua a nutrire la terra, farcirla, ammollarla per poi dare indicazioni: "Qui in questo punto è tenera, di sicuro commestibile". Questo dice la pioggia alla Signora. Allora lei apre la bocca, una delle sue innumerevoli bocche, e *gnam*, fa un sol boccone di tutto ciò che trova. Si aprono tagli nei terreni ripidi che originano frane le quali divorano boschi, case, uomini e animali. Spesso le spaccature sono lì dalla creazione del mondo, fauci aperte in attesa della vittima che vi precipita.

In un passato non ancora remoto, furono uomini a riempire foibe e voragini di altri uomini, colpevoli soltanto di non avere le stesse idee. In quei casi la montagna fu costretta a mangiare per forza, la ingozzarono suo malgrado, come quelle oche costrette a ingerire cibo per ingrossare il fegato.

Una volta, molti anni fa, un gruppo di cacciatori batteva i boschi in cerca di selvaggina. Camosci. Con loro camminava un vecchio di ottant'anni ancora agile e capace di mira. A un certo punto sparì. Lo cercarono dappertutto, ma di lui non si trovò più traccia. E nemmeno si scoprì la spaccatura dove di sicuro era sprofondato. Per mesi e mesi seguitarono a battere la zona. Mano a mano che il tempo passava le speranze si affievolirono fino a esaurirsi del tutto. Non lo cercarono più. Ancor oggi di lui non si sa più nulla.

I ghiacciai, sbadigliando il sonno dei millenni, ogni tanto sputano qualcosa; le foibe, invece, non ridanno indietro nulla.

La montagna spesso ha fame ma non rivela dove ha inghiottito. Solo il caso lo fa sapere.

Esiste un luogo in una valle, un posto ben preciso, sconosciuto a tutti, dove scavando un poco a fondo vengono fuori muri. A volte sono emersi teschi. Ce n'era uno che aveva tutti i denti. Erano perfetti, ancora un po' bianchi. Quel posto ha forma di scodella, con il bordo disuguale come un cratere. Si ha l'impressione che, chissà quando, il suolo sia sprofondato di colpo, trascinando con sé delle case, coprendole con un sudario di terra e morte. Sono apparse anche suppellettili, ciotole, mestoli di rame, asce. E dei grossi cucchiai. Uno d'argento. Il Cercatore l'ha visto coi suoi occhi. Glielo mostrò un vecchio morto nel 2010. Quell'uomo aveva raccolto anche il teschio dai denti perfetti. Un giorno lo portò a vedere quel posto in cui la radura aveva ceduto ingoiando le case che stavano sopra. Forse una ventina. Antiche dimore di boscaioli o carbonai, o entrambe le cose. Ma allora perché un cucchiaio d'argento? Boscaioli e carbonai erano gente povera, trascinavano i giorni nella miseria, di certo non avevano argento. Resterà un mistero. Uno dei tanti segreti della montagna. Anche perché il luogo deve rimanere ignoto al mondo. Il Cercatore lo ha promesso all'amico.

Poco prima che morisse, andò a trovarlo in ospedale. Gli rimanevano tre giorni e non lo sapeva. Sperava di guarire. Parlarono di tante cose, ricordarono le avventure fatte insieme. E le bevute. E un capodanno particolare, trascorso in una baita, a sbronzarsi senza dire una parola. Fuori nevicava, i boschi erano bianchi. C'era quel silenzio che piaceva a entrambi. Non serviva dire niente.

Prima di congedarsi il Cercatore lo abbracciò: «Scolta» bisbigliò il vecchio «non dire niente a nessuno di quel posto. Nemmeno a Cristo».

«Perché?»

«Perché verranno a fare casino, scaveranno, recinteranno la zona, decideranno tutto loro. Diranno chi può passare e chi non può passare.»

«Loro chi?» chiese il Cercatore.

«I sapienti» rispose. «Lascia che il posto resti com'è, lo conosciamo noi due. Promettimi.»

«Lo prometto.»

Il bracconiere disse: «Lì, la montagna ha aperto la bocca e ha mangiato le case e la gente. Lasciamoli in pace. Se vuoi scava tu, per trovare qualcosa, ma copri il buco, se lo vedono sospettano».

«Chi sospetta?» chiese il Cercatore.

«Quelli che passano» rispose il vecchio.

«Lì non passa nessuno.»

«Tu ci sei passato.»

«Sì, con te.»

«Anche tu potresti portare qualcuno.»

«Ti ho promesso di no.»

«Di te non mi fido» disse tre giorni prima di terminare il sentiero.

Ma il posto è rimasto segreto, nascosto a tutti, coi suoi teschi sprofondati e i cucchiai d'argento e i mestoli di rame e le ciotole. E soprattutto il suo mistero. Anche questa è la montagna.

Vi sono monti strani, con la faccia rivolta al cielo e la bocca sempre aperta. Si chiamano vulcani e ingoiano tutto ciò che cade dall'alto o vi rotola dentro. Ogni tanto fanno indigestione e allora sputano quello che hanno nella pancia, tra scoppi e fiamme, fumo e faville che s'alzano nell'aria per chilometri. Un vomito rosso sangue, melma bollente, corre per costoni e pendii, arroventando e incenerendo ogni vita. La montagna stavolta non manda avanti la lingua gelida delle valanghe. Per assaggiare il cibo, spinge una lingua incandescente e viva, che rende cenere gli alberi prima di toccarli.

Ma vi sono anche altre bocche lunghe chilometri, alte fino alle cime. Si chiamano valli. Sul fondo di queste fauci, avvolgenti come abbracci, vivono gli uomini. Sembrano formiche laggiù, impegnati a fare avanti e indietro con le automobili e mezzi di ogni tipo. Alcuni vanno a piedi. La montagna li protegge dall'alto, conforta i loro giorni con la sua bellezza. Le valli sembrano proprio bocche aperte. In alto si rizzano migliaia di denti rocciosi. Quelli più acuminati sono canini e incisivi, quelli smussati e piatti molari e premolari. Sul fondo s'allungano invece le lingue argentate di fiumi e torrenti. A questo punto si può dire che le montagne sono persone con gambe, braccia, cuore, polmoni e testa. E i cinque sensi, ai quali si aggiunge un sesto: la percezione. Ma bisogna tornare alle valli, queste bocche che si sciacquano con la pioggia, la neve è il loro dentifricio e si puliscono i denti di roccia con lo spazzolino del vento.

Una volta c'era una valle che non esiste più. Un lato si rovesciò sulla sponda opposta, chiudendo e stritolando chi stava in centro, come formiche dentro un libro. Successe molti secoli fa. Lo spostamento tellurico fermò il torrente con un colossale tappo di terra e roccia, e si creò un enorme lago.

Dopo la disgrazia, i montanari furono costretti a improvvisarsi marinai e naviganti estemporanei. Costruirono barche e zattere per muoversi su quel lago grandioso creato dal crollo. Tutto avvenne più di mille anni fa.

Su un colle c'era il castello di un uomo chiamato Marco e della moglie, Regina Claudia. Regina prese l'abitudine di traversare il lago, ancorare la barca in una grotta e raccogliersi a pensare. Piangeva e si domandava perché era finita in quel posto. Per l'approdo, aveva fatto infiggere un anello di ferro nella roccia.

I superstiti del libro chiuso si trovarono a fare una vita nuova sulle sponde di un lago che prima non c'era. Ma l'acqua non sta ferma, ha bisogno di correre, sfogarsi, andare oltre i limiti posti da chiunque. Così, un po' alla volta, giorno dopo giorno, l'acqua di sfioro iniziò a rosicchiare la terra del monte rovesciato. Passavano gli anni uno dopo l'altro a formare un secolo e poi un altro e avanti il terzo. E così via. L'acqua di quel lago che fu torrente, seguitava a mangiare il suo boccone di terra giornaliero. Finché, dopo mille anni, forse di più e chissà quanti, riportò alla luce l'antico greto rimasto sotto la frana. Il torrente riprese a scorrere nell'alveo originale e, se non proprio tutte, molte cose tornarono come prima. Nel suo scavare, quando fu laggiù in fondo, fece emergere le antiche vestigia del villaggio sepolto.

Ancora una volta, la montagna aveva mangiato, digerito e sputato gli ossi del suo pasto. Ma non aveva colpa. Il destino della terra era anche il suo, quello di cadere, disfarsi, scivolare e sparire. Per gli esseri umani è lo stesso: bocconi amari, bocconi preconfezionati in attesa di essere inghiottiti dalla terra, ridotti in cenere e dimenticati. E così per ogni essere vivente.

Olfatto

La montagna sente gli odori. Ogni effluvio, buono o cattivo, viene annusato dai suoi enormi nasi. Ha narici di caverne e fenditure che non vengono occluse da raffreddori o influenze. Se fa lunghe inspirazioni si vedono le erbe tremare e piegarsi verso l'alto. Quando espira il fiato è come se spingesse il vento. Le erbe si piegano da un lato, così ogni montagna annusa i suoi prati. E poi annusa l'odore degli uomini che la frequentano. Sente quelli che s'avvicinano con rispetto e quelli che la massacrano, sfruttandola e strizzandola come una spugna. Di tutti ne percepisce l'odore e, a seconda di quello che emanano, storce il naso o aspira a pieni polmoni. Negli ultimi quarant'anni, sono più le volte che ha storto il naso che le altre.

Gli uomini dal cattivo odore e dal cattivo gusto l'hanno uccisa. Se non proprio uccisa, ridotta a un rottame, umiliata, banalizzata, resa baraccone da luna park. Lei non riesce a evitare la banalità degli assalti, ma porta pazienza e resiste. Solo ogni tanto, quando non ce la fa più, manda agli invasori segnali di stanchezza. Sono avvertimenti.

La montagna, prima che con le orecchie, sente col naso l'odore dei furbi che s'avvicinano a prender le misure. In gergo li chiamano sopralluoghi. Per nuovi impianti di sci, mega alberghi, strade, disboscamenti, furti d'acqua e sfruttamenti vari. Questi imprenditori a mano armata esalano effluvi di zolfo non appena maturano un'idea per strizzare la natura. Lezzo di bramosia. Eccoli allora recarsi sul posto a conoscere possibilità, pigliare accordi, verificare. E poi ingraziarsi chi di dovere per liberatorie, permessi e concessioni.

Di lì a poco la montagna sentirà gracidar le motoseghe che radono al suolo il bosco per far spazio alla nuova pista. Sentirà clangori di ruspe che tolgono, livellano, riempiono, correggono per tracciare la nuova pista. Sentirà rombare elicotteri che si danno cambio a portare il bitume per gettare i piloni del nuovo impianto. Alla fine, quando tutto sarà a posto, sentirà il vociare sconnesso, eccessivo e maleducato dei fruitori domenicali. E di quelli infrasettimanali. Su tutto, le musiche rock ad alto volume delle biglietterie che da mane a sera staccano skipass.

È giusto che la gente vada a sciare, divertirsi e fare sport. Ma gli impianti esistenti bastano e avanzano. Avanzano soprattutto in certe località a bassa quota, dove un tempo nevicava e oggi non s'avvicina nemmeno un fiocco portato dal vento. Quei serpenti abbandonati di ruggine e ferraglia avanzano nel senso che non si riesce a smantellarli tutti. Perciò ne avanzano parecchi e stanno lì a deturpare il paesaggio. Con i suoi innumerevoli fori nasali, la montagna sente l'olezzo acre della nafta combusta che muove ruspe, gatti delle nevi, battipiste, motoslitte e gruppi elettrogeni per dare corrente ai cannoni sparaneve.

Tutto questo e altro annusano le montagne, quegli enormi nasi che sporgono dal volto della terra. Bisognerebbe mandare loro un buon profumo come si fa con la donna amata. Ci sono boschi secchi da tempo per aver annusato aria velenosa che ha bruciato foglie e gemme. Sembrano cimiteri di mummie, le braccia alzate, nude e sterili come tizzoni spenti. Altri stanno morendo perché le radici succhiano veleni.

Ma vi sono anche odori cari alla montagna, effluvi sempre più rari che quando appaiono li aspira a pieni polmoni. Sono in via d'estinzione come fiori senz'acqua. Ad esempio, sui passi dolomitici, d'estate, si può ancora vedere qualche mandria di vacche al pascolo. Le malghe, col perenne fumo nel camino, lavorano il latte. I malgari, muniti di iPhone, offrono i prodotti ai turisti. Sembra di tornare ai tempi antichi, c'è un buon odore di letame sparso intorno ai pascoli e il suono dei campanacci. La montagna lo sente e apprezza. Ma c'è un "ma". Accanto alle baite, lungo i tornanti, sfilano centinaia di motociclette rombanti e puzzolenti e auto che sollecitano la coda a colpi di clacson. L'odore di benzine combuste ammorba l'aria e la montagna, in questo caso, non apprezza. È un contrasto difficile da accettare. A un lato della strada, scene antiche di un giardino bucolico in via di estinzione. Tre metri più in là, sul lato opposto, il caos della città che va in alto su due e quattro ruote. Oltre al rumore fastidioso, fluttua nell'aria delle vette il pestifero tanfo degli scappamenti. Oggi la montagna annusa e respira monossido di carbonio. Lo si capisce dalla faccia anemica dell'erba lungo i bordi e vicino alle strade di quei passi dolomitici d'incomparabile bellezza.

Il Cercatore torna coi ricordi a cinquant'anni prima, quando scarpinava su uno di quei passi. Aveva quindici anni, ragazzino cresciuto tra stenti, miseria e botte. Una volta, durante le vacanze estive, il padre, irascibile e violento, per toglierselo dai piedi lo spedì lassù, a falciare i pascoli d'alta quota. Lo consegnò a cinque vecchi falciatori del paese, gente di buona fiasca e poche parole. Raccomandò loro di farlo lavorare. Venne a raccogliere lo sparuto gruppo di braccianti il padrone dei pascoli, che aveva sessanta mucche. Li caricò su un furgone e partì.

Il Cercatore vedeva quei posti la prima volta. Ne restò incantato. Stupefatto da tanta bellezza non aprì bocca per due giorni. Si guardava intorno e basta. Lassù era il paradiso terrestre. Montagne fin dove arrivava l'occhio. Vette rocciose alte e sottili con la punta come matite appena temperate. Lame di pietra rossa, affilate come coltelli tagliavano il cielo blu che scendeva a toccare pascoli di erba fitta e piena di fiori. E poi guglie, aghi, campanili, torri acuminate svettavano accanto a panettoni bonari dall'aria innocua. Era il regno dei monti pallidi, un paesaggio dalla bellezza mozzafiato, difficilmente descrivibile. Questi picchi di roccia, dalle svariate forme e dimensioni, s'innestavano come denti smisurati nelle verdi gengive dei pascoli che circondavano ogni cosa.

Più in basso, molto più in basso, i prati s'addolcivano diventando meno ripidi e più larghi. Erano divisi da una strada piena di tornanti dove in tutto il giorno passavano sì e no dieci auto. Laggiù pascolavano le vacche del padrone e il suono dei campanacci arrivava sotto le vette, dove tagliavano l'erba i falciatori venuti da lontano. Tra questi una recluta di quindici anni che annusò trasognata l'odore della montagna sconosciuta. Lei fiutò il suo e sentì che doveva proteggerlo. Il ragazzino mandava odore di abbandono e tristezza e un dolore mai espresso, nascosto in fondo al cuore come talpa nella terra.

La montagna annusa il male e il bene insiti nell'uomo. Inspira e sa se è vigliacco, cattivo, traditore o falso. Oppure buono, generoso, tollerante, caritatevole. L'essere umano manda avanti il suo odore come il pescatore lancia l'esca. Gli scappa via, esce dalla pelle e sale in alto. Lei lo sente arrivare molto prima di vedere il corpo arrancare. Così quel giorno lontano, lassù al passo di un santo che fu pellegrino in terra, la montagna decise di proteggere quel ragazzino disperato. Finora lo ha fatto. Gli ha tirato qualche pedata, ma solo per avvertirlo che aveva sbagliato e poteva lasciarci la pelle. Sul ripido non si scherza, bisogna stare attenti a ogni minuto che passa e di tutto quel tempo farne memoria.

Il Cercatore torna ogni tanto a quel passo che fu del pellegrino e suo rimane. Non può fare a meno di notare il cambiamento. La montagna è stata impoverita arricchendola di tutto. Lei storce il naso, subissata di rumori e avvelenata dai gas pestiferi di migliaia di auto e moto. I larici accanto alla strada e gli abeti sono incarboniti, tribolati e boccheggiano asfissiati. Invocano la motosega, non ne possono più.

Gli alberi sono una parte delle innumerevoli narici della montagna, forse le più importanti. È anche tramite loro se lei annusa, sente, valuta e condanna. Tutto è legato assieme, lassù, dove l'aria diventa fina. Di conseguenza tutto soffre assieme.

Da ogni parte lungo i pendii e fin sotto le vette, si snodano impianti di risalita di ogni dimensione e lunghezza. Sciovie, funivie, cabinovie, ovovie. Tutto quel che finisce in "vie" porta in alto le persone per vie traverse e senza fatica. E poi alberghi, bar, casette da souvenir, parcheggi. Non vi è più traccia del santo di cinquant'anni prima, quel pellegrino che vedeva dieci auto al giorno. Uguali ad allora, sono rimaste solo le vette e i prati, dove non corrono gli skilift. Prati coperti più da turisti vocianti e fazzoletti di carta, che da fiori. La montagna annusa, aspira e s'intossica di maleducazione e cattivo gusto. Vorrebbe vomitare tutto. Sversare a valle il cianuro degli uomini e rendere la paga a casinisti e sfruttatori. Ma non lo fa. Morirebbero in tanti, rimarrebbero in pochi.

C'era un alpinista-cacciatore che viveva in un piccolo paese incollato a monti aspri e remoti. Era un uomo molto timido. Diventò amico del Cercatore, assieme andavano a stanare selvaggina. Non per hobby, ma per mangiare. A quei tempi, ambedue vivevano in ristrettezze, la macelleria non era accessibile. Essere accettato da quell'uomo fu arduo. Metteva la corazza. Inoltre, il giovane lo canzonava, ironizzava su certe sue prese di posizione, fissazioni e manie. Ad esempio voleva cacciare, arrampicare, camminare o bere in osteria sempre da solo. Faceva tutto da solo, anche la legna per l'inverno. E sì che un paio di braccia in più nel bosco vanno bene. Eppure non accettava nessuno.

Quando il Cercatore gli chiese motivo di quell'atteggiamento da orso scorbutico, fu molto convincente: «C'è solo una cosa al mondo da fare in due. Solo quella, il resto da soli». Non servivano commenti, tutto chiaro. Ci mise due anni, il giovane, a farsi accettare. Dopo il tempo necessario, nel cuore dell'uomo si aprì una fessura e da quel momento cominciò a rampicare e cacciare col ragazzo. Il quale ebbe modo di ammirare la classe e l'istinto naturale che sfoggiava nel salire le pareti. Un talento fuori dal comune. Glielo fece notare.

«Ho imparato da solo, soli s'impara meglio» rispose. «Se cadi, nessuno ti ferma la corda. E quindi devi stare più attento.»

Era un fuoriclasse e, rarità per la sua specie, umile e schivo. Il Cercatore faceva domande. Era soprattutto curioso di una cosa. Ogni volta, prima di partire a caccia o scalare, il vecchio orso si lavava da capo a piedi e si profumava per bene. Il Cercatore non capiva. "Semmai ci si lava al rientro", pensava. Chiedeva, ma l'altro stava zitto. Alla fine il giovane azzardò la domanda fatale a quell'uomo che domande non ne voleva. E per farlo capire a tutti, che non accettava domande, usava un motto con tempismo assoluto. Era questo: «Al terzo perché io me ne vado». Intendeva che se qualcuno gli chiedeva per tre volte il perché di una cosa, era sufficiente a farlo allontanare di corsa. Putacaso che stesse bevendo un bicchiere di vino, nemmeno lo finiva tanto lo infastidivano i "perché".

Ma quella volta il Cercatore la domanda gliela doveva fare. La curiosità lo sovrastava, non poteva più tenersi. Aspettò il momento giusto, quando l'amico era di buonumore. Lo prese a bruciapelo e senza riuscire a evitare il "perché" gli disse: «Senti un po', mi spieghi perché ogni volta che vai in montagna ti lavi e ti profumi?». L'uomo lo guardò di traverso e rispose: «Sarebbero affari miei, ma per te faccio uno strappo. Mi lavo e mi profumo perché la montagna ha naso fino, sente l'odore di uno che non si lava. E non è una bella cosa. È come presentarsi alla fidanzata dopo un mese di lavoro in bosco. Non va bene. La montagna è la mia fidanzata, io le porto rispetto e quando l'avvicino ha da sentirmi buon odore. Inoltre, se dovessi crepare, coloro che vengono a raccogliermi devono trovarmi pulito».

Quell'uomo solitario e laconico affermava che le montagne possiedono l'olfatto, sentono gli odori, annusano l'aria. Perciò capiscono se un uomo è sporco o pulito. Dopo tale spiegazione, il Cercatore si fece pensieroso. Lui l'acqua la teneva distante. Qualche volta vi si avvicinava ma senza entusiasmo. Se quel che aveva detto il taciturno corrispondeva al vero, era bene non avvicinasse più una cima. E forse nemmeno una donna. Commentando la faccenda, confessò all'amico di non amare molto l'acqua. Il taciturno gli rivelò un dettaglio che lo fece sperare. Disse che ci sono uomini puliti fuori ma sporchi dentro. Quelli, la montagna li sente prima degli altri. «Quindi» concluse, «anche se ti lavi poco, cerca di restare pulito dentro, e lei ti farà passare.»

C'era una volta un tipo che faceva saltare quinte di roccia con la dinamite. Apriva spazi per piste di sci e impianti di risalita. Lo chiamavano Gelatina. Quando si avvicinava, la roccia sentiva l'odore della cheddite, l'esplosivo delle cave. Annusava e tremava. Sapeva che, in qualche parte del corpo, Gelatina le avrebbe strappato un brandello di carne. Finché commise un errore. E saltò per aria lui. Dissero che la montagna si vendicò. Invece voleva salvarlo. Non sapevano che la miccia si era spenta tre volte. La montagna vi buttava sopra l'acqua degli scoli. Gelatina riaccendeva e la miccia si spegneva. Era difettosa, bruciava con anticipo il tempo di durata. Alla quarta accensione guizzò al detonatore mentre il Gelatina stava ancora lì. E saltò. Per anni la montagna sentì l'acre odore di zolfo dei suoi fianchi sbriciolati dal Gelatina. Ma non si vendicò, anche se dicevano così.

D'estate, quando tutto è fiorito e i pascoli sono un tripudio di fiori colorati e le erbe si sfregano le une alle altre sotto la spinta del vento, le montagne mettono la testa sul petto come fare l'inchino. Forse è solo una leggenda ma si dice questo. Che di notte le vette piegano il naso verso il basso per annusare i profumi. E la mattina, sazie di effluvi, tornano al loro posto, dritte e impassibili e nessuno se ne accorge. Lo fanno in ogni stagione. Annusano anche la neve. Sentono l'odore bianco dell'inverno e l'attrito dei fiocchi che scendono e fanno quel crepitio di faville morte nel silenzio delle notti invernali. Annusano l'impercettibile profumo delle gemme che scoppiano a primavera e s'aprono crepitando anche loro. In quel momento l'aria s'arricchisce di vita e speranza. Chi va sulle vette in quel periodo, sente fiorirgli in petto l'entusiasmo e la voglia di cantare e non sa perché. Quando nell'aria circola l'odore rossigno dell'autunno, le montagne annusano foglie arricciarsi su se stesse. Le foglie incrociano le braccia. Si chiudono con un fruscio leggero che manda odore di umido e cose stanche. Molti di quei bozzoli diventano rifugio per insetti e bruchi, prima che la neve seppellisca tutto sotto la coperta bianca. Quando la pioggia sferza i boschi e le montagne gemono sotto le spallate del vento, la terra sa di tabacco fradicio, ceppi marci e muschi in disfacimento. È il buon profumo dell'humus che la feconda e l'arricchisce. È l'odore della vita che verrà. Concimata e nutrita da alberi che crollano sfiniti, dalle foglie di vecchi autunni dimenticati. Dalle carcasse putride di animali che vanno a morire senza un lamento. E, un tempo ormai lontano, dal paziente lavoro degli uomini. Tutto questo la montagna inspira e traduce in immagini, espirando la sua bellezza come un fresco vento che accarezza il mondo.

La vista

La montagna ha occhi che vedono lontano. E scrutano dappertutto. Vede bene perché è alta.

La vita viene dal cielo, si posa su di lei e scende via via a dare origine al mirabile giardino della natura. Da lassù il suo sguardo gira in cerchio a spiare la vita. Nel mondo ne ha viste di cose. Gioisce o piange alla stregua degli esseri umani, che ai loro piedi si muovono come formiche ubriache. Si potrebbe dire che gli occhi della montagna sono quelli di animali, uccelli o degli insetti che ricamano le cortecce dei tronchi.

La montagna ha però altri occhi. Occhi che osservano da rocce e caverne, costoni e cenge e dalle punte dei colossali alberi patriarchi. E infine l'ultimo più alto: l'occhio acuto sopra tutti, la pupilla vicina al cielo, quella della vetta.

A volte la montagna è percorsa, nei versanti più ripidi, da uomini armati di corde e chiodi. Figurine insignificanti, quasi indistinte, che vogliono e tentano di arrivare in cima. Sono alpinisti. In molti riescono a salire e si fermano soltanto quando il passo calpesta l'aria. La montagna guarda, soppesa, giudica. Li vede, li segue mentre arrancano su per la sua pelle rugosa. Sa benissimo chi sono, con chi ha a che fare. Conosce come pochi il comportamento umano, capisce se sono persone oneste o meno, se tra di loro c'è la guerra o la pace. E sempre rimane delusa. Se non è guerra, c'è invidia, rivalità, tornaconto, e bugia. Pensa: "Come fanno gli uomini a dire che io sono scuola di vita? Che frequentandomi diventano migliori? Non li vedo affatto migliorati. Dai tempi che il primo di quei rissosi cominciò a salirmi addosso, se sono cambiati è verso il peggio. Seguitano a fare guerre, ammazzarsi, rubare, tradire, imbrogliare. E altre brutte faccende". Questo pensa la montagna, mentre osserva gli uomini dall'alto. Sa che esistono brave persone, ma così rare che fatica a ricordarle. Qualcuna è passata sotto i suoi fianchi e proprio perché in gamba, ha lasciato un segno lieve. Tutto ciò appartiene alla percezione, il sesto senso della montagna, qui invece si deve parlare della vista.

La montagna ha visto tante volte uomini che volevano scalarla staccarsi dalla roccia e sfracellarsi ai suoi piedi. E ne vedrà ancora. Vede nelle case l'angoscia dei familiari consumati dall'attesa. E poi la disperazione quando vengono avvertiti della disgrazia. Osserva le operazioni dei volontari per recuperare i morti. A volte tira un sospiro di sollievo quando qualcuno di quei disgraziati viene raccolto ancora in vita. Nota il passo dei principianti, i movimenti degli sbadati, l'azzardo degli incauti. Quante volte vede gente marciare sui sentieri che percorrono il suo immenso corpo. Camminano tranquilli senza preoccuparsi di cosa sta sospeso sulle loro teste. Vede il sasso in bilico che potrebbe cadere mosso dal corvo, dal gracchio o dal camoscio in fuga. Gli incauti camminatori, invece di marciare rasente la parete per avere un qualche riparo, viaggiano ignari esposti a ogni destino. Tale comportamento nasce da pensiero sbagliato. Sono convinti che quel sentiero è stato tracciato da qualcuno che la sapeva lunga. Perciò su quel sentiero non deve succedere niente. Forti di tale convinzione, vanno in montagna senza riflettere né ragionare sui pericoli che possono balzare improvvisi. Di solito tutto finisce bene, ma qualche volta non va così. Di gran lunga, gioca la sfortuna e quando decide, il prescelto non ha scampo.

Alcuni anni fa, un camminatore solitario stava percorrendo l'Alta via dei silenzi. È un percorso di grandiosa, selvaggia bellezza che a farlo tutto ci vogliono quindici giorni. Si snoda attorno alle remote Dolomiti d'oltre Piave, dove la neve non cade firmata. Prende il nome dall'assoluta assenza di clangori e punti d'appoggio. Questo camminatore indefesso era quasi riuscito a terminare la fatica. Poteva passare un secondo prima o uno dopo sotto quella parete rocciosa. Poteva indossare un casco. Poteva restare a casa. O in qualche rifugio a mangiare e bere. Poteva anche non essere nato. Invece era nato, aveva quarantadue anni e quel giorno era lì, a quell'ora, a quel minuto. E a quel secondo fatale. Un sasso si staccò dalla parete e gli piombò in testa uccidendolo sul colpo. Come successe al ciclista solitario.

La montagna vide tutto e non poté fare niente. Bastava un passo in più, uno in meno, una brevissima sosta e quel sasso lo avrebbe schivato. Oppure, fu proprio in virtù di quei passi o quella sosta che andò a beccarselo in testa? Nessuno lo saprà mai.

Lo sguardo più bello e intenso della montagna, forse il più inquietante, è quello ravvicinato. Quello che sente addosso l'alpinista su ogni centimetro di roccia guadagnato in salita. In quei momenti gli occhi della Signora scavano l'anima, la mettono a nudo. Mano a mano che il rocciatore s'avvicina alla vetta, sorridono bonari e contenti come quelli di un cielo sereno.

La prima volta che il Cercatore vide gli occhi della montagna scoprì che erano i suoi. Occhi curiosi, inquieti, spaventati. Spesso tristi. Gli occhi dei bambini a volte sono tristi. Molti crescono tra paure e violenze, nell'indifferenza degli adulti. Per salvarsi fanno quello che possono. Il Cercatore, per salvarsi, s'arrampicò sulla montagna. Lassù nessuno lo toccava. Lassù scoprì altri occhi. Occhi di velluto nero quando durante una scalata capì che si staccava dalla roccia e volava giù. Fu un salto lungo, venti e passa metri di terrore bloccati dalla corda che il compagno teneva salda. Questo non attenuò lo sgomento per aver incrociato un attimo lo sguardo peggiore della montagna. Quello che ti saluta l'ultima volta. Negli anni successe ancora. Andò sempre bene, qualche frattura, niente di più. Al momento di cadere, gli occhi della montagna erano angosciati come se ad avere paura fosse lei. Quando andò bene e il Cercatore schivò l'orrore di precipitare, gli occhi della roccia lampeggiavano a intermittenza. Dopo lo scampato pericolo, terrore e gioia, gioia e terrore bloccavano ogni movimento. Persino il respiro. Per qualche attimo era così. Tutto fermo. Poco dopo, si palesava l'immensa gioia di aver schivato la morte.

La montagna vede quando uno muore, anche se chiude le porte del mondo in ospedale o tra le mura di casa. Ha occhi che arrivano lontano, penetrano pareti e solai, entrano dai tetti, da porte e finestre chiuse, assistono in silenzio chi esala l'ultimo respiro. La montagna vede quando uno muore arrampicando, camminando o sciando in neve fresca con l'entusiasmo di lasciare una bella traccia, l'elegante serpentina del fuori pista.

Lo sci-alpinismo è scendere su neve vergine, incidendo su di essa un solco di personale invenzione. Un po' come la vita, si lascia una traccia sul nostro foglio bianco senza possibilità di averne uno di ricambio. L'obiettivo perciò è fare una bella traccia. Più che un obiettivo dovrebbe essere un dovere. È difficile, quasi mai capita di lasciare una bella traccia sulla neve delle nostre esistenze. Chi vi riesce è bravo e lo fanno santo. Ma anche le belle tracce, come le brutte, verranno coperte da altre nevi e dimenticate. Nel frattempo ne appariranno ancora, tutte nuove perché gli inverni si susseguono e sono lunghi. Poi verranno le primavere a regolare i conti e sciogliere ogni segno di passaggio. Il tempo fa lo stesso: cancella le vite con la sua gomma inesorabile e un po' alla volta le fa dimenticare.

Tutto questo la montagna vede e ha buona memoria. Ricorda quelli che l'hanno frequentata da quando il primo essere umano osò calcare una cima. Ricorda i morti, le tragedie, le vite perdute lungo i suoi fianchi. Alcuni alpinisti vissero giorni d'inferno appesi alla parete, altri tennero duro col compagno morto lì accanto. Lei vedeva, seguiva il dramma, cercava dar loro conforto, li stimolava a resistere. Ma spesso il cielo entrava a guastare la festa, mandava inesorabile neve, pioggia, freddo e vento. E la montagna non poteva farci niente. Di solito il cielo le dà retta, ma non sempre.

Tra coloro che si sono salvati, nemmeno uno serba cattivi ricordi o sentimenti di rancore. Se ha potuto è tornato da lei. Con maggior attenzione e più umiltà. Ma la montagna vede anche altre cose. Vede gente che la offende, la sporca, lascia cartacce, barattoli, immondizie di ogni tipo. Vede la sorella povera, abbandonata, trascurata dai politici perché non porta che un miserabile pugno di voti insignificanti alle carriere. Vede la sorella ricca, dove la neve cade firmata e un caffè corretto costa come acquistarne un chilo. Vede e sa di non avere colpa. Sono stati gli uomini a ridurla così. Individui senza scrupoli né principi, il cui unico obiettivo è fare soldi, accumulare capitali, potere, barche, ville e automobili di lusso. Tutto questo a scapito della montagna. La quale si indigna quando legge sui giornali che i politici al potere fanno di tutto per proteggerla e in realtà fanno il contrario. Ride amara, leggendo di una certa Unesco che in alcune zone l'ha eletta patrimonio dell'umanità e permette che le si rubi l'acqua per centraline private, le si rubi la ghiaia dei torrenti, pepite di oro bianco, a migliaia di metri cubi. Ride amara quando legge articoli di maldestri giornalisti i quali, quando succede una disgrazia in quota, definiscono la montagna "assassina". La montagna non è assassina, se ne sta lì a guardare e subire. È lei casomai che viene uccisa e ingoiata pezzo per pezzo dall'ingordigia degli uomini, dalla loro ignoranza e mancanza di rispetto. Vede chi le si avvicina con intenzioni bellicose e sguaiate. O chi l'accosta col passo mite e leggero del silenzio. Vede ai suoi piedi gli uomini che s'apprestano a salire sulla sua testa, legge le loro ambizioni, le vanità, i momenti di vigliaccheria. Non basterebbe la carta del mondo per scriverci tutto quello che lei ha visto. Qui possiamo soltanto raccontare qualche fatto.

Una volta fu testimone di una sfida epica tra rocciatori del secolo passato. Uomini di un certo valore morale mossi ciononostante dall'orgoglio di esser primi. Di sfide la montagna ne ha viste tante, milioni di sfide lungo le sue pareti. Molte portate a termine con mezzi subdoli visto che gli uomini non sempre sono leali. E nei confronti della montagna e tra di loro.

Era il 1902. Un settembre anemico andava verso la fine, il sole ancora scaldava. Due alpinisti di una città sul mare, stavano tentando la conquista della guglia più bella del mondo. È un campanile di roccia compatta, alto 300 metri, aguzzo e sottile come una matita, strapiombante da ogni lato. Fu così impressionante la visione che i due avventurosi lo definirono "l'urlo pietrificato di un dannato". Erano quasi arrivati in punta quando una sporgenza, per quei tempi insuperabile, li bloccò. Il campanile osservava in silenzio. Imperturbabile e sornione, curiosava, aspettava di vedere come sarebbe finita. Finì che i due rinunciarono, calandosi a malincuore alla base.

«Ma torneremo» dissero.

Sul versante opposto della valle, appollaiati a un costone di mughi, due rocciatori austriaci, armati di binocolo, spiavano le mosse dei rivali italiani. Dall'aereo pulpito, capirono che attraversando a sinistra, si poteva aggirare la sporgenza e trovare terreno facile. Dal punto raggiunto, i due italiani non potevano immaginare che pochi metri più in là s'apriva la soluzione. Bastava sporgessero un pochino il naso. Alla peggio potevano intuire. Invece non intuirono e quella scarsa attenzione si rivelò fatale.

La sera stessa, tutti e quattro s'incontrarono per caso nell'unica osteria del paese. Gli austriaci fecero bere i due italiani i quali, candidamente, rivelarono metro dopo metro il tratto percorso sulla guglia. Poteva bastare. Si salutarono. Il giorno dopo, mentre gli sconfitti tornavano a casa, gli austriaci, senza indugi, mossero all'attacco. Prima di sera avevano conquistato la vetta. Era il 17 settembre 1902. La guglia più ambita in quel momento dagli alpinisti europei era stata salita la prima volta. Uno dei due italiani, per il grande dispiacere e delusione della sconfitta, cadde nello sconforto, si ammalò e morì.

Questa la storia scritta dai protagonisti. Quella vista dalla montagna si può immaginare. Aveva osservato gli italiani provare e riprovare più volte. Avevano tentato anche il mese prima. Avrebbe voluto avvertirli di guardare più in là, sporgersi dalla gobba e spiare il traverso. Così ce l'avrebbero fatta a passare alla storia. Ma lei non parla. Vede e non apre bocca. La montagna non avverte né dà consigli. Se ne sta lì impassibile, assiste all'affannarsi degli uomini.

Ogni tanto si alzano le nebbie, bianche tende tirate a nasconderla. Ma lei vede lo stesso. Nota le masse di turisti che al sabato sera preparano zaini e panini per l'invasione domenicale. Quelli che arrivano a calpestarla dappertutto, senza alcun rispetto. Giunti a meta, s'adagiano in ogni dove, esibendo tovaglie da pic-nic e nascondendo immondizie tra i cespugli. A questo punto la montagna si diverte a fare qualche scherzo di buon gusto. Si mette d'accordo col cielo il quale, zelante fino al cinismo, muove gli elementi e fa piovere tutte le domeniche. E lunedì fa splendere di nuovo il sole. I turisti della cagnara s'arrabbiano.

«Com'è possibile?» dicono. «Che sfortuna!»

Non pensano che se fossero rispettosi, educati e silenziosi, nel cielo domenicale s'alzerebbe il sole. Pare impossibile ma il meteo delle montagne è inversamente proporzionale al comportamento dei turisti. Per questo piove spesso.

Anche d'inverno la montagna, in combutta col cielo, si diverte a deludere gli sciatori dal naso all'insù che attendono la neve. Ma neve il cielo non ne manda, loro rimangono a secco e imprecano. D'estate, per punire i turisti a scopo educativo, toglie il sole e manda ogni pomeriggio scrosci e acquazzoni. Ma i turisti non migliorano. Nemmeno d'autunno diventano più bravi. L'uomo è quello che è, neppure il giudizio universale lo aggiustò. Figuriamoci le piogge domenicali. La montagna, dopo reiterati tentativi di convincimento, rimanda tutto a tempi migliori. Così, ogni tanto, tornano le stagioni regolari, i giorni buoni e il sole splendente. Gli uomini lo sanno. Basta aspettare e otterranno quello che vogliono. Ecco perché non migliorano.

Esistono montagne cresciute in paesi lontani, belli e sfortunati. Sono alte più di otto chilometri perciò vedono lungo, fino alla curva della terra. Ma da molto tempo non guardano più gli orizzonti. Scrutano ai loro piedi, deluse e disgustate. Per conquistarle, uomini di ogni nazione si sono prodigati nel tempo senza risparmio di mezzi e materiali. Che hanno lasciato lì. Tonnellate di cianfrusaglie, corde, bombole d'ossigeno, tende, barattoli, taniche, contenitori di plastica insozzano quelle possenti montagne dai nomi poetici.

Esse guardano giù e vedono l'immane immondezzaio cui le hanno ridotte i conquistatori. Deprime constatare che gli autori di quei vasti depositi maleodoranti è gente che a ogni occasione ribadisce, non senza una certa pompa, di amare la montagna. Gente guidata nelle azioni giornaliere da severo spirito ecologico, così dicono. Personaggi famosi e meno noti, che puntano il dito contro i barbari insozzatori di strade e città. Persino contro un bimbo che lascia sfuggire di mano la carta di caramella e non la raccoglie. Il grande Brodskij, Nobel di letteratura, ammoniva: «Di tutte le parti del nostro corpo, controllate specialmente il dito indice, perché è assetato di biasimo». Le grandi montagne della terra, alte più di otto chilometri, vedono e pensano: "Ma perché, allo stesso modo che le hanno portate qui, non se le riportano a casa le loro immondizie?". La risposta la conoscono. Sanno che i membri delle spedizioni, uomini di civiltà evoluta, predicano bene e razzolano male. Un conto è dire, altra cosa è fare. Una volta ai piedi dei giganti himalayani, il loro obiettivo è arrivare in vetta. Con ogni metodo e ogni mezzo. E si può capire, considerati i costi. Una volta lassù, sulle cime più alte del pianeta, i loro nomi verranno ricordati a perenne memoria. Passeranno alla Storia. Gli uomini vogliono passare alla Storia. Passassero alla geografia, sarebbe più sicuro. Per tutti. Ma gli uomini vogliono passare alla Storia, non foss'altro che la loro personale. "Io ho scalato un ottomila" vogliono poter dire. Oppure due, tre, quattro, ottomila. E perché no, anche tutti e quattordici. Fin qui niente di male.

Pure il Cercatore avrebbe voluto collezionare almeno uno di quei colossi. E ancora ci spera. Per metter piede sulla vetta di un gigante himalayano non bastano volontà, fisico e determinazione.

Ci vogliono un sacco di tempo, di soldi e mille sacchi di materiali. E tutti questi sacchi non ritornano nel luogo di partenza. Ma se il tempo che gli alpinisti hanno sprecato lì è impossibile recuperarlo, i materiali diventati immondizie dovrebbero esser raccolti e portati a casa. Invece rimangono sul posto. Inebriati dal successo della cima, i "conquistatori dell'inutile", come li definì Lionel Terray, si eccitano, scalpitano, brindano. Hanno fretta di affidarsi ai mass media affinché i loro nomi passino alla Storia. Anche solo per qualche minuto, di conseguenza dimenticano i rifiuti. Oggi invece, è difficile durare. Al massimo si passa alla cronaca, alla visibilità di qualche giorno. Che pur sempre Storia è. Storie brevi di grandi conquiste. Ma oggi non gliene frega niente alla massa se un tizio sale sul naso di un ottomila. Una volta sì. Basti pensare alla vittoria del K2, nel 1954, che fu onore e trionfo dell'Italia intera. Ma pure allora le immondizie rimasero. Ed è paradossale che le lasciano sul posto in ogni caso. Gli uomini non sono mai contenti. Se "vincono la montagna", come usa dire, abbandonano i rifiuti per euforia di conquista. Se vengono sconfitti, cosa probabile a quelle quote, li lasciano lì, affranti da delusione, avvilimento e smacco. Spesso anche rabbia. Mancare l'occasione della vita, magari quand'era a portata di mano, rende acidi. Perché, tornando al grande Brodskij: «È difficile che la sconfitta allarghi le prospettive». Per questo si diventa rabbiosi e si lasciano immondizie. Dall'insozzamento generale dell'Himalaya è doveroso salvare due persone: Nives Nervi e Romano Benet. Di certo ce ne saranno altre, ma molte poche. Le montagne vedono tutto e, da ciò che vedono, rimangono alquanto deluse.

Il nonno del Cercatore era uno che andava per monti. E ce la metteva tutta per tenerli puliti. Fu lui a trascinare le prime volte i nipoti sulle cime. Nell'andare, li educava passo passo. Ma questo è già detto. Una volta il vecchio e il maggiore si fermarono vicino a un formicaio. L'uomo trovò una scatola di sardine arrugginita, la raccolse e la ficcò nel tascapane. Avevano salito una vetta poco difficile, ma in montagna niente è poco difficile. Appena scesi, il nonno decise di rifocillarsi. Il bambino aspettava il suo boccone. Mentre aspettava, osservava l'alacre via vai delle formiche.

«Cosa fanno?» domandò.

«Puliscono» disse il vecchio. «Tutto quel che non va lo prendono e lo nascondono nel formicaio. E laggiù lo fanno fruttare. Niente buttano via. Sono piccole, fanno fatica e lavorano.»

Il bambino disse: «Portano pezzettini».

Disse il vecchio: «Pezzettini. Sì. Se tutti raccogliessimo i nostri, il mondo sarebbe pulito».

Erano tempi remoti, i lontani anni Sessanta del Novecento, e anche allora si sporcava la natura con rifiuti. Non nelle quantità odierne, naturalmente. Ma solo perché le robe da buttare erano meno. E non era raro imbattersi in bottiglie, scatolame e lattine lasciate da boscaioli e cacciatori. La cultura della fretta esisteva già, il suo imperativo è sempre stato: "adopera e lascia sul posto". Checché se ne dica. Fatti salvi alcuni ecologisti, patetici salmoni controcorrente di quest'epoca distruttiva, montagne, città e campagne sono immondezzai a cielo aperto. Questa è la realtà. Basta guardarsi attorno e capire: si sta esagerando. Ma la montagna ha pazienza, sa aspettare, spera in momenti più felici. È certa che arriveranno. Attende che crescano uomini migliori, saranno loro a cambiare le cose. La salvezza della montagna, e quindi del pianeta, è inversamente proporzionale alla serietà degli esseri che verranno. Quelli passati, e gli attuali, sono stati autentici Attila e andrebbero ristretti in luoghi appositi, la chiave fatta sparire. Nel frattempo la montagna sospira e guarda giù. Anche se pochi lo credono, è dotata dei cinque sensi, tra i quali appunto la vista. Il sesto è la percezione, dono che rarissimi uomini possiedono. Ma qualcuno esiste e quel dono, per loro, non è una fortuna bensì una fonte d'inquietudine ed eterna paura.

Percezione

Sentire in anticipo quel che sta per arrivare, vedere il futuro e i fatti che manda, avere la certezza che qualcosa sta per accadere, significa essere dotati di percezione.

Alcune persone, rare da tenerle sulla mano, possiedono questo dono. La montagna lo ha da sempre. Per lei non è un piacere e nemmeno una fortuna. Sapere prima quel che succederà nel bene e nel male non è tanto bello. È come se un uomo squarciasse il velo di Iside per guardare di là. E vedesse i guai, le malattie, la morte. Dolori che lo attendono al varco. Brillerà anche qualche gioia ma di certo non pareggia i conti.

La montagna individua i fatti sparsi nel futuro come stelle nel firmamento. Vaghe stelle che s'accendono di colpo, guizzano lucenti, cadono dissolte nella scia. Altre tremolano fioche, piccoli eventi senza peso che possono scatenare incendi.

Degli accadimenti visti in anticipo, la montagna soffre o gioisce. Ultimamente prevale il primo sentimento perché gli uomini la sfruttano e la deturpano. Soffre anche quando un alpinista o un camminatore lascia la vita lungo i suoi fianchi. Lo sa fin da quando il prescelto esce di casa all'alba e s'avvia verso il destino. L'avventura che sta per intraprendere non finirà come pensa. Lui non lo sa, è convinto che tutto filerà liscio, a sera sarà nella sua casa, ricondotto dalle ore alla vita di ogni dì. Potrà riabbracciare i figli, se ne ha, la fidanzata, gli amici. O carezzare il cane, se un cane lo aspetta. O il gatto. Guardare la tv mentre cena. Insomma, fare le cose che un essere umano fa quando rientra a casa la sera. Invece non tornerà più a quel mondo.

La montagna sapeva in anticipo che non sarebbe tornato. Sa quel che succede di lì a qualche ora, il giorno dopo, nei mesi che verranno, negli anni e nei millenni futuri. Sente quando le valanghe che si staccano dai fianchi andranno a travolgere lo sciatore, l'alpinista o un pezzo di villaggio. Sa quando una frana ingoierà case e persone o un ponte crollerà travolto dalla piena. Lo sa da prima, ne è sicura. Lo sente dentro le ossa, nella sua vecchia carcassa. Quando infuriarono le guerre, i monti furono riempiti di morti. Soldati caduti, giovani rimasti lassù, senza sepoltura né preghiere. Loro tomba divenne la montagna, le stelle del firmamento i fiori, i ghiaioni che li inghiottirono le lapidi. Quelle cime passate alla storia brutale della guerra, sapevano che sarebbe successo. Allora cercarono di farsi accoglienti il più possibile e render meno ardua la vita dei soldati. Ma c'erano gli inverni. La montagna è fatta di stagioni, mesi che vanno e tornano. Il gelo, l'equipaggiamento infimo, il cibo scarso fecero più vittime di pallottole e granate. La montagna si fece pietosa, usò devozione materna nell'abbracciare quei corpi che sarebbero rimasti in eterno nel suo grembo. Sapeva quel che sarebbe successo, sa da sempre che gli uomini si scontrano. Non poteva evitare la morte dei soldati.

Nessuno può evitare le azioni degli uomini né le loro conseguenze. Nemmeno Dio. Potrebbe, ma li lascia fare. Vuole capire, rendersi conto dove possono arrivare. Le loro menti si distinguono nella ferocia, la loro pochezza nell'ambizione, la loro sete di potere nel denaro. Il denaro crea potere, il potere crea denaro. Non consola sapere che nel mondo c'è tanta gente perbene. Dai tempi di Eva e Adamo, Dio attende che gli uomini migliorino. E non sono migliorati. Si rizzarono in piedi e impugnarono la clava. A tutt'oggi fanno ancora guerre, ammazzano, rubano, violentano e imbrogliano. E strizzano, spremono, deturpano la montagna fino a distruggerla. Lei lo sa, lo ha sempre saputo. Soprattutto percepisce quello che succederà in futuro e non c'è da stare allegri. Vede in lontananza la deriva dei sentimenti. Lenta, inesorabile, aleggia la decadenza dei valori fondamentali al buon vivere. Vede e chiude gli occhi. All'orizzonte balugina la fine del rispetto, dell'amore, delle regole per proteggere la natura. I monti, i mari, la terra fertile che ci regala il cibo sono a rischio. Il tarlo uomo si è messo a rosicchiare con metodo, complici politica e malaffare. La montagna conosce il progetto a lunga scadenza degli uomini: quello di farla fuori. Ci riusciranno? Sì. Percepisce nel futuro una farfalla secca, inchiodata con lo spillo al cartone del nulla. L'hanno chiamata Unesco. Questa farfalla, in molte zone dispersa dal vento dell'interesse, si prefigge salvaguardare tesori mondiali, definiti patrimonio dell'umanità. È una partita persa in partenza. Quando gli uomini puntano ad agire in malo modo, non c'è Unesco che tenga.

Esiste una valle incisa da una sgorbia sottile tra arcigne vette di un nord dimenticato, dove la neve non cade firmata. Una valle piena di tesori e possibilità di sviluppo, tutelata dall'Unesco. Un'incisione antica, forte di cultura e tradizioni dichiarata patrimonio dell'umanità e vergognosamente abbandonata a se stessa. Ma "attenzionata", come usa dire il politichese, da furbetti che mirano a interessi di lucro in barba a ogni protezione. Lassù, in realtà, nulla è protetto da nessuno. La gente vive tra disagi di ogni tipo ma non molla. Resiste. Lì è nata e lì rimane. Ama quella montagna povera e ripida, dove i paesi hanno nomi misteriosi e le patate rotolano in fondo ai campi.

In quelle terre estreme non esistono agevolazioni per rendere la vita meno aspra. L'inverno dura otto mesi, il resto è primavera. Il gasolio costa come al mare. Qualcuno, con molto acume, ha creato un parco naturale per far apprezzare al mondo quelle bellezze primitive, rimaste in certi punti allo stato della creazione. Ma la cosa stenta a camminare. I fondi vengono tagliati drasticamente, anno dopo anno.

La montagna si chiede se i vari ministri dell'ambiente, abbottonati alla poltrona da partiti e lobbies, hanno idea di cosa sia l'ambiente. L'ambiente sono le persone. Quelle che vivono sui monti dimenticati e campano senza comodità. E là resistono perché amano le loro origini. Un bosco, senza l'uomo che lo vede e lo ammira, non esiste. Il vescovo Berkeley diceva che "il sapore della mela non si trova nella mela e nemmeno nella bocca di colui che s'appresta a mangiarla. Ci vuole un contatto tra l'una e l'altra". Ecco perché l'ambiente è l'uomo, non solo ciò che lo circonda. Questo i vari ministri non lo sanno, perciò emanano leggi bislacche che penalizzano, se non addirittura negano, il rapporto uomo-ambiente. Di questo passo toccherà proteggere i montanari, non la montagna, peraltro fintamente tutelata.

Nelle alte sfere del nulla chiamate politica si bofonchia di cambiamenti, in realtà lassù non è cambiato nulla dai tempi della miseria. Se qualcosa è cambiato è in peggio. Non bastano internet o gli iPhone impugnati dai montanari a migliorare la loro terra. La quale percepisce una fine senza gloria a breve scadenza. Lassù faranno le discariche, magari per rifiuti tossici. Pare rendano bene.

Una volta, negli anni passati, la vita era dura ma gli uffici postali funzionavano tutta la settimana. Ora la vita è peggio e le poste aprono tre soli giorni. In molti paesi gli sportelli vengono chiusi. Così come vengono chiusi scuole, asili, servizi pubblici, negozi e vecchie osterie. Tutto scompare per un motivo preciso: la politica non ha interesse a investire nella montagna senza blasone. In quella terra abbandonata, patrimonio dell'umanità, tutelata dalla farfalla Unesco, la popolazione campa nei disagi. I montanari vangano campi d'illusioni. Sperano ogni volta che questo o quel governo dia loro una mano. Per farlo ci vogliono possibilità, le possibilità le danno leggi intelligenti, mirate e precise per ogni luogo e paese. Le leggi devono farle i montanari, gli abitanti dei posti ingrati. Loro sì che sanno cosa serve. Loro e non altri. Nessun altro.

In quel nord dimenticato, dove la sgorbia della creazione ha inciso una valle piena di tesori, la popolazione rimane isolata più volte all'anno. Nel 2014, tredici volte. Tutto questo per un torrentello che, quando diluvia, salta sulla strada. Da quelle parti in tanti anni sono transitati politici di ogni calibro. Dai 300 Magnum con pallottole rinforzate agli automatici con i colpi in serbatoio e uno in canna. Dai calibri sontuosi, genere da collezione, ai piccoli calibri o calibrucoli, gente ad aria compressa che faceva solo *puff*. Eppure nessuno ha ancora frenato l'invadenza del torrente dispettoso. Basterebbe un chilometro scarso di sopraelevata e il problema sarebbe risolto. Ma non la fanno. Perché non la fanno? Perché prima occorre dar precedenza alle opere inutili. Più sono colossali, più sono inutili e redditizie. La Tav, un ponte a Messina, il Mose. Fanno tenerezza le manine gialle del Mose con le quali vogliono farci credere che fermeranno l'acqua dei mari!

Una volta il Cercatore espose i problemi della valle dimenticata a un politico famoso, oggi, per il bene dell'umanità, caduto in disgrazia e dimenticato. L'inetto, arrogante e spocchioso, rispose così: «Cosa vuoi me ne importi di voi lassù, i voti di quella valle di merda li piglio nel mio condominio». Forse non gli bastarono, i voti del condominio, visto che in seguito non fu eletto e finì nella peggior malora. Lassù, dove l'Unesco sta appollaiata sul ramo del nulla a osservare gli scempi, si sta smantellando la montagna. Si sta imbrigliando l'acqua, autorizzando la messa in opera di centraline private. Si scavano le ghiaie dei torrenti, pepite di oro bianco, a migliaia di metri cubi. Si fanno passare tir a centinaia su strade costruite nel 1902, penalizzando la popolazione che si reca e torna dal lavoro o dalle faccende giornaliere. Ma non si fa un chilometro di strada per domare il torrentello. Non si vuol fare una pista per sfruttare i boschi incolti che ormai entrano nelle case e circondano come un'immensa sciarpa verde la valle di selvaggia bellezza.

Tutto questo la montagna lo sapeva. Lo percepiva cento anni prima e tutto quello che sospettava s'è avverato. Abbandonati dalle istituzioni, meglio dire ignorati, gli abitanti del ripido suonano la vita a orecchio. Nessun spartito viene loro in soccorso, nessun direttore conduce l'orchestra. Lassù non esiste compositore che sappia creare musica rilassante per quella gente acuminata, ridotta a un silenzio teso e sospettoso, pronta a dire basta. Bla, bla, bla.

Quando cercano voti, i politici dai calibri vari, si spingono fino alla montagna dove la neve è ancora bianca. Checché bofonchiasse lo spocchioso ingoiato dall'oblio di se stesso, per vincere basta una scheda in più. Una sola. E allora i raccatta-voti si fanno vedere e poi spariscono fino alla successiva richiesta di fiducia. La gente ci casca ogni volta. Gli hanno fatto credere che votare è un dovere e loro sono ligi ai doveri. Eleggono chi poi li ingabbia, li abbandona al destino senza voltarsi indietro.

Cosa sente la montagna? Cosa percepisce? Con un po' di fantasia ce lo facciamo dire. Vede le cose tacere e dissolversi. Terreni fertili e coltivi abbandonati, ridotti a lande e sterpaglie, l'acqua dei torrenti prosciugata, le trote scomparse. Scuole chiuse, asili idem, smantellamento di ogni servizio pubblico. Questo vede nel suo percepire solitario. I piccoli negozi di alimentari, le ferramenta, le minuscole osterie spariranno, ingoiate dai megastore fioriti ovunque, dove si trova di tutto. Percepisce il progetto dei chiedenti voti: disseccare la montagna povera, renderla sterile, a uso e consumo di speculatori e profittatori in combutta con loro. Costringere il montanaro a fuggire in città per sopravvivere e morire di nostalgia. Lassù, sui monti abbandonati, i grossi calibri autorizzeranno discariche a cielo aperto, forse per riciclare rifiuti pericolosi e, chissà, anche scorie radioattive. Altro che patrimonio dell'umanità! Altro che Unesco! L'Unesco funziona dove vanno i vip in ferie, dove nevica firmato, dove la montagna è ridotta a baraccone. Questo succederà. Arriveranno tempi ostici in alta quota. Tempi di fronte ai quali, quelli passati, torneranno nei ricordi come carezze. Si toccherà il fondo per ripartire. Una volta, sui fianchi dei monti, ogni tanto succedevano cose belle. Anche oggi, nonostante l'impegno di politici inetti a remare contro, qualcosa torna a far sorridere la montagna. Ma tutto è sempre più raro.

Molti anni fa, di sicuro più di cento, una donna arrancava con fatica lungo i pendii di uno sterminato pascolo montano. Aveva la pancia sporgente, ingrossata da una gravidanza al nono mese. Eppure, nonostante la situazione, quella donna di trentotto anni saliva ai prati detti di Carmelía per aiutare i falciatori. Non era, la sua, una scelta dettata da stoico senso del dovere. Le toccava farlo per ordine del marito, un uomo brutale, che stava con gli altri a falciare i prati. Arrivata in cima, bevve un sorso d'acqua, si riposò un pochino e iniziò a rastrellare. Il pascolo sapeva di cardo selvatico e genziana e prestò il suo profumo a quella donna stanca e paziente. L'afrore delle erbe recise circolava nell'aria. Appena cadute sotto la falce, il sole le arrostiva e in poche ore diventavano fieno. La montagna intuì quel che sarebbe successo di lì a poco e, come una mano aperta, s'apprestò ad accogliere l'evento.

L'aria che saliva dallo strapiombo bolliva come il fiato della forgia e non contribuiva a rinfrescare il pascolo boccheggiante. A un certo punto la donna fu presa dai segnali del parto. Si accovacciò accanto a un masso e aspettò. Intanto invocò l'aiuto di altre donne intente al lavoro. Verso le due del pomeriggio, sotto il cielo blu cobalto dei duemila metri, venne alla luce un bambino. La mamma lo sollevò verso quel cielo blu, in modo che Dio lo benedisse. A quei tempi usava così: offrire i bambini a Dio. Poi lo coprirono, altrimenti il sole di luglio lo avrebbe incenerito. Donna e neonato furono portati nella frescura di una grotta. Intanto arrivò il marito e fu molto fiero di un figlio nato sui monti, soprattutto perché era maschio. La mamma volle chiamarlo Celio, perché era nato sotto il cielo. La montagna fu contenta di quel parto nel suo grembo e fece di tutto per tener lontani i temporali. A quell'ora, ogni giorno, saette di fuoco dissodavano le cime e la grandine sui pascoli disfaceva i covoni. Quel giorno no. Un bambino succhiava tra le braccia della mamma, la mamma allattava tra le braccia della montagna, la montagna teneva per mano le vicine in un girotondo di festa.

Succedeva questo sui monti dimenticati il giorno che nacque un pargolo di nome Celio. E non fu il solo. Per due volte il pascolo di Carmelía fu la clinica dove donne, salite a fare il fieno, fecero un bambino. La donna era una montanara solida che aveva già due figli. Il terzo lo scodellò lassù. La trascinarono a valle sulla slitta con il bimbo in braccio. Era il 7 agosto 1914, di lì a poco gli uomini si sarebbero scannati a vicenda. Una carneficina senza uguali nella Storia. Stava per scoppiare la guerra e la montagna sapeva già tutto. Poco prima, nel suo grembo nasceva la vita, nei cinque anni a venire si sarebbe fermata la morte. Col suo frastuono di bombe, granate, paura e vendette. Alla fine tutto sarebbe tornato al silenzio di uomini pacifici, impegnati a sanare le ferite. Ma questo sarebbe durato solo per pochi anni, una ventina in tutto. Poi avrebbero scatenato un'altra guerra, per scannarsi di nuovo. Questo è l'uomo, e non cambierà. La montagna raccolse ancora morti, dolori e distruzioni. Alla fine si prestò a nascondere i volontari della Resistenza.

Nonostante l'azione distruttiva degli umani, qualcosa di buono capita ancora a far sorridere la montagna. Lei lo percepisce e sorride, ma non si fa illusioni. Tuttavia, venire a sapere che alcuni giovani abbandonano le metropoli per tornare ai luoghi d'origine e magari impiantare un'attività la rende allegra. Ma dopo un poco si rabbuia e pensa: "Poveri ragazzi! Sapessero a cosa vanno incontro! Sapessero quanti intralci e pastoie dovranno superare! Sapessero che nel loro progetto saranno osteggiati da una politica incapace, miope e arrogante che emana leggi idiote atte a bloccare ogni iniziativa. O, quando va bene, rallentarla per anni".

Ore 7.45. Oggi è il 18 febbraio 2015 e termino questo quaderno. L'ho iniziato il 20 agosto 2014. Se penso alle date, mi piglia lo sconforto. Sei mesi per un quaderno di novantasei pagine! Sono passati i tempi di *Storia di Neve*, quando per riempirne uno ci mettevo neanche un mese! Quei tempi, credo, non torneranno più, come non tornerà la giovinezza. Mi dispiace ma è così. E allora perché mi dispiace? Non lo so. Quello che so è che mi dispiace. Questo è. Né mi consola il fatto che nel frammezzo ci ho scritto la fiaba di Natale *Una lacrima color turchese*. Sei mesi sono troppi lo stesso. Ma ora sono in dirittura d'arrivo e penso che una ventina di pagine ancora concluderanno questi "misteri". Sono stanco di tutto, ma devo andare avanti. Scrivere è l'unico appiglio che mi tiene a galla e poi, se viene anche qualche euro, non guasta. Ma tutto è sempre più difficile. I miei libri durano qualche mese e poi scompaiono. Vendo bene ma non so che scrittore sono. E la casa editrice, nel mio caso Mondadori, si guarda bene da farmi capire che razza di scrittore sono. Mediocre certo, ma dovrebbero dirlo chiaro. Un fallito che vende parecchio? Certo, ma vendere molto non significa essere uno scrittore di talento. E loro, i maledetti, stanno zitti. Forse sono troppo vanitoso. Senza forse. Troppo ambizioso. Senza forse. A ogni modo, ho quasi deciso di cambiare editore, almeno mi faccio prendere per il culo da altri. Lì c'è una banda di omertosi, da loro non saprò mai nulla. La legnata del Campiello mi ha fracassato le spalle, ancora non mi son ripreso. E non mi riprenderò. Vincerlo sarebbe stato un riconoscimento alla mia avventura nello scrivere un riscatto alla mia vita di merda. Ma è andata male e non ho più l'età né l'occasione. E poi altre cose vengono a scadenze precise ad abbattermi e precipitarmi nella tristezza. Vita di merda, cara vita di merda mi piaci e non mollerò.

Mercoledì, 18 febbraio 2015, ore 20.06

Vado avanti col mio lavoro, con questo libro sui misteri della montagna. Lo sto per finire, conto metterci su ancora otto giorni. Poi passerò alla truce storia delle *Tre mummie,* del quale ho già scritto una ventina di pagine. Gli otto giorni sono diventati quindici ma ormai ci sono.

Una politica che non conosce nemmeno la prima nota del grido d'aiuto che si leva dalla montagna povera. Sapessero quei giovani! Meglio non dir loro niente altrimenti non ci provano nemmeno. Eppure qualcuno ci ha provato.

Vi è un posto, in quella valle incisa dalla sgorbia, che invita a sostare. Oggi qualcuno si ferma. All'inizio per curiosità, poi con ammirazione.

Due ragazzi di città, un uomo e una donna, due sconosciuti, hanno sentito il richiamo dei monti trasparenti. Passarono un giorno per caso e capirono che l'aria era limpida, le montagne di vetro. In città stavano bene, o almeno credevano. Entrambi un lavoro eccellente, attività che rendeva soldi. Eppure qualcosa non funzionava. Nella valle dimenticata, notarono uno scheletro di cemento armato. Un grande telaio a tre piani, formato da pilastri e solette in buono stato. All'origine doveva diventare albergo ma non fece in tempo. La zona fu sconvolta da una tragedia che provocò duemila morti e tutto si fermò. Sono passati cinquant'anni da allora. La tragedia la costruirono uomini cinici e freddi che agirono per ambizione e sete di denaro. Massacrarono la montagna e la gente. E, peggio ancora, la fecero franca.

I ragazzi venuti dalla città rilevarono il rudere di cemento. Con il coraggio che solo una ferrea convinzione può dare, misero mano ai lavori indebitandosi fino ai capelli. Da quello scheletro che deturpava la valle cavarono una stalla, allestirono un laboratorio per lavorare il latte, fare formaggio e derivati. E un locale per vendere quel formaggio cagliato sui monti trasparenti. È stato un primo passo sulla via del ritorno, perché in quel posto, cagliata nella testa dei superstiti, rimaneva soltanto la memoria: ricordi di un tempo felice che non sarebbe tornato mai più. Invece i ragazzi resuscitarono a nuova vita quella memoria defunta e oggi sono lì a dimostrarlo. Finiti i lavori, comprarono una trentina di capre, qualche mucca, si rimboccarono le maniche e partirono. Diventarono contadini. Ci vuole coraggio e follia a farsi imprenditori di terra, maneggiare letame e fatica dopo una vita di lusso. Specialmente nelle zone abbandonate, dove tutto diventa irraggiungibile. Non tanto per la ripidezza dei luoghi, ma per la burocrazia sciocca e insormontabile che frena e annienta qualsivoglia iniziativa.

La montagna intuisce che arriverà la fine, un abisso politico l'annienterà. Ma ci sarà il ritorno. Dopo il disastro verranno giovani di giudizio, con mente accorta a rimettere insieme i cocci. A ripartire ogni mattina da quello che resta. Artefice assoluta di questo agognato ritorno sarà una cosa che tutti, a buona ragione, temono: la crisi. Mancanza di lavoro, di soldi e lo spettro della miseria rilanceranno paradossalmente la montagna povera, abbandonata dalle istituzioni. Dove nevica firmato, invece, niente muterà. I ricchi esisteranno sempre. Con i portafogli gonfi, continueranno a villeggiare nei posti a loro cari, inaccessibili alla gente comune.

La crisi cambierà il mondo, soprattutto la montagna. Ma anche le città. Rovisterà nella cassetta della memoria per cercare attrezzi antichi. Alcune iniziative, sempre meno sporadiche, stanno annunciando il ritorno. Sempre di più si vedono figure professionali scomparse da anni, sopravvissute soltanto nelle fiabe tristi. Lo spazzacamino è una di queste. Considerati i prezzi di gas e gasolio, molta gente si scalda al fuoco di legna, che è sano e bello, ma sporca la canna fumaria. S'è rivisto anche il ciabattino. In un paese di quel nord dimenticato, è apparso un tipo col deschetto piazzato vicino a un'osteria. Lavora in diretta. Aggiusta suole, sostituisce tacchi, cuce e lucida a velocità supersonica.

Ma, nonostante il blaterio politico e gli uneschi, il progetto di smantellare la montagna esiste e resiste. La montagna che non rende e crea problemi va seccata. Si vuol costringere il montanaro a mollare tutto e andare via. Ma sta a lui resistere, non piegare la testa, alzare le mani e mollare le armi. Le armi, semmai, le deve impugnare più strette di prima. Sono tenacia, pazienza, fantasia. Soprattutto idee, proposte, iniziative. Deve avere il coraggio di pensare e la capacità di inventare una vita nuova. Un'esistenza possibile alle quote abbandonate. Ma la politica deve starne fuori, lasciar fare al montanaro, liberare l'iniziativa sua. È lui che sa cosa serve.

Quasi tutti i paesi abbarbicati sui monti stanno morendo o sono morti, causa una burocrazia soffocante, vergognosa, inaccettabile. Non si può fare niente se non a prezzo di anni, attese inutili, ricorsi, pile di scartoffie, uffici, rimandi, ritardi e via dicendo. Per fare una tettoia di lamiera, due metri per uno, da proteggere la legna, ci vuole un secolo: progetto, inoltramento dello stesso, commissione edilizia, commissione sismica, valutazione psicologica. Un secolo e un mucchio di soldi buttati. Se uno la fa abusivamente va in galera. Tre quarti di ville in Italia sono abusive e nessuno paga, ma per una tettoia il montanaro passa guai. Allora spera di trovarsene una "a sua insaputa", ma lassù non capita. A lui non capita.

Con inciampi, difficoltà e limiti di ogni genere, come si fa a convincere i giovani a restare? Come si fa a spiegargli che non saranno gli iPhone nuovi o l'auto di un certo tipo a renderli felici? A renderli felici saranno quei posti magnifici, quei boschi puliti, ancora incontaminati. Saranno i luoghi d'origine, dove sono nati, sotto quel cielo di cobalto, lo stesso che centotré anni fa vide nascere il filosofo Celio. Ma per apprezzare tutto questo ci vuole lo stomaco pieno. È difficile che miseria, mancanza di lavoro, paura di un futuro incerto, rendano contemplativi. Soprattutto è difficile che assenze di sostegni fondamentali invoglino a restare.

L'unica salvezza della montagna è stimolare i giovanissimi, quelli ancora plasmabili. Istruirli, addestrarli, farli innamorare e mandarli avanti. A fornirgli bagaglio tecnico ci penserà la scuola. Ma la politica ignorante, intralciante, obsoleta e ottusa, deve starsene fuori. Lasciar fare a loro. Al massimo entrare da supervisore a cose fatte. Solo uno sguardo alla fine, per vedere se il malato è guarito. Si diano i soldi ai montanari e in capo a cinque anni la montagna povera tornerà a vita nuova. Ci sarà benessere e lavoro per campare dignitosamente. Senza conti in Svizzera, senza stare sulla lista Falciani, senza capatine nei paradisi fiscali. Ma nel rispetto della natura, delle belle montagne e della memoria di chi spese anima e corpo a mantenere intatti quei monti.

Questo sogna la montagna. Percepisce che così avverrà ma prima sarà costretta a cadere in ginocchio. Solo giovani nuovi e capaci la potranno rialzare sollevandola da sotto le braccia. Arriveranno, è solo questione di tempo. Saranno loro, con risultati alla mano, a bloccare il progetto dei disfattisti che si prefiggono smantellare tutto. Loro fermeranno lo scempio, non quelli dell'età del Cercatore. A quelli rimane l'esperienza ma in quanto a impegno e volontà sono già postumi. Non hanno più entusiasmo né spinta, quel po' di forza che gli resta la vogliono usare per l'ultimo pezzo di strada. Ma, prima di passare all'altro mondo, una mano la potrebbero ancora dare. Per tirare su quella nuova società fatta di giovani onesti e accorti che salveranno la montagna. E, senza forse, il mondo. In che modo gli obsoleti potrebbero dare una mano? Mettendo a disposizione quello che hanno accumulato nel corso della vita: l'esperienza. Ovviamente assieme a tutti gli altri, ultimi esponenti di un'arte perduta e dimenticata: sapersela cavare senza distruggere.

La scuola deve impegnarsi a collaborare con questi uomini che una volta sepolti o cremati, porteranno nella tomba e, tra la cenere, i segreti del loro sapere. Quali sono questi esseri speciali, che di speciale non hanno nulla se non la vasta esperienza a contatto con la natura e il sapiente uso delle mani? Sono boscaioli, contadini, artigiani, pescatori, guide alpine, cacciatori. E altri, che sorgeranno dall'ombra della memoria per riproporre un passato di speranza. Paradossalmente, saranno il sapere antico e un ritorno alla terra a salvare la montagna dalla rovina. E il mondo dalla crisi. Questi maestri in via d'estinzione vanno portati nelle aule di scuola a insegnare ai bambini. Se da un lato è saggio impadronirsi della tecnologia che guiderà il futuro, dall'altro è un passo incauto perdere la manualità, non conoscere i rudimenti del muoversi in montagna.

Qualcuno obietterà: "Invitare i cacciatori? Che c'entrano?". Proprio loro! I tanto vituperati cacciatori, che impartiscano lezioni ai bambini nelle scuole! Non su come uccidere animali, ma su tutto quel che gira attorno a tale pratica. Nessuno meglio dei cacciatori sa muoversi sulla montagna. Riconoscono tracce, percorsi abbandonati, il tempo, dove stanno fonti d'acqua. Sanno accendere un fuoco senza incendiare il bosco, dormire all'aperto privi di sacco a pelo, orientarsi su terreni nuovi, creare fili d'Arianna per tornare a casa. Conoscono abitudini di animali, migrazioni di uccelli, cambiamenti del bosco, le fasi lunari, le stagioni degli amori di ogni bestia. Sanno come ripararsi in extremis dal maltempo, evitare la vipera, i tratti pericolosi. E mille altre cose ancora. I cacciatori, molto più degli alpinisti, conoscono i segreti della montagna. I secondi scalano pareti verticali ma il più delle volte si fermano lì. Il Cercatore ha avuto compagni di roccia formidabili, ma se gli toglievi la corda erano morti. Si muovevano come ciechi in una selva. I cacciatori possono preparare i giovani in maniera eccellente per un futuro sui monti.

E una volta mandati i cacciatori, si dovrebbero mandare nelle scuole anche le guide alpine. A impartire ai ragazzi i rudimenti per muoversi sul ripido. Bisognerebbe offrire alle guide un programma televisivo per informare, insegnare, consigliare anche gli adulti. Molti di loro, infatti, frequentano i monti risultando più imbranati e incauti dei bambini. Troppi incidenti avvengono per inesperienza e avventatezza. La tv deve dare il buon esempio. È diseducativo nonché pericoloso vedere la nota coppietta che scala maldestramente una parete verticale e in cima divora la famosa cioccolata. Col modo in cui salgono quei due non si arriva in vetta ma si cade in fondo. A sfracellarsi. Un ragazzino vede e può essere tentato d'imitarli lasciandoci la pelle.

Guide alpine, così come artigiani, contadini e cacciatori, dovrebbero essere obbligatori nelle scuole. I contadini potrebbero insegnare ai bimbi il contatto con la terra, creare un orto, piantare un albero, potarlo, fare un innesto. Riconoscere le erbe medicinali. Prati, boschi, pascoli, e montagne intere sono farmacie all'aria aperta. Se agli uomini fossero insegnati i segreti delle erbe, le multinazionali del farmaco chiuderebbero bottega. C'è da dire che esistevano anche guarigioni magiche impartite da credenze e riti. Una volta l'anziana Marina insegnò alla figlia Fiorella che, al rombo dei primi tuoni di marzo, bisogna rotolarsi per terra. In questo modo spariscono tutti i dolori del corpo e delle ossa. Fiorella si rotolava. E ancora lo fa. Ma queste sono soluzioni fantastiche.

Tornando invece alle cose pratiche, portando qualche ora i contadini nelle scuole, si svilupperebbe la curiosità nei ragazzi. Imparerebbero lavori che, se va avanti così, in futuro saranno indispensabili. E, dopo i contadini, gli artigiani. Bisogna mandare nelle scuole coloro che ancora sanno fare qualcosa con le mani. Insegnare ai bambini, e via via ai più grandicelli, ad assemblare un cesto, lavorare l'argilla, i principi della falegnameria, avvitare un rubinetto, cambiare una guarnizione. Insegnare a usare gli attrezzi. Le sgorbie. Fare intagli sul legno, bassorilievi, piccole sculture, gufi, gnomi, maschere. Allora sì che la scuola oltre che utile diventerebbe divertente, interessante.

Il metodo obsoleto della scuola odierna rende i bambini malinconici, annoiati e svogliati. E, peggio di tutto, stanno perdendo l'uso delle mani. Non stimoliamo più i bambini alla manualità con lavori ed esercizi appropriati. Gli arti nobili si stanno anchilosando. L'unica capacità la tengono ancora i pollici, nel massaggio ultraveloce ai tasti degli iPhone. La tecnologia non è un danno ma andrebbe accompagnata da un attento programma che riporti all'uso delle mani. E perché no delle gambe. Ci si muove poco, anzi pochissimo. E lo dimostra la quantità di bambini in sovrappeso. Usiamo mezzi di locomozione anche là dove in pochi minuti potremmo arrivare a piedi. Abbiamo fretta, urge recuperare lentezza.

La montagna percepisce questa assenza di passi, la mancanza della scarpa che batte il terreno. Vede agitati frequentatori domenicali manovrare SUV davanti alle porte dei rifugi. Se non fossero bloccati dai divieti, andrebbero fino in vetta. "Perché non lasciano l'auto qualche chilometro prima e raggiungono il rifugio con le loro gambe?" Questo si chiede la montagna. Ma percepisce altresì che la caduta di valori sta per finire. La caotica baraonda dell'andata, che imperversa da cinquant'anni, è al capolinea. Presto ci sarà la festa del ritorno. La montagna riprenderà a sorridere. Si troverà di nuovo circondata di passione e rispetto. Si sentirà ancora utile agli uomini. Non come fonte di ricchezza e sfruttamento cui è stata costretta fino a oggi. Ma per la missione che ha da compiere: essere fonte di sostegno, medicina benefica, garza che lenisce i colpi della vita. Nonché rampa di un traguardo lontano che spinga gli uomini a faticare, per regalargli qualche ora di emozioni. E la pace della vetta.

Epilogo

Siamo giunti alla fine di questa lunga cavalcata sulla montagna. Abbiamo scalato tutti i versanti, esplorato gli anfratti più nascosti, frugato in piccoli e grandi segreti. Siamo saliti sugli alti misteri delle vette, intrufolati nelle magie delle selve, nuotato nelle visioni liquide dei torrenti. E ora che crediamo di aver scoperto qualcosa, ci accorgiamo di poter offrire solo dubbi.

Nel tempo occorso a queste pagine, la montagna è cambiata ancora. Mese dopo mese. S'è circondata di altri segreti, altri misteri, profondità insondabili calate dalle vette. Speriamo qualcosa rimanga di questo lungo viaggio. Un giorno dovremo raccontare ai bambini le storie dei monti dimenticati, perciò è dovere conservare buona memoria. Per mandarla alle nuove generazioni, curando di tenerla aggiornata. Chi verrà dopo di noi, troverà una montagna diversa, indagherà segreti nuovi, col sogno, forse già diventato inutile, di trasmetterli ai bambini futuri. Se ci saranno bambini che avranno ancora voglia di ascoltare.

In quest'epoca frenetica di terzo millennio, la montagna cambia di continuo. Un poco a causa dei tempi meteorologici che la raspano invincibili. Molto per via dell'uomo che la sconvolge piegandola a interessi personali tradotti in moneta sonante. Per ottenere il suo scopo, la modifica cambiandole i connotati ogni mattina, come fosse argilla. Materia non da aggiungere, bensì da togliere. La montagna, ormai d'argilla, viene modellata, in negativo, deturpata per sottrazione. Come uno scultore incapace, toglie marmo o legno rovinando entrambi. Si passa un giorno da qualche parte e ci balza agli occhi un costone pieno di larici. La settimana dopo non esiste più, né lui, né i larici. Mossi dal dispiacere domandiamo: «Dov'è finito quel costone?». Qualcuno risponde con un'alzata di spalle: «Tolto di mezzo per fare una pista da sci». Ci si sente rispondere questo, nella più completa indifferenza, come se il fatto fosse ineluttabile e soprattutto di nessuna importanza. Oppure: «Deve nascere una sciovia, una seggiovia, la strada che mena alla casa di un ricco». E là, dove la strada servirebbe ad alleviare la vita grama della povera gente, non la fanno.

Occorre ricordare quella frazione nel nord dimenticato. Si chiama Forcai. Non vi si accede se non da un tratturo disagevole, la cassa del morto viene trascinata in paese con la slitta. In quei posti disperati la montagna grida vendetta. Il montanaro resiste. Piantando le unghie nel ripido chiede aiuto.

Nella terra dei dimenticati la vita è dura. Il montanaro chiama. La sua voce inascoltata cade nel vuoto, si perde assorbita da muschi e licheni. Tuttavia insiste, spera ancora. Non s'accorge che cerca la vita tra le cose morte. Soffia sulle braci spente di una speranza che tiene solo lui. La politica fallita, senza idee, arrogante e cinica, ha spento con secchiate di assenza quelle braci che non portano voti. Per quella gente, gli alberi sono oggetti da vendere. Nulla gli può fregare dei segreti delle montagne. Se li sfiorano rimangono ustionati. I colori d'autunno, i rumori di foglie secche, il sole anemico dell'inverno e le nevicate suonano per loro come avvisi di garanzia, mandati di comparizione, autorizzazioni a procedere.

Non consola sapere che in quella caldera di zucche vuote galleggia anche qualche testa di valore. Eppure tutti vanno in ferie in località famose dove la neve cade firmata. Una volta si diceva a villeggiare. Disdegnano i posti belli, privi di comodità e lussi. Non conoscono l'odore degli alberi morti, il grido della montagna povera, il silenzio dei paesi che si svuotano, le nebbie e i loro inganni. S'arrogano il diritto, e lo hanno, di emanare leggi per l'alta quota che sono quanto di più fasullo possa esistere. Viene da ridere ma sarebbe da piangere.

Non vi è stato un ministro dell'Ambiente, dicasi uno, in questa sgangherata Repubblica, che abbia capito un filo della montagna povera. Salvo inventare vincoli e pastoie che legano il montanaro intrappolandolo come uccello nella pania. E permettere scempi, cementificazioni, sottrazioni di terreno, disboscamenti, furti d'acqua e ghiaia.

Una volta, quando il vento e l'acqua avevano la luna storta, i montanari erano capaci di reagire, pronti a difendersi. Ora non hanno più forza. Anche lassù comincia a dilagare il cemento, l'acqua prende velocità, il vento decapita i tetti. Le cose non vanno come vanno ma come sono andate. Il male che oggi paga la montagna povera è figlio di politiche infami che da sempre hanno imperversato. È orfana di genitori viventi, quei genitori pasciuti e ben vestiti che sono istituzioni, politica dei numeri, lo Stato. Avessero un po' d'orecchi per ascoltare il grido! E magari il coraggio e l'intelligenza di applicare gli articoli 3, 9 e 44 della Costituzione, le cose andrebbero meglio. Anche per loro. "Cura la montagna se vuoi salvare il piano" diceva Publio Virgilio Marone. Non servirebbe molto a migliorare la vita. Basterebbe imparare l'alfabeto dei minimi gesti, delle piccole cose che tengono in piedi il mondo.

Quando i boscaioli del passato alzavano le stue lungo i torrenti impetuosi, era sufficiente un cuneo per sostenere l'enorme manufatto. Le stue erano sbarramenti di tronchi, eretti tra due pareti rocciose. Servivano a creare una diga artificiale dentro la quale si accumulavano migliaia di metri cubi di legname. Una volta fatta crollare con un colpo di mazza, tutta la legna veniva trascinata a valle dalla potenza dell'acqua. A tener saldamente fissa l'intera diga, c'era soltanto un cuneo di maggiociondolo. Uno solo, piccolo piccolo ma essenziale. E uno solo doveva essere il colpo di mazza che lo scalzava originando il cataclisma di flutti. Spesso basta poco a sostenere la vita. Per tenere in piedi la montagna povera, basterebbe qualche cuneo qua e là, nei posti giusti. Una volta c'erano, li avevano piazzati i montanari con fatica, sapienza e rischio. Ma una politica inetta, fallimentare e cinica li ha fatti saltare. E non li ha più rimessi. Il discorso è vecchio e conduce a una sola conclusione: la montagna povera non merita investimenti né attenzione. Non porta voti ed è una palla al piede alla politica dei numeri. Questo ahimè non è un segreto, è l'amara realtà dei monti dimenticati.

Ormai sempre più spesso si vedono paesi ficcati tra i fianchi delle montagne come un pugno di chiodi arrugginiti. Case fatiscenti hanno finestre chiuse come occhi presi dal sonno. Camminando per le stradine di ciottoli, quasi più nessuno s'affaccia alle porte. Lassù la campana suona a morto, su alcuni campanili coperti di muschio non suona da anni. Da quando la gente ha fatto l'inventario della vita e detto addio. Sotto il sole d'autunno spiccano le ossa bianche della montagna scarnificata. Ha capito, stringe le braccia, trattiene più forte i segreti tra le costole smagrite.

Ma verrà ancora tempo buono, il tempo del riscatto. La politica, assente e muta, non può avvalersi ogni volta della facoltà di non rispondere. Prima o dopo dovrà rendere conto. Forse presto avrà bisogno di quei monti dimenticati per sopravvivere. Non come numeri e schede nell'urna, ma come fonte di vita, reddito, salvamento. Nella stanza dei bottoni, i comandanti dovranno diventare umili e imparare che anche loro fanno parte della montagna, del mare, delle remote pianure del mondo. Tutti siamo parte di tutto, nessuno può prescindere da nulla, nemmeno da un'ape o un filo d'erba. Quando muore un'ape o un filo d'erba è un danno, un po' di morte per tutti.

Per andare al futuro bisogna ricordare e tramandare. I muscoli s'afflosciano, s'atrofizzano e scompaiono, non rimangono a insegnare come l'esperienza. Un vecchio boscaiolo non è più in grado di sollevare un tronco, ma con quattro dritte può istruire un giovane a farlo. Senza di lui non vi riuscirebbe. Se ci prova, confidando nell'irruenza della sua forza, è incauto. Rischia di farsi male seriamente. L'esperienza degli ultimi montanari artigiani sarà fondamentale per vincere in un futuro economicamente arduo da risolvere. E pure quella dei contadini delle campagne, vessati e massacrati dai politici fallimentari. I quali esperienza in materia di fallimenti ne hanno da vendere, per fortuna nessuno la compra. Ogni politico, infatti, ne fa buona scorta da subito. Arrogante e pieno di sé, preferisce farsela da solo, evitando di servirsi dei predecessori. E come già è stato detto, non aiuta sapere che dentro quel castello dorato sonnecchia qualche testa di valore.

Ma l'esperienza buona, quella fatta di terra e bosco espressa da montanari e contadini, verrà riesumata al momento opportuno e come bava di lumaca segnerà la via da percorrere. Quando piove sui boschi, in terra si vede la bava delle lumache. Va avanti lentamente e luccica come a segnare la via a qualcuno, ma nessuno sa a chi. È un altro dei segreti da scoprire. Di notte si può vederla, e dopo tanti saliscendi e giravolte, porta sempre a un rifugio sicuro. Lumache e chiocciole usano lentezza nella marcia e controllo di territorio. Sanno dove vanno perché conoscono e lasciano tracce per chi viene dopo. L'esperienza degli uomini di monte, in appennino toscano detti montanini, un giorno sarà come quella bava: lenta, sottile e tortuosa, fondamentale per arrivare alla meta.

La meta oggi non è più l'andata ma il ritorno. Ritorno al tempo buono delle cose che funzionavano. Può sembrare assurdo che il traguardo sia tornare indietro, anziché andare avanti. Come se un maratoneta in gara a un certo punto facesse dietrofront e puntasse verso dove era partito. Il traguardo è la partenza. In montagna è così: la meta è il ritorno, non la cima. In poche parole, arrivare a fondo valle con le proprie gambe. Una marcia all'indietro per riappropriarci delle perdute R. Che sono tre: Rispetto, Risparmio, Ripresa. Sulla montagna povera imperversa l'ingiustizia. L'ingiustizia prosciuga speranze, entusiasmo e amore. Chi la subisce non possiede armi per difendere se stesso e i suoi luoghi. L'ingiustizia è un frutto velenoso, un fungo letale, chi lo deve ingoiare suo malgrado non ha scampo. Ma forse qualcosa si muove.

La crisi che attanaglia la patria, quella dei poveri non dei ricchi, è un trasloco: qualcosa si perde senza scampo. Ma qualcosa, che credevamo perduta per sempre, la si ritrova. E così, impercettibilmente, qualche remota idea sepolta dai traslochi del tempo si sveglia e agisce. Il frammento di una vecchia canzone arriva dagli alti monti a mettere nostalgia agli uomini rimasti nei paesi: «Dobbiamo rimboccarci le maniche» dicono alcuni «o la nostra montagna se ne va». «Ma se non ci lasciano fare niente, sono quelli giù a Roma che comandano!» rispondono altri. I primi dicono: «Facciamo lo stesso, freghiamoci di quelli giù a Roma. Se non ci diamo da fare noi, nessuno lo farà e intanto la nostra montagna scompare». Il Cercatore ascolta. Ricorda.

Ricorda quando bambino i vecchi lo facevano correre fuori dalla stalla, ché la montagna di fronte era scappata via. Usciva con scatti felini ma lei era sempre là, immobile nella possente ombra notturna. Quando rientrava deluso, si sentiva dire che non era stato abbastanza veloce, nel frattempo la montagna era tornata al suo posto. In questo modo lo facevano correre dentro e fuori, e ridevano. Quei vecchi burloni ridevano del bambino ingenuo. Gli facevano credere che la montagna scompare. Non si rendevano conto, e mai avrebbero pensato, che dopo sessant'anni la montagna dove erano nati e invecchiati stava scomparendo sul serio. Non per capriccio suo o cataclismi della natura ma a causa di un manipolo di incapaci e delle loro leggi oscene. Le cose, anche quelle dette per scherzo, piano piano s'avverano. Dopo lungo tempo fanno il giro e ci appaiono davanti. Le profezie dei giochi innocenti, nate da inconsce percezioni dell'anima, prima o dopo diventano reali.

E così il Cercatore, a sessantacinque anni, vede davvero la montagna scomparire. La forma possente e misteriosa rimane, piantata saldamente nella terra. Sempre di più circondata di segreti e silenzi, boati e verità inconfutabili. Forse è giusto così. Ma la montagna incontaminata che conosceva lui, quella dell'infanzia ricca di scoperte, di entusiasmo per le cose essenziali guadagnate a fatica, non esiste più. Quella delle prime scalate, delle sorprese mozzafiato, dei segreti cercati a ogni costo è finita. Il canto dei falciatori al ritmo del martello sulla falce si è spento. I vecchi cinici e burloni, che lo facevano balzare fuori dalla stalla a cercare una sagoma che non c'era, senza saperlo avevano visto giusto. La montagna se n'è andata per davvero. È rimasto soltanto lo scheletro. Lei spera che gli uomini si fermino, la smettano di levargli carne, non ne ha quasi più. Se la lasciano in pace qualche decennio, tornerà al peso forma. Allo stesso modo che un bosco incendiato piano piano ricresce, la montagna strizzata risorgerà ad altra vita, metterà nuovi vestiti, si farà più bella di prima. Quello di risorgere dalle ceneri come l'araba fenice è uno dei misteri della montagna. La natura fa miracoli, piano piano guarisce le ferite che gli uomini le infergono. Ma non bisogna abusare della sua pazienza. Non più. È tempo di fermarsi, guardare indietro, calare l'occhio sulla scia di macerie lasciate nell'ultimo mezzo secolo. Il percorso dalla base alla vetta dello scempio è compiuto. Bisognerà scendere al piano, rinsavire e inventare idee per uno sviluppo che rispetti la montagna e i suoi abitanti.

Seduto davanti alla porta di casa, il Cercatore pensava alla vita. La vecchia casa dov'era nato, dove aveva trascorso infanzia e gioventù era vuota, non c'era nessuno ad accendere il fuoco nel camino. Guardava di fronte a sé. Le montagne erano sempre al loro nido, altre sbucavano lontane. Circondavano il paese coi profili conosciuti, il torrente borbottava laggiù, un corvo si posava sul faggio secolare. La contrada era morta, intorno silenzio. Il Cercatore non reggeva quel vuoto di solitudine, si alzò e se ne andò.

Ma un giorno, afferrato dalla malinconia delle cose morte, tornò alla sua casa. Stavolta si fece coraggio, aprì la porta ed entrò. La vecchia anta di larice mandò un gemito, dai cardini arrugginiti. Lasciò cadere la polvere degli anni. S'accostò al focolare. Sembrava più piccolo, rannicchiato su se stesso, freddo e muto come una tomba invernale. L'ultima volta l'aveva acceso sua madre, la sera prima di passare all'altro mondo. Aveva ottantasette anni. Morì d'improvviso, sul divano, stesa come un albero secco, svuotata dai tarli, abbattuta dal vento. Il Cercatore notò in un angolo un po' di legna. Stava là da nove anni, pronta per quel fuoco del mattino che la vecchia non fece in tempo ad accendere. Il figlio decise di bruciare quegli stecchi e far danzare ancora una volta le fiamme nell'antica dimora. Li accumulò a castello e ci mise sotto l'accendino. Subito un denso fumo invase la stanza. Allo stesso modo che la memoria degli uomini dimentica le cose, anche il fuoco di famiglia aveva scordato come ardere. O forse era il camino, imbronciato di abbandono, a non volerne più sapere. Chissà. Sta di fatto che ci volle un bel po' perché ai due tornasse il buonumore a farli funzionare come si deve. Il Cercatore si mise a sedere sul panchetto di legno che fu di suo nonno, quel larice di un metro e novanta che parlava poco. Al tepore di un fascio di stecchi incendiati, la vecchia cucina scricchiolò come se stiracchiasse le ossa. Le madie sussultarono, aprirono gli occhi con dei *tec* secchi e nitidi, come se tirassero le palpebre incollate dalle cispe del tempo. La cappa del camino si gonfiò di fumo e orgoglio lasciando cadere la fuliggine dalle pareti, screpolata dal nuovo tepore. La casa tornò a vivere ma la tristezza non se ne andò. Rimase tra i muri. Si fece da parte, come un'ombra discreta, ma non uscì. La tristezza non va via dalle case dei morti. Un fuoco si può riaccendere, come l'amore, le vite no, quando si spengono è per sempre. Accanto al focolare, le due finestre annerite lasciavano trapelare la sagoma della montagna. La stessa che i vecchi burloni per canzonare il bambino gli facevano credere che si spostasse. Quel picco di roccia incandescente al sole della sera ha un nome che rispecchia l'esistenza della casa abbandonata, vuota di ogni suono. Si chiama Cuor Nudo.

Il Cercatore ascoltava crepitare le fiamme. Pensava. Ripassava la vita, si poneva domande. Perché alcune pietre cadono di notte? Cosa vogliono dirci? Quando precipitano a valle con rimbombi e schianti nel cuore del buio, a chi parlano? Vogliono forse avvertire che caleranno le tenebre sul mondo? E i morti nemmeno si vedranno? Si udranno solo urla di terrore? Chi lo sa. Mentre quei quattro stecchi si stavano spegnendo, il Cercatore ricordava una notte lontana, quando fu costretto a dormire nell'antro appartenuto al misterioso tornitore volante. Era giovane allora, non immaginava che il tempo andasse così in fretta. Quella notte alla spelonca, gli parve udire una voce: "Cerca il libro" diceva "cerca il libro". Non era sicuro di averla udita. L'aveva soltanto sognata? Chissà. Certezze non ne aveva. Ricordava, però, che sul filo dell'alba cantarono i forcelli e più in alto c'era la neve. Questo ricordava. Nient'altro. Intanto si chiedeva dove si celasse il misterioso libro. Il fuoco nel camino si andava spegnendo. Avrebbe voluto aggiungere altra legna, sotto la tettoia ce n'era ancora. Ma capì che non era il caso. Un fuoco ha senso mantenerlo vivo se la casa è abitata, un amore è corrisposto, un progetto vale la pena. Altrimenti è meglio lasciare che si spenga. Sentì un nodo serrargli la gola. Decise che sarebbe tornato a vivere nella vecchia casa, per restarci fino al giorno della morte. Forse non era lontana, meglio trascorrere gli ultimi anni nel nido d'origine. Quel pensiero lo confortò: se tornava lui, sarebbe tornato anche il fuoco.

Mentre organizzava i progetti del ritorno, lo prese un'insolita allegria. Quando sarebbe accaduto? E in che modo? Bastava decidesse, poteva essere l'indomani stesso. Sollevato dall'improvvisa tenue speranza, si mise a pensare al libro. "Cercalo" diceva la voce, quella notte su nella grotta. Ma dove? Che libro? E perché gli tornava in mente il sogno? E quella voce? Intanto pensava dove poterlo trovare, ma dal labirinto non usciva nulla. Quando l'ultimo stecco fu ridotto a cenere, la fiamma sparì. Un filo sottile di fumo azzurro salì lentamente lungo le tenebre del vecchio camino. Il Cercatore alzò gli occhi per seguire l'ultima esile traccia di vita che abbandonava la casa. E in quel momento capì. Aveva trovato il libro. La verità era sempre stata a portata di mano, e non se n'era mai accorto. Aveva trascorso l'esistenza all'arrembaggio di cime, si era sbronzato lungo la vita sregolata, aveva acceso falò e visto le scintille levarsi. Aveva superato il limite tra il fuoco e il bordo della notte. Di là stavano i fantasmi. Ed era ancora vivo. Aveva fatto il percorso dalla base della montagna fino alla vetta. Adesso vedeva. Nel mezzo, accumulato alla rinfusa, emergeva tutto quello che era capitato. Ora stava scendendo adagio, calpestando il cumulo di macerie disposte dal destino lungo la via. Era uno sfasciume.

Ma qualcosa di buono affiorava dal caos. Piccoli segni. Bandierine di qualche gioia remota spuntavano qua e là, a dire che forse ne era valsa la pena. Tra la partenza e il ritorno c'erano le stagioni, il picchio e gli alberi morti con tatuata sulla pelle la grafia dei misteri. C'erano i fiori di stecco, col loro profumo inebriante e i segreti delle montagne. Molte storie il Cercatore aveva udite, tante vissute, alcune fermate su pagine che il tempo avrebbe disperso. Altre, forse le più felici, dimenticate presto. Nonostante gli sforzi per tenerle a memoria, non esistevano più. Solo ogni tanto si palesavano, qua e là, epifanie di sogni lontani, qualcosa di bello che era stato. Ma se cercava il dettaglio esso svaniva come foschia nel sole. Seduto sul panchetto del nonno, passava in rassegna l'esistenza, una scalata che lo aveva condotto alle porte della vecchiaia. La vecchiaia sta in alto, sulla cima, non in basso. Per raggiungerla non basta essere alpinisti di ogni giorno. Occorre avere fortuna. La decadenza è rotolare da quella cima. Ora aveva capito. Stava leggendo il libro. Quello che la voce, o il sogno, gli dicevano di cercare. Era la sua vita quel libro, e quelle degli altri, i fatti del mondo e tutto ciò che era accaduto. Molte cose le ricordava. Erano storie che aveva scritto nell'illusione non andassero perdute, e invece erano già in via di estinzione. Storie di monti dimenticati, della sua montagna povera, dove la neve cade ancora bianca, e gli uomini resistono solo per amore. Il grande libro delle esistenze stava lì, sotto la cappa del focolare, rivelato da un filo di fumo che se ne andava lentamente verso il cielo. Nel suo andare avrebbe incontrato la montagna. Prima di sorpassarla e andare a perdersi nel nulla, le avrebbe rivelato una cosa. Ma lei sapeva già tutto. Laggiù, sul fondo della valle, in una casa abbandonata c'era un uomo accanto a un fuoco spento. Aveva reclinato la testa, s'era addormentato.

Voleva conoscere i segreti della montagna per conoscere se stesso. Voleva indagare i misteri della montagna per conoscere il mondo. Non è riuscito in nessuna delle cose. Ora dorme. Quando si sveglierà, penserà di aver sognato. Un sogno di speranza che gli infonderà nuovo entusiasmo. E allora si metterà di nuovo in marcia, a fare quello che ha fatto tutta la vita: cercare i segreti della montagna. Per il tempo che resta.

Erto, 6 marzo 2015

Ore 14.36. Termino questo romanzo se, con una certa pompa, si può chiamare così. È stato un lavoraccio, a un certo punto mi ero perso. Ho scritto una trentina di volumi, tutti incentrati sulla montagna, azzardarne uno specifico su di essa è stato un vero rischio. Però ora è finito e credo di esserne uscito indenne. Da quel che so, mi pare un buon lavoro, qualcosa da vendere senza vergognarmi troppo. E questo va benissimo. Non so scrivere capolavori, ho coscienza che i miei libri sono il peggio del mediocre, ed è una fortuna. Penso a quei disgraziati, zeppi di genio, producenti opere grandiose, che le case editrici mandano al macero dopo qualche mese di buone vendite e battage pubblicitario! Poveracci! Almeno io vengo macerato a ragione. Ovviamente dopo tre-quattro mesi di buone vendite. Evviva allora i tempi moderni dove mediocri e geni stanno sullo stesso piano! Ma i mediocri fanno meno fatica dei geni a partorire. Ecco dove sta il vantaggio. La genialità presume un certo sforzo, quindi meglio essere mediocri che immortali.

Indice